Castillo-Kartell

Teuflischer Erbe

Brutaler Vollstrecker

Dies ist ein fiktives Werk. Namen, Charaktere, Orte und Handlungen sind entweder Produkt der Vorstellungskraft der Autorin oder werden fiktiv verwendet. Jegliche Ähnlichkeit mit realen Personen, ob lebend oder tot, Ereignissen und Orten ist rein zufällig.

Alle Rechte vorbehalten. Veröffentlicht in Großbritannien von Relay Publishing. Dieses Buch oder ein Teil davon darf ohne die ausdrückliche schriftliche Zustimmung des Herausgebers nicht reproduziert oder verwendet werden, außer für die Verwendung von kurzen Zitaten in einer Buchbesprechung.

Bella Ash ist ein Pseudonym, welches von Relay Publishing für gemeinsam verfasste Liebesroman-Projekte erstellt wurde. Relay Publishing arbeitet mit hervorragenden Teams von Autoren und Redakteuren zusammen, um die besten Geschichten für unsere Leser zu erstellen.

RELAY PUBLISHING EDITION, NOVEMBER 2024
Copyright © 2024 Relay Publishing Ltd.

www.relaypub.com

BRUTALER
VOLLSTRECKER

Männer wollten immer schon die Kontrolle über mich.

Mein erbarmungsloser Vater.

Dann der Mann, den mein Vater für mich ausgesucht hat.

Und schließlich mein Entführer, Omar Castillo.

Der brutale Vollstrecker der Familie Castillo.

Die Bestie.

Man sagt, keine Familie in Miami sei von seinem Blutvergießen verschont geblieben.

Einschließlich meiner.

Im Alleingang hat er zwanzig meiner Familienmitglieder niedergemetzelt, ohne mit der Wimper zu zucken.

Jetzt hat er mich fernab der Stadt eingesperrt.

Eine Schachfigur im Spiel des Kartells.

Ich habe Angst, dass ich als Nächstes sterbe.

Aber noch mehr Angst habe ich vor den Gefühlen, die er in mir auslöst.

Vor den Schauern, die er durch meinen verräterischen Körper jagt.

Vor dem Hunger in seinen Augen.

Ich muss weg.

Aber der einzige Weg, seinem Inselgefängnis zu entkommen, ist über ihn. Ich muss ihn glauben machen, dass ich ihn will.

Er unterschätzt mich.

Das hat schon immer jeder getan.

Eher brenne ich diese Insel nieder, bevor ich aufgebe.

Inhalt

1. Omar	1
2. Lyse	5
3. Omar	15
4. Lyse	23
5. Omar	33
6. Omar	41
7. Lyse	51
8. Omar	59
9. Lyse	67
10. Lyse	77
11. Omar	85
12. Lyse	95
13. Omar	103
14. Lyse	111
15. Omar	119
16. Lyse	127
17. Omar	139
18. Omar	149
19. Felix	157
20. Omar	163
21. Lyse	171
22. Omar	179
23. Lyse	187
24. Omar	195
25. Lyse	203
26. Omar	211
27. Lyse	219
28. Omar	227
29. Lyse	237
30. Omar	245
31. Lyse	255
32. Omar	259
33. Lyse	269
34. Omar	279
35. Lyse	287

36. Omar	293
37. Felix	303
38. Lyse	309
39. Omar	319
Ende von Brutaler Vollstrecker	329
Vielen Dank!	331
About Bella	333

KAPITEL 1

Omar

„Verdammt – er stirbt!"

Eine Krankenschwester in hellblauen Kitteln drückte auf den Notfallknopf an der Wand. Hinter mir hörte ich Schritte auf dem Linoleumboden, als das Rettungsteam in das winzige Zimmer der Intensivstation stürmte und den Raum von einer Ecke zur anderen füllte, während sie sich zusammentaten und einander Anweisungen zuriefen.

Ich beobachtete, wie eine Krankenschwester wie wild das Krankenbett herunterließ, das Bettgitter herunterschob und mit der Herzdruckmassage bei Angel begann.

„Infusion voll aufgedreht", rief jemand.

„Die Luftröhre ist zu. Wir müssen intubieren!", rief jemand anderes.

Ein Arzt quetschte sich an das Kopfende des Bettes und schob einen Schlauch in Angels Hals, während eine Krankenschwester neben meinem Bruder stand und ihre Handflächen auf seinen Brustkorb drückte.

„Auswechseln!", rief die Krankenschwester. Einer der Krankenpfleger löste sie ab, seine Hände waren das Einzige, was meinen Bruder am Leben hielt.

Undeutlich konnte ich Emma weinen hören. Sie schluchzte. Sie flehte darum, dass etwas, *irgendetwas* getan werden möge, um Angel zu retten – um ihren Mann zu retten. Lili, meine Schwester, hatte ihre Arme um unsere Schwägerin gelegt. Ich stand da und beobachtete, wie sie versuchten, das Herz meines Bruders in Gang zu halten.

Jede Faser meines Körpers schrie, dass ich etwas *tun* sollte, aber ich war machtlos. Ich war dazu erzogen worden, Schmerz zuzufügen, Leben zu zerstören und auszulöschen. Heilung war nicht einmal ein flüchtiger Gedanke in meinem Kopf.

Warum *war* Angel überhaupt in dieses verdammte Hospiz gegangen? Was war schon dabei, wenn der Mann im Sterben lag? Der einzige Grund, aus dem man ihn dorthin geschickt hatte, war, dass er allein sterben sollte. Ich merkte, wie die altbekannte Wut in mir hochkochte.

„Er braucht noch eine Operation. Wir müssen noch mal rein." Ein Arzt wandte sich sachlich an Emma. „Ich brauche Ihre Einwilligung."

„Was immer Sie tun müssen!", schrie Emma.

Lili legte ihr beruhigend eine Hand auf die Schultern. „Du musst dich beruhigen", flehte sie und legte eine Hand auf Emmas Bauch. „Das ist weder für deinen Blutdruck noch für das Baby gut."

„Fick. Dich. Lili!" Emma starrte meine Schwester an, und hätte ich sie nicht besser gekannt, hätte ich gedacht, dass die Frau eines Mordes fähig wäre. Zum ersten Mal in ihrem Leben wich Lili einen Schritt zurück. „Tun Sie, was Sie tun müssen, um meinen Mann zu retten."

„Wir haben einen Herzschlag!", verkündete eine Krankenschwester. „Er ist schwach, aber er ist da."

„Bringen wir ihn in den OP", befahl der Arzt und sofort setzte sich das gesamte Team in Bewegung und rollte Angels Bett aus dem Zimmer und den Flur hinunter. Emmas Schreie wurden noch lauter, als er außer Sichtweite gebracht wurde. Ihre Mutter war, wenn ich mich richtig erinnerte, in einem Krankenhaus gestorben; das hier war also doppelt traumatisierend.

Ich packte den Arzt, bevor er sich zu weit entfernen konnte. „Retten Sie meinen Bruder, verstanden?"

Er runzelte die Stirn. „Mr. Castillo." Ich ballte meine freie Hand zu einer Faust, aber ich konnte diesen Mann nicht schlagen. Nicht, wenn Angels Leben in seinen Händen lag. „Ihr Bruder befindet sich in einem kritischen Zustand. Wir dachten, wir hätten letzte Nacht alles erwischt. Wir werden erst bei der Operation wissen, ob es weitere Schäden gibt und wie groß diese sind. Wir müssen hier zu viele Faktoren berücksichtigen."

Ich packte ihn vorne am Kittel, so fest, dass ich sah, dass er Angst bekam. *Gut, er soll Angst vor mir haben.* „Wenn mein Bruder nicht durchkommt", murmelte ich so leise, dass nur er mich hörte, „kommen Sie auch nicht durch. Haben Sie das verstanden?"

Er nickte rasch. „Ich verstehe."

Ich ließ ihn los. „Gut. Dann tun Sie jetzt Ihren Job."

Als er in dieselbe Richtung wie Angel verschwunden war, wandte ich mich wieder meiner Schwester und meiner Schwägerin zu. Emma war völlig am Ende und Lili versuchte verzweifelt, die Fassung zu bewahren, das konnte ich sehen. Es war schon schlimm genug gewesen, als sie ihn gestern Abend eingeliefert hatten. Die Stunden im OP. Der verhaltene Optimismus des medizinischen Personals. Wir hatten alle den Atem angehalten und waren auf dem Krankenhausflur auf und ab getigert. Wartend. Dann geschah *das*. Meine Sicht trübte sich ... Beinahe mit Rotstich. Irgendjemand musste dafür geradestehen.

Mein Vater war verantwortlich. Es war unmöglich, dass zwei Killer von Rojas im Hospiz meines Vaters auf der Lauer lagen und nur auf Angel schossen. Sie mussten für meinen Vater arbeiten. „Er muss sterben."

Lili zuckte zusammen. „Was?"

Ich hob die Hand, um ihre Tirade zu stoppen. „Padre", zischte ich. „Er hat das getan. Er muss sterben … genau wie der ganze Rojas-Abschaum." Ich drehte mich um und stürmte davon, während ich mir bereits überlegte, wo ich sie finden würde.

„Warte!", rief Lili mir nach. Sie drückte die schluchzende Emma auf einen Stuhl und lief mir hinterher. „Was zum Teufel willst du tun?"

„Das, was ich am besten kann." Ich sah sie an, und was immer sie in meinem Gesicht sah, machte ihr Angst. Ich merkte es daran, wie ihr Körper erstarrte. „Bleib hier. Ruf mich an, wenn es etwas Neues gibt."

Lili packte mich am Arm. „Mach keinen Blödsinn und lass dich nicht umbringen, okay? Ich kann nicht zwei Brüder in einer einzigen Nacht verlieren."

Ich sah sie an. „Du hast immer noch zwei Brüder und das bleibt besser auch so."

„Omar!"

„Genug", sagte ich und drehte sie in Richtung Wartezimmer. „Kümmere dich um Emma und halte mich auf dem Laufenden. Ich bin bald wieder da."

Lilis feuriger Blick begegnete meinem. „Für Angel."

Heute Nacht würden Menschen sterben, und ich betete inständig, dass Angel nicht einer von ihnen war.

KAPITEL 2

Lyse

Ich hätte auf flachen Absätzen bestehen sollen. Wenn ich die Nacht überstehen würde, ohne mir die Zehen zu brechen, wäre das schon ein Erfolg. Eine kalte Hand berührte meinen nackten Rücken, und ich tat, was ich konnte, um den Schauer zu unterdrücken, der mir über den Rücken lief. „Lyse, Liebes", sagte mein Verlobter, Felix Suarez, „komm und lerne Dr. und Mrs. Fitzgerald kennen."

Sie haben einen Haufen Geld für seinen Wahlkampf zum Stadtrat gespendet, dachte ich, als er mich zu einem Tisch voller wohlhabender, älterer Leute führte. Während der Planung der Verlobungsparty hatte er mir einen genauen Überblick über die Gästeliste gegeben, und ich hatte mir jede einzelne Person gewissenhaft eingeprägt. Bevor wir den Tisch erreichten, begann ich zu lächeln. „Myra, Harold", sagte Felix mit einer Stimme, die ich gerne seine ‚Politikerstimme' nannte, „ich möchte Ihnen meine Verlobte, Lyse Rojas, vorstellen."

Myras Augen wurden größer, als sie mich ansah. Harolds Blick wanderte an meinem Körper entlang und wieder nach oben, obwohl seine Augen nur bis zu meinen Brüsten reichten, aber er verbarg das Grinsen, das um seine Mundwinkel spielte, indem er sich zwang, die Stirn leicht zu runzeln. Ich tat, was ich konnte, um mein Gesicht freundlich zu halten. Diese Reaktion war den ganzen Abend über dieselbe.

War Felix nicht klar, wie das aussah? Mit mir an seinem Arm? Felix war zwar ein gutaussehender Mann, aber er ging dieses Jahr auf die fünfzig zu, und ich war fünfundzwanzig. Ich konnte mich nicht entscheiden, ob er die Blicke ignorierte oder ob er es wirklich nicht bemerkte. „Es freut mich sehr, Sie kennenzulernen", sagte ich fröhlich. „Danke, dass Sie gekommen sind, um mit uns zu feiern."

Dasselbe hatte ich heute Abend schon zu Dutzenden von Leuten gesagt, und während die meisten ihr Bestes getan hatten, um freundlich zu sein, würde Myra Fitzgerald, wie ich sehen konnte, das nicht tun. „Wie alt sind Sie, Ms. Rojas?", fragte sie. Ihr Tonfall war abfällig.

Ich dachte, Felix würde sich einschalten, aber er unterhielt sich bereits mit anderen Geldgebern am Tisch. „Ich bin fünfundzwanzig, Ma'am", sagte ich.

Sie ärgerte sich. „Ich hätte nicht gedacht, dass Felix auf so etwas hereinfällt."

Sie nannte mich eine Goldgräberin oder Schlimmeres, und ein Teil von mir wollte sich zu ihr hinunterbeugen und ihr zuflüstern, dass ihr alter Freund Felix vor zehn Jahren eine Abmachung mit meinem Vater getroffen hatte. Damals war ich fünfzehn Jahre alt und schlaksig gewesen und hatte mein endgültiges Erscheinungsbild noch nicht erreicht. Sie hatten diese große Hochzeit geplant, noch bevor ich die High School abgeschlossen hatte; mein Vater war bereit gewesen, mich an dem Tag zu übergeben, an dem ich achtzehn Jahre alt wurde. Nur Felix' Beharren darauf, dass wir warten sollten, hatte mich gerettet … zumindest für eine Weile.

Ich wollte ihr das alles erzählen und sehen, wie sie zweifellos vor Schreck und Entsetzen die Augen verdrehen würde. Ich wollte, dass sich das Getuschel im Ballsaal ausbreitete und sowohl meinem Vater als auch Felix wie Bleigewichte auf den Schultern lastete.

Stattdessen lächelte ich noch fröhlicher. Das Gesicht tat mir langsam weh. „Felix war immer so liebenswert", sagte ich. „Es ist kein Wunder, dass ich mich in ihn verliebt habe."

Myra schnaubte. „Aber sicher doch", sagte sie, ohne einen Funken der vorgetäuschten Höflichkeit, die die anderen an den Tag gelegt hatten. *Verdammte Zicke*, dachte ich.

Noch ehe ich etwas sagen konnte, kündigte der gestresste Hochzeitsplaner, den mein Vater engagiert hatte, das Abendessen an. Felix entschuldigte uns und führte mich, die Hand immer noch auf meinem Rücken, zu unserem Tisch. Er zog meinen Stuhl heraus und wartete darauf, dass ich mich setzte, bevor er ihn zurückschob.

Mir gegenüber saßen meine Eltern Seite an Seite und sahen aus wie ein König und sein treuester Schoßhund. Würde ich in fünfzehn Jahren auch so aussehen? Gebeugt und mürbe von den Jahren, die ich mit einem Mann verbracht hatte, den ich nicht liebte? Es war zu deprimierend, um es zu Ende zu denken.

Die Kellner servierten Teller mit Steaks, Pellkartoffeln und gedünstetem Gemüse, aber in dem Moment, in dem ich meine Gabel in die Hand nahm, richtete sich der Blick meines Vaters auf mich. Mein Magen verkrampfte sich und knurrte – bei all den Vorbereitungen heute Morgen hatte ich keine Zeit zum Essen gehabt –, aber ich ging pflichtbewusst in den ‚sittsamen' Essensmodus über, was bedeutete, dass ich hauptsächlich so tat, als würde ich essen, damit mich niemand in einem ‚ungebührlichen' Moment erwischte. Meine Mutter hatte mir schon in jungen Jahren beigebracht, was es bedeutete, stets auf dem Präsentierteller zu sein: Ich konnte auch später noch essen, wenn mich niemand sah.

Felix verzehrte derweil genüsslich ein herzhaftes Stück von seinem Steak. „Das ist köstlich, nicht wahr, Schatz?", fragte er.

„Das ist es", stimmte ich zu, und in meiner Stimme hörte ich meine Mutter. Für meinen Vater war sie immer angenehm und sympathisch; sie war nie mürrisch. Unter vier Augen wusste ich, wie sehr sie weinte und Gott anflehte, sie mit ‚dem Krebs' heimzusuchen, um ihr Leiden früher zu beenden.

„Du hast nichts angerührt", stellte Felix fest. „Das Steak ist himmlisch. Koste doch mal."

Ich versuchte zu lächeln. „Natürlich, ich …" Mein Blick wanderte zurück zu meinem Vater, doch dann spürte ich einen heftigen Schmerz in meinem Oberschenkel. Ich unterdrückte einen Schrei und sah nach unten. Felix' Hand lag in meinem Schoß: Er hatte mich gekniffen, und zwar kräftig. Das würde einen blauen Fleck geben. Ich sah ihn an.

Sein perfektes Politikerlächeln saß noch immer, aber seine Augen waren kalt. „Iss, meine Liebe", sagte er bestimmt.

Ich nahm einen Bissen von meinem Steak. Es war köstlich, und ich summte leise vor mich hin. „Es ist wunderbar", murmelte ich.

„Ich erwarte, dass du jeden Bissen aufisst", antwortete er.

Ich legte den Kopf schief und schluckte. Der Verdacht, dass Felix schlimmer sein könnte als mein Vater, beschlich mich nicht zum ersten Mal … aber es war das erste Mal, dass ich mich fragte, ob ich ihn nicht nur im Schlafzimmer würde abwehren müssen. „Natürlich, Felix", sagte ich. Ich nahm einen weiteren Bissen vom Steak und hasste mich selbst noch ein bisschen mehr.

Als ich einen Blick auf meinen Vater warf, konnte ich die Wut in seinen Augen sehen. Das Verlobungsfoto war vielleicht das Einzige, was mich heute Abend vor ihm rettete … doch dann fiel sein Blick auf Felix, und die Wut verblasste. Eingeschüchtert. Was –?

„Iss", sagte Felix zu mir und senkte seine Stimme, sodass nur ich sie hören konnte. Für einen Außenstehenden musste es sehr vertraut wirken. Sogar süß. Aber sein Atem an meiner Wange ließ mir die Galle hochkommen. „Das ist es, was ich von dir erwarte."

Ich nickte und schaffte es, den Großteil des Essens auf meinem Teller aufzuessen – trotz der ausgezeichneten Qualität schmeckte es jetzt wie Pappe –, ohne dass mich jemand anstarrte oder kniff. Ich atmete erleichtert auf, als der Kellner endlich meinen Teller abräumte.

Als die Teller abgetragen wurden, stand Felix auf. „Meine Damen und Herren", verkündete er und projizierte seine Stimme so, dass sie alle Winkel des Raumes erreichte, ohne dass er ein Mikrofon brauchte. *Brachte man Politikern bei, wie man das tat?*, fragte ich mich. Da musste es doch einen Kurs oder etwas Ähnliches geben. „Ich möchte Ihnen allen dafür danken, dass Sie gekommen sind, um meine bevorstehende Hochzeit mit dieser wunderbaren Frau zu feiern." Er sah mich an. „Steh auf, Lyse, Liebes."

Ich stemmte mich hoch und versuchte, nicht zu zucken, als meine Schuhe sich schmerzhaft in meinen Fuß bohrten. „Ich danke Ihnen allen", sagte ich und lehnte mich an Felix' Seite, ein Bild der Glückseligkeit.

Felix strahlte mich an. „Ich weiß, dass Lyse und ich nicht das traditionellste Paar sind, aber ich war schon immer begeistert von dieser klugen, fürsorglichen und schönen Frau, und ich war nie glücklicher als an dem Tag, als sie einwilligte, meine Frau zu werden."

Ich erinnerte mich gut an diesen Tag. Felix und mein Vater waren in sein Büro gegangen und kamen zwei Stunden später mit der Botschaft heraus, dass ich den Politiker heiraten würde. Es hatte keinen romantischen Antrag gegeben; Felix hatte nicht einmal mit mir gesprochen. Den Ring hatte ich erst vor drei Monaten erhalten, und er war von einem Kurier gebracht worden, mit der Anweisung, dass ich ihn von nun an tragen solle.

Felix sprach weiter über unser angebliches Kennenlernen, erwähnte die unschuldigen Dates, zu denen wir nie gegangen waren, und wie wir einander monatelang umgarnten, bevor es offiziell wurde. Wie die Informationen über seine politischen Wähler und Geldgeber waren es Informationen, die ich vor dem heutigen Abend ebenfalls auswendig gelernt hatte. Die Geschichte unserer Beziehung war von äußerster Wichtigkeit; Felix durfte nicht wie ein Unhold wirken.

Seine Rede würde mit einem Kuss enden; ich war bereits gewarnt worden. Es würde unser erster sein, mein erster, und ich hatte mich davor gefürchtet, seit meine Mutter mir vor einer Woche davon erzählt hatte. Ich musste nichts weiter tun, als hier zu stehen und nicht angeekelt zu schauen, aber es gab keine Möglichkeit, es zu verhindern.

Felix wandte sich mir zu und meine Muskeln spannten sich an. Sein Lächeln war keinen Millimeter verrutscht, aber seine Augen waren auf eine Weise dunkel, wie ich es noch nie gesehen hatte. Ich hatte mich zwar nie auf meine bevorstehende Hochzeit gefreut, aber ich hatte auch noch nie Angst vor Felix gehabt.

Das konnte ich jetzt nicht mehr behaupten. Nicht, als er mich ansah, als wolle er mich mit Leib und Seele besitzen. Nicht, als mein Oberschenkel immer noch von seinen Fingerspitzen schmerzte.

Meine Augen schlossen sich, als er sich zu mir lehnte. *Zieh es einfach durch*, sagte ich mir. *Es ist nur ein Kuss; wenn eine Sechzehnjährige das schafft, schaffst du es auch.* Ich spürte, wie sein Atem mein Gesicht streifte, fühlte seine Wärme näher kommen … und dann explodierte die Welt um uns herum.

Die Tür des Ballsaals flog auf und Schüsse und Schreie erfüllten den Raum. „Runter!", schrie mein jüngerer Bruder Matteo und die Mitglieder der Familie Rojas stürzten zu Boden und hielten sich die Köpfe, so wie es uns unser ganzes Leben lang beigebracht worden war.

Ich zerrte Felix mit mir nach unten. Er stieß einen ächzenden Laut aus, als er zu Boden ging. „Bleib unten", zischte ich ihm zu und deutete auf den Ausgang, der vom Großteil des Geschehens entfernt war. „In diese Richtung."

Felix warf mir einen Moment lang einen irritierten Blick zu, bevor er wie befohlen zu kriechen begann. Diese Geschichte werde ich mir bis an mein Lebensende anhören müssen, dachte ich, während ich ihm geduckt folgte. Irgendetwas – irgendjemand – krachte gegen einen Tisch über uns und der Tisch brach unter dem plötzlichen Gewicht zusammen. Ich schrie auf, wich zurück, um nicht erschlagen zu werden, und als ich versuchte, Felix wiederzufinden, war er verschwunden.

Ich kroch so nah wie möglich an den umgefallenen Tisch heran und nutzte ihn als Deckung, um mich umzusehen. Ich hatte erwartet, einen Angriff zu sehen, Männer gegen Männer, aber stattdessen war da nur ein Mann. Es lief mir kalt den Rücken herunter. Omar Castillo. *La Bestia!*

Er hatte eine Waffe in jeder Hand und schoss in die Menschenmenge, wobei er meine Cousins und entfernten Verwandten, die ihn mit Stühlen und Messern von den Tischen angriffen, völlig ignorierte. Apá wird wütend sein, dass Felix ihn davon überzeugt hatte, dass die Männer heute nicht bewaffnet sein sollten, dachte ich wie betäubt, als ich sah, wie Omar meine Verwandten links und rechts niederschoss und sie an ihrem eigenen Blut ersticken ließ.

Ich musste weg von hier. Matteo hatte Apá rausgeholt, so wie es von ihm als Familienwächter erwartet wurde, aber ohne Felix war ich auf mich allein gestellt, es sei denn, ich erregte die Aufmerksamkeit der Männer, die gerade um ihr Leben kämpften. *Ich schaffe das*, sagte ich mir. Genauso, wie es mir beigebracht worden war: *Bleib außer Sichtweite und bleib in Bewegung.*

Meine Knie schmerzten, während ich mich weiterschleppte, und ich fluchte, als ich immer wieder auf meinem Kleid ausrutschte. Ich war erst ein paar Meter weit gekommen, als ich ein klägliches, leises Wimmern unter dem Tisch hörte, hinter dem ich mich geduckt hatte.

Ich sollte weitergehen. Ich musste es zu einem Ausgang schaffen und meine Familie und Felix finden. Die Stimmen der sterbenden Männer hinter mir und die Schüsse dröhnten in meinen Ohren … aber ich konnte das Wimmern nicht ignorieren. Ich hob das Tischtuch an und die beiden Jungs, die darunter kauerten, schrien auf und klammerten sich noch fester aneinander. „Ernesto", flüsterte ich, „Gabriel, geht es euch gut?" Die Zwillinge waren die Jüngsten von uns, erst sieben Jahre alt, und obwohl ihr Vater bereits versuchte, ‚Männer' aus ihnen zu machen, waren sie die niedlichsten Jungen, die ich je getroffen hatte. Ich kroch unter den Tisch und ließ den schweren Stoff des Tischtuchs hinter mir herabfallen.

Die Jungs stürzten sich in meinen Schoß, sie zitterten und wimmerten. Ich beruhigte sie und streichelte ihr mit Gel geglättetes Haar. „Alles in Ordnung, *mis amores*", flüsterte ich ihnen zu.

„Mama hat gesagt, wir sollten runtergehen", schluchzte Ernesto sanft. „Sie ist nicht zurückgekommen."

Dann sollte sie besser tot sein, dachte ich wütend. Meine Cousine Yessica war zwar nicht gerade die Mutter des Jahres, aber ich hatte gedacht, dass sie besser war, als ihre Kinder einfach sich selbst zu überlassen. „Wenn es sich beruhigt hat", sagte ich ihnen, „suchen wir sie, okay? Wir müssen nur warten."

„Wir werden sterben", weinte Gabriel und klammerte sich noch fester an mich.

„Werden wir nicht", beteuerte ich. Selbst die Castillo-Bestie würde keine Frau und zwei Kinder angreifen. Er mochte jeden Mann im Ballsaal umnieten, aber solange wir nicht von einer verirrten Kugel erwischt wurden, würde er uns nicht anrühren. „Es gibt Regeln für diese Dinge", sagte ich. „Das wisst ihr doch."

Gabriel schüttelte den Kopf. „Er ist verrückt", sagte er weinend. „Er hat Papá erschossen."

Ich drückte sie fester an mich und wiegte sie, wobei ich leise, sinnlose Worte des Trostes aussprach, aber die Angst machte sich in meiner Magengrube breit. Wir mussten hier weg. Selbst wenn er uns nicht wirklich etwas tat, konnten Kinder nur eine gewisse Menge an Bildern verkraften, ehe sie irreparable Schäden davontrugen.

KAPITEL 3

Omar

Durch den roten Schleier konnte ich kaum etwas sehen. Durch das Hämmern in meinen Ohren konnte ich nichts hören. Ich war mir sicher, dass ich blutete, aber ich konnte nicht sagen, woher. Das war auch egal; im Moment tat nichts weh. Die Schmerzen würden später kommen, wenn alle Rojas tot waren.

Eine Hand, schwach und kraftlos, schlang sich um meinen Knöchel, als ob der Mann mich aufhalten könnte. Ich sah nach unten. Seine Brust war völlig blutgetränkt. Das Blut lief aus seinem Mund und seiner Nase. *Innere Blutungen*, dachte ich, *und zwar eine ganze Menge.* Ich lächelte und wusste, dass das Lächeln nichts weiter war als ein hässlicher Schlitz in meinem Gesicht. Lili hatte mir gesagt, dass es das furchterregendste Lächeln war, das sie je gesehen hatte … und das hieß eine Menge, wenn man bedachte, wer unser Padre war.

Bei dem Gedanken an Padre, das ehemalige Oberhaupt der Castillo-Familie, verkrampften sich meine Muskeln für einen Moment, aber dann legte sich diese Hand um meinen Knöchel und holte mich mit Wucht in die Gegenwart zurück. Ich sah dem Mann in die Augen, da ich keine Kugel an einen Sterbenden verschwenden wollte, und drückte meinen Stiefel auf sein Gesicht. Blut und Innereien spritzten nach draußen und durchtränkten meine Stiefel.

Ich trat über den Toten und ging weiter. Jetzt war es ruhiger. Die meisten Menschen waren geflüchtet oder befanden sich in irgendeiner Phase des Sterbens auf dem Boden des Ballsaals. *Beeil dich, cabrón,* sagte ich mir. *Irgendjemand wird inzwischen den Notruf gewählt haben.*

Natürlich mussten die Rojas ihre schicke Verlobungsparty im Biltmore Hotel veranstalten. Sie hatten es nicht auf ihr Territorium beschränken können. Ein neutraler Ort bedeutete mehr Zeugen und mehr Möglichkeiten für die Polizei, sich einzuschalten. Die Geschäfte der Castillos mit der Polizei von Miami reichten nur bis zu einem gewissen Punkt. Nach dieser Sache konnten sie nicht mehr wegsehen. Ich musste die Sache zu Ende bringen und verschwinden, bevor sie hier eintrafen.

Ich stürmte durch den Ballsaal, lud meine Waffe nach und verpasste den wenigen Männern am Boden, die noch atmeten, Kugeln. Ein Dutzend von Luis Rojas' Männern war tot, aber das war nicht genug, um den Blutrausch zu stillen, der mich durchflutete. Der Mann selbst und sein Bastard von einem Sohn waren verschwunden.

Mein Innerstes brannte vor Verlangen, auch den letzten Abschaum der Rojas auszurotten.

Nichts anderes, als sie vom Erdboden zu tilgen, würde wieder gutmachen, was mit Angel geschehen war. Angel, der wieder im OP lag und um sein Leben kämpfte. Er war viermal angeschossen worden; die Kugeln hatten seinen Torso durchschlagen und seinen Magen, seine Leber und seine Milz durchlöchert. Er hatte Stunden im OP verbracht, während die Ärzte die Wunden flickten, die durch die Kugeln entstanden waren, bis sein Herz auf der Intensivstation aufgehört hatte zu schlagen.

Lili rief mich an, nachdem ich das Krankenhaus verlassen hatte. Sie hatte das Krankenhauspersonal bitten müssen, unsere Schwägerin zu sedieren, um zu verhindern, dass Emma sich oder das Baby gefährdete. Zu sehen, wie sie der hysterischen Frau gewaltsam eine Spritze verabreichten, hatte meine Schwester sehr mitgenommen, und sie machte sich Sorgen, nicht das Richtige getan zu haben.

Ich versuchte, meine Schwester zu beruhigen, aber für mich gab es nur eine richtige Entscheidung, und die traf ich jetzt.

Ein Geräusch unter einem Tisch zu meiner Rechten erregte meine Aufmerksamkeit. Ich stieß ihn um und darunter hielt eine junge Frau zwei Jungen an sich gedrückt. Die Rojas-Jungs.

Ich zielte mit der Waffe auf sie und die Frau stand auf und hob die Arme, um sich so groß wie möglich zu machen. „Sie sind unschuldig", sagte sie mit ruhiger und beherrschter Stimme, trotz der Angst, die in ihren dunkelbraunen Augen stand.

Sie war eine Schönheit, das stand fest, auch wenn sie von Angst gezeichnet war. Ihr Haar, das so dunkel wie ihre Augen war, fiel ihr über die Schultern und hatte sich aus einer kunstvoll geflochtenen Hochsteckfrisur gelöst. Ich wusste sofort, wer sie war: Lyse Rojas. Sie war das älteste Kind, aber sie würde die Schlüssel zum Königreich ihres Vaters nicht erben; diese würden an ihren jüngeren Bruder Matteo gehen. Lyse war dazu bestimmt, die Frau von Felix Suarez zu werden, einem Politiker, der die Karriereleiter zu immer größeren und besseren Dingen erklomm.

„Kein Rojas ist unschuldig", fuhr ich sie an.

Ihre dunklen Augen verfinsterten sich, und Wut siegte über ihre Angst. „Es sind *Kinder*", zischte sie. „Was für ein Mann richtet eine Waffe auf ein Kind?"

„Als ob dein Vater noch nie auf ein Kind geschossen hätte", sagte ich und dachte an Manny, der einer Schießerei aus dem Auto heraus mit einem Streifschuss am Arm davongekommen war, der eine hässliche Narbe hinterlassen hatte.

Ihre Lippen verzogen sich. Wenn sie überrascht war, dass ich wusste, wer sie war, ließ sie es sich nicht anmerken. „Die beiden sind nicht mein Vater", sagte sie. „Warum sollten sie für seine Verbrechen bezahlen?"

Ich fand ihr Temperament, ihre Bereitschaft, sich zwischen die Kinder und meine Waffe zu stellen, faszinierend. Anziehend. Aber die Wut, die mich durchströmte, war lauter als das. „Warum sollten sie nicht?", erwiderte ich barsch. „Warum sollte ich Luis Rojas nicht genauso viel Leid zufügen, wie er meiner Familie angetan hat?"

Der Zorn in Lyses Augen wankte und sie wurden feucht. „Davon haben die beiden keine Ahnung", sagte sie. „Sie sind sieben Jahre alt, sie haben nichts mit Familienangelegenheiten zu tun."

„Noch nicht", knurrte ich, „aber das werden sie. Das ist unvermeidlich."

Ihre Arme zitterten leicht, als sie sie ausstreckte. „Das ist Teil unseres Lebens", sagte sie, „aber das bedeutet nicht, dass sie *jetzt* schuldig sind."

Ich hatte keine Zeit, mit ihr über Moral zu diskutieren. Warum stand ich immer noch hier? *Verpass ihnen allen eine Kugel und geh weiter.* Aber als ich den Arm hob, um wieder zu zielen, hörte ich in der Ferne die Sirenen und mir kam ein Gedanke: Ich würde sie mitnehmen. „Gehen wir", sagte ich.

Lyse sah mich an, als wäre mir ein zweiter Kopf gewachsen. „Gehen ... wohin?"

Ich richtete die Waffe auf sie. „Soll ich dir lieber eine Kugel zwischen deine verdammten Augen jagen?"

Lyse starrte mich eine Sekunde lang an; ihr Blick wurde seltsam ...

ausdruckslos. Dann schluckte sie und sah hinter sich zu den Jungs. „Wenn ich mitkomme, lässt du sie dann in Ruhe?"

Mit einem wütenden Knurren legte ich eine Hand um ihren Arm und zog sie näher zu mir heran. Lyse versuchte, sich loszureißen, aber ich drückte ihren Arm noch fester an mich. Ich konnte spüren, wie die Knochen in ihrem Handgelenk dem Druck nachgaben. Sie gab ein hilfloses, gequältes Geräusch von sich. „Ich verhandle nicht", zischte ich. „Entweder kommst du mit mir, oder du wirst hier mit dem Rest deiner dreckigen Sippschaft sterben."

„Bitte", bettelte sie mit bebender Unterlippe. „Ich schreie nicht. Ich wehre mich nicht. Lass sie einfach in Ruhe." Die Sirenen kamen jetzt näher. Ich behielt sie fest im Griff und zerrte sie durch den Ballsaal. Ich hörte, wie ihr Atem schneller ging. „Ernesto", rief sie über ihre Schulter, „nimm deinen Bruder und geh. Dreht euch nicht um."

Ich hörte die Rojas-Jungen durch das Schlachtfeld rennen. Ich hätte mich umdrehen und ihnen ein Ende bereiten sollen, aber ich ging weiter und zwang Lyse, über die Leichen ihrer Familie zu steigen, während wir zum Seitenausgang gingen, der uns nach draußen bringen würde.

Sie stolperte und renkte sich dabei fast die Schulter aus. „Was zum Teufel tust du da?", spie ich und sah zu ihr hinunter, wo sie ausgestreckt auf dem Boden lag.

„Meine Schuhe", sagte sie. „Sie sind –"

Ich sah auf die Absätze, auf denen sie balancierte. „Lächerlich", murmelte ich. „Zieh sie aus." Sie zog die Schuhe aus ... und schrumpfte um fast zehn Zentimeter. Ich überragte sie jetzt. „*Mierda*."

Ich griff nach unten, packte sie um die Taille und hob sie über meine Schulter. Sie stieß einen kleinen Laut aus, als sich meine Schulter in ihren Bauch grub. Sie wog so gut wie nichts. *Gut*, dachte ich. Das machte das Laufen einfacher.

Ich trug sie durch den Seitenausgang zu dem wartenden SUV, den ich neben dem Müllcontainer des Hotels abgestellt hatte. Ich überlegte, ob ich sie auf die Ladefläche werfen sollte, aber dann konnte ich sie nicht im Auge behalten, also öffnete ich die Fahrertür und lud sie auf den Sitz. „Kriech über die Konsole zum Beifahrersitz", knurrte ich. „Wenn du versuchst, die andere Tür zu öffnen, bist du tot, bevor du mit den Füßen auf dem Asphalt stehst."

Sie kroch über die Sitze, und ich kletterte neben ihr hinein und schlug die Tür hinter mir zu. Lyse hatte sich gegen die Beifahrertür gepresst, so gut sie konnte, aber sie versuchte nicht, zu entkommen. *Kluges Mädchen*, dachte ich mir und ließ den Motor an. Ich machte die Scheinwerfer aus, damit der SUV in der aufkommenden Dunkelheit nicht zu sehen war.

Selbst als die Polizeiautos vor dem Biltmore anhielten, war es aufgrund der Größe des Hotelgeländes ein Leichtes, sie zu umfahren. Sobald wir auf der Straße waren, schaltete ich die Scheinwerfer wieder ein und hielt mich an die Geschwindigkeitsbegrenzung. Das Ebenbild eines gesetzestreuen Bürgers. „Du blutest", sagte Lyse. „Stark."

Ich grunzte als Antwort. Mein Hemd war nass und klebte an mir: Es würde wehtun, es später auszuziehen, aber der Schmerz konnte warten, bis ich im Unterschlupf angekommen war.

„Falls wir angehalten werden …"

„Das werden wir nicht."

Lyse schnaubte und versuchte, den Laut zu unterdrücken, der aus ihrer Kehle drang, aber sie konnte nichts dagegen tun. „Sind die Castillos tatsächlich so unantastbar?", fragte sie.

Ich dachte wieder an Angel. Der Beatmungsschlauch in seiner Kehle, der Krankenpfleger, der sein Herz zum Schlagen zwang. Das Getrampel der Schritte, als das Team den Flur hinunterrannte, um ihn zurück in den OP zu bringen. „Nein, so unantastbar sind wir nicht, aber heute Nacht bringe ich jeden zur Strecke, der versucht, mich aufzuhalten." Meine Worte waren ehrlich – ein Versprechen – und Lyse verstummte.

Gut, dachte ich. *Gespräche sind überflüssig, es ist sowieso Zeitverschwendung.* Lyses Schicksal war in dem Moment besiegelt, als ich sie erkannte. Da Angel wieder auf dem Operationstisch lag, war kein Rojas mehr sicher. Nicht einmal sie.

KAPITEL 4

Lyse

Ich erwartete, dass man mich zum Anwesen der Castillos bringen und einsperren würde, aber je länger wir in dem dunklen SUV saßen, desto klarer wurde mir, dass das nicht Omars Plan war. Ich war zwar darauf trainiert worden, als Geisel genommen zu werden – Apá wollte, dass sowohl Matteo als auch ich wussten, dass das jederzeit passieren konnte –, aber das Training brachte einem nicht bei, auf dem Vordersitz eines gegnerischen Autos zu sitzen und in die Nacht zu fahren.

Konzentriere dich, sagte ich mir. Warte auf den richtigen Moment, um zu fliehen.

Apá hatte uns beigebracht, wie man sich aus einem Kofferraum befreite, wie man Handschellen loswurde und wie man verschlungene Knoten löste. Wenn ich einen klaren Kopf behielt, konnte ich Omar Castillo mit Leichtigkeit entkommen. Er war sowieso dabei, zu verbluten.

Ich achtete auf die Straßenschilder und tat mein Bestes, um sie mir einzuprägen. Sobald ich in Freiheit war, würde ich Apá und Felix sagen müssen, wo ich war, damit sie mich abholen konnten.

Oder ... ich könnte Apá einfach nicht anrufen.

Das war ein gefährlicher Gedanke, den ich mir im Moment nicht leisten konnte. Das war der letzte Funken Hoffnung in meiner Brust, dass ich nicht für den Rest meines Lebens an Felix Suarez gebunden sein würde. Es war ein kindischer Wunsch, aber es war schwer, dem Gedanken zu widerstehen, von Omar Castillo zu entkommen und meinen Vater glauben zu lassen, er habe mich umgebracht. Selbst wenn sie meine Leiche nicht fänden, würden sie es doch annehmen, oder? Es ist ja nicht so, als ob sie sich genug um mich geschert hätten, um mich wenigstens aus dem Ballsaal zu holen.

Ich durfte nicht an meine Freiheit denken, durfte mir nicht ausmalen, wie es wäre, so lange zu rennen, bis ich einen Ort gefunden hatte, an dem ich ganz neu anfangen konnte, aber ich tat es trotzdem. Ich ließ meine Fantasie spielen, während Omar fuhr.

Doch als er auf eine Straße abbog und auf den Jachthafen zusteuerte ... war es vorbei. Panik durchfuhr mich und schnürte mir die Luft ab. *Unter keinen Umständen setzt er dich auf ein Boot,* sagte ich mir immer wieder. *Ein Versteck in der Nähe eines Jachthafens ist praktisch, wenn man schnell abhauen will.*

Meine Befürchtungen bestätigten sich bald, als er auf den Parkplatz des Jachthafens einbog und den Motor abstellte. „Wohin gehen wir?", fragte ich, ehe ich es mir verkneifen konnte. Was war nur los mit mir? Sonst war ich immer so gut darin, meinen Mund zu halten, aber jetzt?

Omar sah mich an, sagte aber nichts ... und die Wirkung seiner dunklen Augen ließ mir den Atem stocken. Es war nicht fair, dass ich La Bestia so nahe war. Der Mann war furchteinflößend, aber er war auch gutaussehend. Und zwar teuflisch gutaussehend. Selbst wenn er mit dem Blut meiner Familie überzogen war, konnte ich das nicht leugnen.

Als er die Tür öffnete und ich das tiefschwarze Wasser des Hafens sah, hämmerte mir das Herz gegen die Rippen. Ich würde nicht auf ein Boot gehen. Ich konnte nicht schwimmen.

Ich biss mir die Zähne auf die Zunge, um den Schrei zu unterdrücken, der mir entweichen wollte. Konzentriere dich, sagte ich mir. Jetzt war der richtige Zeitpunkt. Ich konnte es schaffen: Ich war eine schnelle Läuferin, und er war verletzt. Ich musste nur in Bewegung bleiben. In dem Moment, in dem sich die Tür öffnete, trat ich mit aller Kraft dagegen und schmetterte sie in Omars attraktives Gesicht. Ich hörte ihn ächzen, aber ich sprang in die Nacht und keuchte, als meine nackten Füße den zerkleinerten Kies aus Austernschalen berührten.

Ich rannte und ignorierte den Schmerz, denn wenn Omar mich in die Finger bekam, war ich erledigt. Wenn man bedachte, wie leicht er mich im Biltmore über die Schulter geworfen hat, wäre es für ihn ein Leichtes, mir ein Bein zu brechen, damit ich nicht mehr rennen konnte. Oder mein Genick, sodass ich nur noch eine Leiche zum Entsorgen wäre.

Ich schaffte es vielleicht zehn Meter weit, ehe mich ein Arm packte. Ich versuchte zu schreien, aber eine Hand presste sich auf meinen Mund und meine Nase und dämpfte den Ton. „Das war wirklich dumm", keuchte er in mein Ohr. Ich hoffe, du verblutest, dachte ich und wünschte, ich hätte meine Zähne in seiner Handfläche versenken können, aber er drückte so fest zu, dass ich spüren konnte, wie meine Zähne die Innenseite meiner Lippen aufschlitzten. Alles schmeckte nach Galle und Kupfer und es roch nach Schießpulver.

Er zerrte mich über den Kies zurück; der Schmerz schoss mir die Beine hinauf, und ich spürte Tränen auf meinen Wangen. Als wir uns dem Steg näherten und ich das schwarze Wasser gegen die Pfähle klatschen hörte, versuchte ich erneut zu schreien.

Omar hob mich auf, die Hand immer noch über meinem Gesicht, und trug mich den Steg hinunter. Ich hörte, wie er etwas vor sich hinmurmelte, aber ich konnte es wegen des Rauschens in meinen Ohren nicht genau erkennen.

Als wir schließlich anhielten, bekam ich nicht viel von dem Boot zu sehen. Er warf mich über die Bordwand, sodass ich auf das Deck des Bootes fiel, dann kletterte er selbst an Bord.

Er zerrte mich halb auf einen Sitz, der sich direkt vor dem Steuerrad befand. „Wenn du das noch einmal versuchst, wirst du es bereuen."

Als ob ich nicht ohnehin den Großteil meines Lebens bereue, dachte ich. Ich hatte 25 Jahre lang das Leben in Luis Rojas' Haus überlebt. Was konnte La Bestia da noch tun?

Ich versuchte, mich an diese Apathie zu klammern, versuchte, damit die Angst zu verdrängen, aber als ich sah, wie er das Boot vom Steg losmachte, schlossen sich meine Hände um das nächste Relinggeländer und klammerten sich daran fest, bis mir die Knöchel wehtaten. Ich weigerte mich, ihn anzusehen, als er zurück hinter das Steuerrad kletterte und erschrak, als er den Motor anließ.

Schnell fuhr er rückwärts aus dem Hafen und steuerte das Boot hinaus in die Dunkelheit. *Er wird mich über Bord werfen*, dachte ich und klammerte mich noch fester an die Reling, als ob mich das retten würde. *Er wird mich über Bord werfen und niemand wird mich jemals finden.*

Ich versuchte mir einzureden, dass das keinen Sinn machte, denn warum sollte er mich mitnehmen, um mich dann zu töten? Er hatte mich im Biltmore erschießen können, wenn das der Fall war ... aber dann war ich weggelaufen. Was, wenn er beschloss, dass ich nicht wert war, was er geplant hatte? Es schnürte mir die Kehle zu.

„Du weißt, dass ich ein Castillo bin, ja?", fragte Omar und ich nickte, wobei mir die Zunge am Gaumen klebte. „Antworte."

Mein Kiefer war verkrampft, aber ich brachte die Worte irgendwie zustande. „Ja. Du bist der Vollstrecker."

Omar lachte, und es war ein böser Laut. „Vollstrecker", sagte er, als würde er das Wort mit seinem Mund formen. „Der Beschützer meines Bruders." Seine Stimme nahm einen verbitterten Ton an. „Dabei habe ich wegen deiner Familie versagt."

Mein Inneres gefror. Angel Castillo war das gerade ernannte Oberhaupt der Familie, und Apá *hasste* ihn. Was hatte er getan? „Hat mein Vater…?"

„Tu nicht so, als wüsstest du das nicht", zischte Omar.

„Tue ich nicht", beharrte ich. „Ich verspreche, dass ich nichts davon weiß."

Wieder lachte er hämisch. „Wahrscheinlich weißt du es tatsächlich nicht", meinte er. „Du warst bestimmt zu sehr mit den Vorbereitungen für deine tolle Verlobungsfeier beschäftigt."

Die Worte trafen mich wie Glassplitter auf der Haut. *Sprich nicht mit ihm*, schalt ich mich selbst. Es hatte keinen Sinn, mit *La Bestia* zu sprechen. Er war mehr Tier als Mensch – das Ausmaß an Gewalt heute Abend hatte das bewiesen – und angesichts des Schadens, den er selbst genommen hatte, hatte ich keine Ahnung, wie er sich überhaupt noch auf den Beinen halten konnte.

Das Boot schaukelte auf den Wellen und mein Magen verzog sich vor Übelkeit. Ich hätte Felix beim Abendessen ignorieren sollen. Apá, der mir nur ein paar Bissen erlaubte, wäre jetzt die bessere Wahl gewesen.

„Schien eine nette Party zu sein", fuhr Omar fort. Er hätte fast freundlich geklungen, wäre da nicht der unterschwellige, bittere Zorn gewesen. „Dein zukünftiger Ehemann ist ein ziemlicher Fortschritt im Vergleich zu einem zwielichtigen Kartellboss, nicht wahr?"

Ich biss mir wieder auf die Zunge, bis ich Blut schmeckte. Zwischen seinem Spott und dem Plätschern des Wassers erlebte ich die Hölle. Wie hatte ich nur jemals denken können, dass es zu Hause schlecht war? Das hier war viel, viel schlimmer. Als wir wieder hüpfend ein- und abtauchten, stöhnte ich auf und wünschte, dass ich mich irgendwo hätte hinlegen können.

„Weiß dein Verlobter, was dein Vater und dein Bruder so treiben?", fragte Omar und lachte dann, als hätte er einen Witz gemacht. „Natürlich weiß er das. Ich nehme an, du warst auch Teil dieses Deals."

„Fick dich!" Ich hatte mich nie getraut, so etwas laut auszusprechen, nicht einmal in meinem Zimmer, aber jetzt schien es sinnlos zu sein, meinen Mund zu halten. Ehe er mich zweifellos umbrachte, wollte ich die Gelegenheit nutzen und die Dinge aussprechen, die ich mich nie zu sagen getraut hatte.

Omar reagierte überhaupt nicht auf meine Worte, sondern verhöhnte mich weiter. „Soll ich Felix auf meine Liste setzen? Gleich hinter deinen Vater und deinen Bruder?"

Ich wandte mich ihm zu und sah das wilde Grinsen, das sich auf seinem Gesicht abzeichnete. Er versuchte, mich aus der Fassung zu bringen. *Pendejo*, dachte ich. Für Felix empfand ich nur wenig Liebe, aber Matteo … „Mein Bruder hatte nichts mit den Taten meines Vaters zu tun. Apá hat gerade erst mit seiner Ausbildung begonnen; er lässt ihn so gut wie nichts machen."

Omar schnaubte. „Und jetzt willst du, dass ich Luis' *zweiten Mann* verschone?" Wieder war da dieses böse Lachen.

„Er ist dreiundzwanzig; er agiert als …"

„Vollstrecker deines Vaters", unterbrach Omar mich. „Ich weiß. Das bedeutet, dass er bereits jemanden getötet hat. Selbst wenn er nicht Teil des Komplotts gegen meinen Bruder war, so wusste er doch sehr wohl davon."

Diese Worte waren wie ein Schlag ins Gesicht. „Ist Angel tot?" Falls ja, würde das Krieg bedeuten, echten Krieg, mit vielen Toten auf beiden Seiten. *Was hat sich Apá dabei gedacht?* Sicher, die Castillos und die Rojas waren verfeindet, und von Zeit zu Zeit kamen kleinere Mitglieder der beiden Familien ums Leben. Aber dann war Apá hinter Angel in seinem Club her. Dann war er hinter Angels Frau her. Und jetzt das.

Mein Vater war schon immer ein impulsiver Mann gewesen. Er wurde oft von seinen niederen Trieben gesteuert, mehr als es für einen Mann in seiner Position angemessen war. Aber er war nicht dumm ... obwohl seine Entscheidungen in letzter Zeit das Gegenteil vermuten ließen.

„Noch nicht", antwortete Omar nach einer viel zu langen Pause. „Aber selbst wenn er überlebt, wird es sie nicht retten. Oder dich." Die Drohung kam zeitgleich mit einer Welle, die über die Bootswand schwappte. Ich schrie auf; ein Schauer lief mir über den Rücken. Omar lachte wieder, und dieses Mal klang er *erfreut*. Es war noch schlimmer als sein böses Lachen. „Hast du Angst, *conejita*?", spottete er. „Hast du Angst, dass du die große Hochzeit in Weiß doch nicht bekommst?"

Ich wirbelte herum und sah ihn an. „Ich kann nicht *schwimmen*, du unausstehlicher *pendejo!*", schnauzte ich. „Ich habe keine Angst vor dir!"

Omars hämisches Lächeln verschwand, und etwas Kaltes, Tödliches trat an dessen Stelle. „Du hast keine Angst vor mir?"

Er stellte den Motor ab und plötzlich trieben wir dahin. Er kam um das Steuerrad herum und starrte mich ohne zu blinzeln an. Er schlang seine Hände um meine Oberarme und zerrte mich aus dem Sitz. Meine Finger lösten sich von der Reling, an der ich mich festgekrallt hatte, als wären sie aus durchnässtem Papier. Ein leises Wimmern der Angst entwich mir. „Ich dachte, du hättest keine Angst, *conejita*", sagte er höhnisch.

„Habe ich auch nicht", log ich.

Musste er denn so ... groß sein? Omar war der größte Mann, den ich je gesehen hatte, groß und breitschultrig. Seine Hände waren riesig, und obwohl seine Muskeln kaum angespannt waren, berührten meine Füße kaum das Deck des Bootes. Er hielt mich fest, als sei es nichts. Etwas Heißes und Scharfes zischte durch meine Adern. Mein Atem kam in einem Beben heraus.

Omars Augen, dunkel und unergründlich, betrachteten für den Bruchteil einer Sekunde meinen Mund, und ich erwog, ihn anzuspucken. Dann schwang er mich aus dem Boot. Meine Zehen schrammten an der Bootswand entlang, und dann war unter mir nur noch tiefe, nasse Schwärze.

Ich konnte den Schrei nicht unterdrücken, der mir entfuhr. „Bitte!", schrie ich und versuchte, seine Arme zu ergreifen, was mir nicht gelang. „Bitte, nein!" Ich konnte mir schon vorstellen, wie die erstickende Schwärze meine Lungen füllte, bis mir nichts anderes mehr übrig blieb, als ihr zu erliegen.

Von allen Arten zu sterben, hatte mir das Ertrinken immer am meisten Angst gemacht, weil ich nie gelernt hatte, wie man es verhindern konnte, außer Wasser um jeden Preis zu meiden. Ich wollte ihn anflehen, mich zu erschießen; es wäre eine Gnade, das zu tun, bevor er mich entsorgte. Aber ich konnte nichts anderes tun, als zu schluchzen und zu versuchen, mich an ihn zu klammern.

Doch statt mich fallen zu lassen, zog mich Omar zurück über die Bordwand und warf mich auf das Deck. Ich rollte mich zu einem Ball zusammen, machte mich so klein wie möglich und wirkte völlig verängstigt.

„Wenn ich dich tot wollte", knurrte er, „hätte ich erst noch meinen Spaß mit dir." Seine Augen wanderten über meinen Körper, und ich spürte das so sicher, als ob er mich berührt hätte.

Ich schluckte. „Warum tust du es dann nicht?" Ich versuchte, gelangweilt zu klingen und keine Angst zu haben, aber ich konnte das Zittern in meiner Stimme nicht unterdrücken.

Omar setzte sich wieder ans Steuer, und das Boot heulte wieder auf. Er stellte das Boot so ein, dass es dem Abdriften entgegenwirkte, und dann fuhren wir weiter in die Nacht hinein. Ich wartete darauf, dass Omar mir antwortete, aber es dauerte nicht lange, bis ich merkte, dass er es nicht tun würde.

Es war sowieso egal. Ich lebte nur, weil er es so wollte, das hatte er mir deutlich zu verstehen gegeben. Ich kauerte auf dem Boden des Bootes und sah weder ihn noch irgendetwas anderes an. Das war die einzige Möglichkeit, mich zu beherrschen. Ich hatte mich in meiner großen Familie schon immer allein gefühlt, aber bis jetzt hatte ich keine Vorstellung davon, was es bedeutete, wirklich allein zu sein.

Auf mich allein gestellt und mit meinem Erzfeind gefangen. *Bitte zeige mir einen Weg, um zu überleben*, flehte ich das Universum an.

KAPITEL 5

Omar

Die Dunkelheit hatte sich ewig hingezogen, aber irgendwann sah ich endlich das vertraute Licht des Docks. Selbst aus der Ferne konnte ich zwei dunkle Gestalten erkennen, die auf uns warteten. Pascal und Efrain wohnten zwar nicht durchgehend auf der Insel, aber sie wohnten auf einer der Keys, die so nah war, dass sie in weniger als einer Stunde dort sein konnten.

Gracias, Liliana, dachte ich, fast im Delirium. Der Blutverlust trübte meine Sicht, und obwohl es immer noch nicht viel mehr wehtat als eine Tracht Prügel von Padre, wurden meine Klamotten jetzt klebrig. Die Blutung war schlimmer geworden, nachdem ich Lyse hinterherjagen musste. Ich manövrierte das Boot neben den Steg, und Efrain begann, es für uns festzumachen.

„*Jefe!* Du siehst schlecht aus", rief Pascal.

Ich antwortete nicht. Stattdessen zog ich Lyse, die immer noch auf dem Deck kauerte, aus dem Wasser. „Mach schon", sagte ich ihr. Sie sagte nichts, folgte aber meinen Anweisungen und zuckte zusammen, als Efrain ihre Hand nahm, um ihr herunterzuhelfen.

„Bring das Boot ins Trockendock", sagte ich zu Pascal. „Niemand darf wissen, dass ich hier bin."

Beide Männer nickten und waren sofort wachsamer als zuvor. Während sie sich an die Arbeit machten, schob ich Lyse auf den Steg. „Wir gehen zum Haus", sagte ich ihr.

Der Weg den Steg hinauf war beleuchtet, und ich beobachtete, wie Lyse in der Mitte des Stegs entlang humpelte, als würde sie versuchen, auf einem Drahtseil zu gehen. Als ob der Steg plötzlich auf beiden Seiten schmaler würde. Das Kleid, das sie trug, reichte tief über ihren Rücken, und obwohl ich es nicht wusste, folgten meine Augen der Linie der entblößten Haut. Bei der richtigen Bewegung zeigte das Kleid den Ansatz ihres Hinterns. *Welcher Mann lässt seine Frau in der Öffentlichkeit in einem solchen Kleid herumlaufen?*

Ich schüttelte den Gedanken ab. Es war egal, ob Felix Suarez seine und Lyses Hochzeitsnacht auf ‚Only Fans' ausstrahlen wollte, solange er verzweifelt genug war, das zu tun, was ich wollte, um sie zurückzubekommen. Ich bezweifelte, dass die beiden einander liebten – im Ernst, der Mann sah aus wie ihr verdammter Großvater –, aber ich wettete darauf, dass Felix es mochte, dass sie strahlend und jung und nur für ihn da war.

Ich rechnete damit, dass er sie auch in diesem Zustand behalten wollte.

Das Haus lag weiter hangaufwärts als die Anlegestelle, und obwohl die Steigung bei einem normalen Besuch nur leicht und kaum spürbar war, schnaufte ich schon, als wir die große Veranda erreichten. Das Licht im Haus war an und die Tür war unverschlossen. Alles war bereit für uns.

Helena, die Haushälterin im Sommer, empfing uns in der großen, luftigen Eingangshalle. Sie lebte nicht das ganze Jahr über auf der Insel, aber sie konnte schnell von Key West hierher gelangen. Die

Castillos kümmerten sich um alle ihre Rechnungen, immer dann, wenn sie nicht arbeitete. So hatte sie ihre Ruhe und kehrte jeden Sommer auf die Insel zurück. „Ich war mir nicht sicher, ob meine Schwester dich angerufen hat oder nicht", sagte ich zur Begrüßung.

Helena zuckte mit den Schultern. „Sie hat angerufen, und ich bin gekommen", sagte sie. „So wie immer." Ihr Blick glitt über mich. „Du siehst schrecklich aus."

Ich sah zu, wie die beiden Frauen die Treppe hinaufstiegen, dann ging ich in das Büro, das in einem rückwärtigen Flur versteckt war. Ich klappte einen Schreibtisch auf und holte eines der Wegwerfhandys heraus, die wir vorrätig hatten. Dann wählte ich Lilis Nummer. Sie nahm nach dem ersten Klingeln ab. „Omar?!" Ihre Stimme war schrill.

Ich zuckte zusammen. *„Cálmate!"*, sagte ich.

„Bist du in Sicherheit, *idiota*?", fragte sie und ihre Stimme klang nicht mehr als würde sie Glas zerspringen lassen.

„Ich bin in Sicherheit", versicherte ich ihr. „Kommst du mit Emma eine Weile allein klar?"

Lili schwieg einen Augenblick, dann seufzte sie leise und traurig. „Emma ist am Ende", sagte sie. „Ich habe versucht, sie zu überreden, mit mir nach Hause zu kommen, aber sie hat sich geweigert. Ich glaube nicht, dass sie das Krankenhaus verlassen wird, es sei denn, wir verfrachten sie mit Gewalt ins Auto."

„Mach das, falls sie sich weigert, morgen nach Hause zu kommen, in Ordnung? Sie kann nicht einfach im Krankenhaus sitzen und vor sich hinvegetieren."

Lili schnaubte. „Klar doch. Ich traumatisiere unsere schwangere Schwägerin noch weiter, ja?"

„Lili –"

„Spar's dir", bellte sie. „Was hast du dir dabei gedacht? In dieses Hotel zu gehen? Die Polizei war hier und hat Fragen gestellt."

„Das ist ganz normal. Die müssen das doch immer so machen, oder? Wie oft sind sie in den letzten Jahren gekommen, um Padre zu befragen? Es kommt nie etwas dabei heraus."

„Diesmal war es anders, Omar. Wenn diese Beamten Angel kannten oder von unserer Abmachung mit ihnen wussten, haben sie sich nicht so verhalten. Sie drohten immer wieder damit, einen Durchsuchungsbefehl zu besorgen und das Haus nach dir zu durchsuchen, und ich glaube, sie meinten es ernst."

Meine Schwester war eine starke Frau. Sie war zwar erst dreiundzwanzig Jahre alt, aber sie hatte immer wieder bewiesen, dass sie mit dem Druck, der in einer Familie wie der unseren herrscht, umgehen konnte. An den meisten Tagen trainierte sie härter als die Bodyguards, und auch wenn ich es nur ungern zugab, war sie eine bessere Schützin als ich. Lili war nicht leicht zu ängstigen ... aber jetzt klang sie besorgt.

Das Herz schlug mir bis zum Hals. *„Lo siento, mija."* Es kam nicht oft vor, dass wir leise miteinander sprachen – dafür war unsere Beziehung viel zu angespannt –, aber ich konnte den üblichen Zorn nicht aufbringen.

„Warum warst du so leichtsinnig? Es ist, als hättest du nicht einmal nachgedacht."

„Habe ich nicht", gab ich zu. „Ich war wütend und wollte mich rächen. Das will ich immer noch." Meine Gedanken wanderten zu Lyse, die oben eingesperrt war. „Ich bringe das hier in Ordnung, okay? Ich habe schon einen Plan."

Lili schnaubte. „Nichts für ungut, aber deine Pläne sind meistens beschissen, wenn du nicht von einem Erwachsenen beaufsichtigt wirst."

„Fick dich", sagte ich, ohne wirklich wütend zu werden. Sie hatte nicht ganz unrecht. Ich war nicht der Planer unserer Familie, ich war der Vollstrecker. Angel war der kühle, besonnene Kopf, ich war der Muskelmann. Das war schon so, seit wir Kinder waren und ich einen halben Meter größer war als er. „Ich verspreche, dass ich das in Ordnung bringe, okay?"

„Das solltest du auch."

Ich war mehr als froh, dass sie nicht fragte, *was* genau ich vorhatte. Ich musste zugeben, dass es ziemlich verrückt war, aber ich brauchte das nicht von ihr zu hören. Stattdessen fragte ich: „Gibt es irgendwelche Neuigkeiten aus dem Krankenhaus?"

Lili schniefte. Ich konnte mir vorstellen, wie sie sich wütend die Augen rieb; meine Schwester war nie eine Frau gewesen, die viel weinte. „Angel ist aus dem OP heraus. Sie haben seine Milz komplett entfernt und einige Blutungen in seiner Leber verschlossen, von denen sie gedacht hatten, sie hätten sie schon geflickt, die aber wieder aufgegangen waren."

„Ist er schon wach?"

„Würdest du dich irgendwo verstecken, wenn er es wäre?" Ihr Ton war abfällig, aber ich beschloss, das zu ignorieren. Für den Moment. „Die Ärzte haben gesagt, dass es einige Zeit dauern wird, bis sein Körper geheilt ist, und dass es am besten wäre, wenn wir ihn solange schlafen lassen."

„Sie werden ihn unter Narkose halten?"

Es entstand eine Pause. „Das gefällt mir nicht, aber ich weiß nicht, was ich sonst tun soll. Sie sagten, wenn er aufwacht, während er noch heilt, und ausflippt, könnte er ihre ganze Arbeit zunichtemachen. Emma hat den Beatmungsschlauch und die Medikamente für die Narkose gleich unterschrieben, nachdem du weg warst. Das war Teil des Papierkrams, den sie für die Operation unterschreiben musste. Ich glaube, das ist einer der Gründe, warum sie sich so aufgeregt hat."

Was für ein verdammtes Schlamassel. Noch vor zwei Tagen haben wir Mannys Geburtstag gefeiert und Emmas gebratene Bananen gegessen. Jetzt war ich mir nicht sicher, ob ich meinen ältesten Bruder jemals wiedersehen würde, und ich saß mitten in der Karibik in einer Zwangspause fest.

„Behalte Emmas Blutdruck im Auge, okay?" Angel hatte mir erzählt, dass Emmas Blutdruck beim letzten Arztbesuch etwas erhöht gewesen war, und obwohl ich mir nicht ganz sicher war, was das bedeutete, wusste ich, dass das nichts Gutes bedeuten konnte.

„Ich bin schon dran, aber wenn du das sagst, ist das sogar eine deiner besseren Ideen", gab Lili zu.

„Ich *kann* auch ein paar Dinge richtig machen, weißt du."

Sie lachte, echt und tief aus dem Bauch heraus, und das half, den Knoten zwischen meinen Schultern ein wenig zu lösen. „Das kannst du nicht wirklich, Omar", sagte sie. „Sie haben dein Bild überall in den Nachrichten und bitten die Leute, sich zu melden, falls sie Informationen über deinen Aufenthaltsort haben."

„Haben sie denn wenigstens ein gutes Foto genommen?"

Lili lachte, genau wie ich es beabsichtigt hatte. Eine Welle von Schwindel überkam mich; ich stöhnte und musste mich setzen. „Omar? Geht es dir gut?"

Ich lehnte mich mit dem Rücken gegen die Kopfstütze des Schreibtischstuhls und zählte langsam von zwanzig rückwärts, um meine Atmung und mein Herz unter Kontrolle zu bringen. „Es geht mir gut."

„Du bist ein mieser Lügner, *pendejo*."

Ich lachte, am Rande der durch den Blutverlust und den Schock ausgelösten Hysterie. „Das ist nicht das erste Mal, dass ich in den letzten Stunden so genannt werde."

„Was zum Teufel soll das heißen?"

Ich versuchte, es zu erklären, aber es war, als konnte ich die Worte nicht mehr richtig zuordnen. „Ich muss mich zusammenflicken lassen, okay? Ich muss gehen."

„Wie schwer bist du verletzt, Omar", fragte Lili und ignorierte meine Verabschiedung.

Ich seufzte und versuchte, den Kopf zu schütteln, als ob ich ihn so freibekommen würde, aber dadurch wurde mir nur noch schwindliger. *So ein Mist.* „Genug, dass ich mich darum kümmern muss", sagte ich. „Ich rufe dich bald an, okay?"

„Von einer anderen Nummer", erinnerte mich Lili, als ob das nötig gewesen wäre.

„Ich weiß."

Sie war so lange still, dass ich dachte, sie hätte aufgelegt, aber dann sagte Lili ganz leise: „Ich liebe dich, Omar. Pass auf dich auf."

„Ich liebe dich auch. Sag Emma, dass ich sie und das Baby auch liebe. Ich komme nach Hause, sobald ich kann."

„Das solltest du auch."

Wir legten auf und ich brach das Handy in zwei Teile und warf die Stücke in den Mülleimer neben dem Schreibtisch. Es war vielleicht übertrieben, das Telefon nach einem einzigen Anruf zu vernichten, aber ich wollte von jetzt an übervorsichtig sein. Ich konnte nicht mehr so leichtfertig sein, wenn Angel mich brauchte, um die Dinge im Griff zu haben. Ich konnte nicht der Grund dafür sein, aus dem wir alles verloren.

Als ich aufstand, wurde mir schwarz vor Augen und ich schwankte, stolperte um den Schreibtisch herum und stieß gegen die geschlossene Bürotür. Das Geräusch hallte durch das Haus wie ein dröhnender Donnerschlag.

KAPITEL 6

Omar

„*Hijo de puta.*" Ich drehte den Kopf, als Pascal den Ärmel meines Hemdes aufriss und versuchte, die Wunde zu untersuchen. Überall war Blut. Normalerweise konnte ich kleinere Verletzungen selbst zusammenflicken, aber das hier war eine ungünstige Stelle, um es allein zu tun, und meine Sicht war immer noch eingeschränkt.

„Brauchst du Hilfe, *jefe*?" Ich versuchte, mich zu Helenas Stimme umzudrehen, aber Schmerz, echter Schmerz, durchzuckte mich, und ich keuchte und kniff die Augen zusammen. „Bewegt euch!", bellte sie Pascal und Efrain an. Ich hörte, wie sich ihre Schritte entfernten.

Ich knurrte leise. „Hast du dir meine Schulter angesehen? Ich bin mir ziemlich sicher, dass sie noch blutet." Helena kam mit dem Erste-Hilfe-Kasten um die Arbeitsfläche und an ihrem tiefen Luftholen merkte ich, dass es nicht gut aussah. „Wie schlimm ist es?"

„Wurdest du ... angeschossen?", fragte sie. „Es sieht aus wie ein Einschussloch."

Verdammte Scheiße. Wurde ich? Moment, nein. Ich versuchte nachzudenken, versuchte mir einen Reim auf den Adrenalinrausch zu machen, in den ich geraten war. Waren noch andere Waffen gezogen worden? Ich konnte mich nicht daran erinnern, angeschossen worden zu sein, aber konnte ich meinen verschwommenen Erinnerungen im Moment überhaupt trauen?

„Was soll ich tun, *jefe*?"

Wenn es sich um ein Einschussloch handelte und ich die Kugel in meiner Schulter behielt, konnte sie sich entzünden, und obwohl wir auf der Insel mit allen medizinischen Vorräten ausgestattet waren, gab es keinen Arzt vor Ort. Mit dem Boot war es eine Stunde bis zum nächsten Cay und bis zu einem richtigen Krankenhaus sogar noch länger.

Helena begann, Dinge aus dem Erste-Hilfe-Kasten zu holen – Handschuhe, Verbandszeug und eine Pinzette. Sie fluchte. „Wir haben kein Lidocain mehr. Ich muss dir erst etwas anderes besorgen, ehe wir anfangen können."

Ich schüttelte den Kopf. „Macht einfach weiter."

„Jefe –"

„Mach es einfach", versicherte ich ihr. Sie wandte sich dem Spirituosenschrank zu, holte etwas von dem Primo Rum heraus und drückte mir die Flasche in die Hand. Ich nahm einen kräftigen Schluck und spürte, wie sich der Alkohol wie Blei in meinem Magen festsetzte. Ich sah sie wieder an. „Ich möchte irgendwann ins Bett gehen, Helena, *por favor*."

Sie fühlte sich bei kleinen Operationen nicht besonders wohl und das merkte man daran, wie ihre Hände zitterten, als sie die Zange hochhielt. Ich vermisste Lara, unsere Vollzeithaushälterin in Miami. Die hatte schon bei Lilis Geburt mitgeholfen, weil unsere Mutter auf dem Weg ins Krankenhaus im Auto anfangen musste zu pressen.

„Nimm das Licht", keuchte ich, „und taste nach allem, was klein und hart ist. Wenn du nichts spürst, nähen wir die Wunde und lassen sie in Ruhe."

Helena begann zur Jungfrau Maria zu beten, während sie die Wunde mit behandschuhten Fingern berührte. „Atme tief durch, *jefe*", befahl sie, und dann drückten ihre Finger hinein.

„La concha de tu madre!" Ich zwang mich, mich nicht von ihr abzuwenden.

Sie untersuchte die Wunde so schnell und sanft wie möglich. „Ich spüre nichts", sagte sie. „Vielleicht war es der Einstich einer Klinge."

Eine Klinge, ja. In meiner Erinnerung sah ich silberne Lichtblitze. Es waren viele Messer gezückt worden. Es war möglich, dass es eine Messerwunde war. Mein ganzer Körper zitterte, der Schweiß rann mir über den Rücken und tropfte mir ins Gesicht. Es war anstrengend, wach zu bleiben, während sie das Blut aufwischte. Es fühlte sich an, als sei ein Feuer unter meiner Haut entfacht worden und mein Körper wollte nichts weiter, als in der Dunkelheit zu verschwinden, um sich vor dem Schmerz zu schützen. „Funktioniert Flüssignaht?", fragte ich und wünschte mir nichts sehnlicher, als in meinem Bett zu liegen.

„Ich will das nicht riskieren. Bei so viel Schaden ist es wahrscheinlicher, dass normale Nähte auch halten … obwohl es noch besser wäre, wenn wir medizinische Klammern verwenden könnten."

„Ich werde es auf die Liste setzen", sagte ich. „Angel und ich werden uns darum kümmern, sie für alle Kits zu besorgen."

Angel und ich. So war es immer: Angel und ich besprachen die Dinge, bevor Angel die endgültige Entscheidung traf. So sollte es auch sein. Ich wollte seinen Job nicht. Egal, wie oft mein Vater ihn mir anbot, ich wollte ihn nicht. Vor allem wollte ich ihn nicht, wenn das bedeutete, dass Angel sterben oder in einem Krankenhausbett dahinvegetieren würde.

Obwohl ich nicht in einer Spirale düsterer Gedanken gefangen sein wollte, halfen sie mir, mich abzulenken, während Helena die Wunde verschloss. Es dauerte über vierzig Minuten, bis sie alles genäht hatte, und ich war ein verschwitztes, zitterndes Häufchen Elend, aber schließlich säuberte sie alles und klebte einen Verband darüber. „Wir müssen den Verband jeden Morgen und Abend wechseln", sagte sie, „und auf Anzeichen einer Infektion achten."

Ich nickte und zuckte zusammen, als es an der Haut zu ziehen schien, die sie gerade zusammengenäht hatte. „Ich verspreche, dass ich mich darum kümmern werde."

Helena schüttelte den Kopf und zeigte auf ihre eigene kleine, vogelähnliche Brust. „*Ich* kümmere mich darum", betonte sie. „Ich kann dich nicht mit einem Arm weniger oder einer anderen Infektion nach Miami schicken. Das würde mir dein Bruder nie verzeihen."

Es lag mir auf der Zunge, ihr von Angel zu erzählen, aber ich hielt den Mund und sagte nichts. Die kleine Kernmannschaft brauchte nicht zu wissen, warum sie auf die Insel gerufen worden war. Sie mussten einfach nur ihre Arbeit machen. Ich würde es ihnen sagen, wenn es für sie von Belang wäre.

„*Gracias*", sagte ich zu ihr. „Ich werde mir ein ordentliches Schmerzmittel besorgen und ins Bett gehen."

Helena berührte meinen Arm. Ihre Finger waren leicht auf meiner Haut, aber sie hielt mich trotzdem davon ab, zu gehen. Helena war wie Lara schon seit meiner Kindheit da; es war nicht überraschend, dass wir alle diese Frauen als Mutterersatz ansahen. Angel hatte einige Erinnerungen an unsere Mutter, bevor sie sich das Leben genommen hatte, und ich bis zu einem gewissen Grad auch, vor allem aber fragten Lili und ich uns, wie es wohl gewesen wäre, eine richtige Mutter zu haben.

„Was?"

Helena sah unbeeindruckt aus. „Werd' nicht frech, Mister Vollstrecker", sagte sie. „Ich weiß noch, wie ich dir den Mund mit Seife ausgewaschen habe."

Wenn ich zu intensiv über diese Erinnerungen nachdachte, konnte ich das Stück Seife, das sie mir in den Mund gesteckt hatte, fast schmecken. „Bitte erwähne die Seife nicht", sagte ich. „Mir ist schon übel genug."

„Was machen wir mit deinem Gast, *jefe*? Ich habe sie in das Zimmer gebracht, das von außen verschließbar ist, wie du gesagt hast, aber du hast nie gesagt, was du mit ihr vorhast."

„Nichts", sagte ich und antwortete schnell. „Ich werde sie bitten, ihren Verlobten, den Stadtrat, anzurufen, damit er mir die Polizei vom Hals schafft."

Ich wartete darauf, dass sie mich genial nannte, aber als das nicht geschah, drehte ich mich zu ihr um. „Was stimmt nicht mit meinem Plan?"

„Was nicht *stimmt*?" Ich merkte, dass sie mich ein bisschen schütteln wollte, aber stattdessen half sie mir, mich auf die Tischkante zu setzen. „Omar, was kann ein städtischer Rechnungsprüfer schon gegen die Polizei ausrichten?"

Ich zuckte mit den Schultern, und selbst das tat weh. „Er versucht, für den Kongress zu kandidieren. Das muss doch bedeuten, dass er einflussreich ist, oder?"

Helena zuckte mit den Schultern. „Wenn er gewinnt, würde ich sagen, dass das stimmt, aber *der Wunsch*, in den Kongress zu kommen, macht einen Politiker nicht zu einem einflussreichen Mann. Wie soll er denn helfen?"

Ich ärgerte mich über ihre Offenheit. Helena war nicht der Typ, der mich schonte, selbst wenn ich verletzt war. Sie war auch nicht der Typ, bei dem Tränen wirkten; das war einer der Gründe, warum

Padre sie mochte. Sie war genau das richtige Maß an Härte … obwohl diese Härte in Momenten wie diesem eine Grenze hatte.

Ich wollte ihre Logik heute Abend nicht. „Um Lyses willen sollte er es besser herausfinden", sagte ich. Wenn Felix Suarez mich im Stich ließ, würde ich ihm in den nächsten Monaten jeden Tag ein Stück seiner Verlobten schicken.

Helena machte große Augen. „Lyse? Wie in Lyse *Rojas*?" Ihre Hand glitt in ihre Tasche und sie zog einen zarten Rosenkranz heraus, den sie durch ihre Finger laufen ließ. „Warum hast du das Mädchen hierhergebracht, *jefe*? Wenn das ein romantischer Ausflug sein soll …"

„Was soll *romantisch* daran sein, wenn ich hier blutverschmiert auftauche und sie dann in ein Zimmer sperre, das sich nur von außen öffnen lässt?", fragte ich. „Ich glaube, ich habe ein bisschen mehr drauf, danke."

„Du lenkst ab."

Helena hatte Recht; ich lenkte ab. „Sie ist ein Druckmittel", sagte ich, „das ist alles. Wenn ihr Verlobter ihr nicht helfen kann, werfe ich sie mit Fischmehl beschmiert vom Steg."

Helena warf mir einen Blick zu, und ich konnte nicht sagen, ob sie mich ausschimpfen wollte oder ob sie Angst davor hatte, dass ich so beiläufig erwähnte, jemanden umzubringen. *Sei vorsichtiger, ermahnte ich mich. Man konnte nie genau wissen, wer alles spionierte.* „Sie hat Angst", sagte Helena. „Vielleicht solltest du …"

„Angst? Warum in aller Welt sollte das eine Rolle spielen? Sie ist ein Mittel zum Zweck; alles, was sie tun muss, ist, in ihrem Zimmer zu bleiben und ins Telefon zu sprechen, wenn ich es ihr gebe."

Helena senkte den Kopf; ihre Augen starrten plötzlich mit großem Interesse auf meinen mit Blut getränkten Schuh. „Die Familie Rojas ist gefährlich", sagte sie nach einem Moment, „aber ich glaube nicht, dass das Mädchen es ist. Sie scheint unglaublich … traurig zu sein."

Ich schnaubte. Ich konnte mir nicht helfen. „Ich habe über ein Dutzend ihrer Cousins getötet. Wenn sie glücklich darüber wäre, würde ich ihre Verbundenheit mit ihrer Familie in Frage stellen."

Sie presste die Lippen aufeinander, sichtlich verärgert über mich, aber sie wollte es nicht zugeben. „Dann mach doch, was du willst, *jefe*", sagte sie, als wolle sie ihre Hände von mir waschen. Sie griff in ihre Tasche und holte einen Schlüssel heraus; es war meine Verantwortung, mich um die Gefangene zu kümmern, nachdem ich sie hierhergebracht hatte.

Ich drückte ihr einen schnellen Kuss auf die Stirn. „Danke für das schlechte Gewissen und die Offenheit. Und dafür, dass du mich zusammengeflickt hast."

Langsam machte ich mich auf den Weg zur Treppe an der Vorderseite des Hauses. Ich sah mich misstrauisch um; im Büro befand sich ein Sofa, auf dem ich mich hinlegen konnte, aber im ersten Stock gab es kein Bad mit einer Dusche, und ich brauchte *dringend* eine Dusche.

Erschöpfung machte sich in mir breit, während ich mich zwang, die Treppe hinaufzusteigen. Meine Nähte zogen. Als ich am Treppenabsatz ankam, glaubte ich, Lyse in ihrem Zimmer weinen oder jammern zu hören, aber im zweiten Stock war es totenstill.

Misstrauisch ging ich den Flur entlang zu dem Zimmer, in dem sie sich aufhielt, und öffnete die Tür, bereit, sie wieder hineinzustoßen, falls sie versuchte zu fliehen. Lyse bewegte sich nicht, sondern stand an dem einen Fenster im Raum und sah hinaus.

„Das sind kugelsichere Fenster", sagte ich zur Begrüßung. „Da gibt es kein Entkommen."

„Wir sind auf einer Insel", sagte sie, als ob sie zu sich selbst sprechen würde. „Wo sollte ich denn hin?" Lyse drehte sich um und zwang ihre Lippen zu einem Lächeln … obwohl es eher wie eine Farce wirkte. Ihre Augen waren trocken, und sie waren nicht geschwollen.

Sie hatte nicht geweint. „Außerdem weiß ich, wie kugelsicheres Glas aussieht", sagte sie. „Ich habe welches an meinen Fenstern zu Hause. Und außerdem habe ich Gitter, die mich davon abhalten, irgendwohin zu gehen, wo ich nicht hinsoll."

„Du hast immer noch die Gitter an deinen Fenstern?" Ich erinnerte mich daran, wie Lili ihre abgenommen hatte; in den darauffolgenden drei Monaten verließ sie das Haus öfter durch das Fenster als durch die Haustür, einfach weil sie es konnte.

„Die verschwinden nicht", sagte sie. Mir gefiel der abwesende Blick in ihren Augen nicht. Es war, als würde sie sich abschirmen, damit sie ruhig blieb. Wie viel davon war ihr von Geburt an anerzogen worden? Und wie viel davon war Überlebenskunst? „Mein Vater kann schließlich nicht zulassen, dass ich weglaufe."

Die Art, wie sie das sagte, verriet mir, dass sie es schon einmal getan hatte. Oder darüber nachgedacht und es der falschen Person erzählt hatte. Meine Sicht wurde trüb und ich stützte mich mit der Hand am Türrahmen ab, um aufrecht stehen zu bleiben. Ich hatte keine Zeit für diese Art von Plauderei. „Wir rufen morgen deinen Vater und deinen Verlobten an", sagte ich. „Dann sehen wir, wie sehr sie dich zurückhaben wollen."

Lyse schüttelte den Kopf, aber sie sagte nichts. Ihre Gleichgültigkeit irritierte mich. Ich ging durch das Zimmer und drängte sie gegen das Fenster. „Ich hoffe fast, dass sie nicht verhandeln wollen", sagte ich. Ich streckte meine Hand aus und fuhr mit meinen Fingern über die glatte, weiche Haut ihrer nackten Schulter. „Wir könnten so viel mehr Spaß haben."

Sie zitterte, und der Anblick ihres Zitterns zog mir den Magen zusammen und ließ mich vor Erregung erbeben. Sie hat Angst vor dir, sagte ich mir … aber warum war das wichtig? Sie *sollte* Angst vor mir haben. Ich wollte, dass sie Angst vor mir hatte. „So etwas brauchst du nicht zu sagen", murmelte sie. „Ich kenne mich mit Männern wie dir bereits gut aus. Ich weiß, wozu du fähig bist."

Ich beugte mich zu ihr hinunter und murmelte ihr ins Ohr: „Du hast noch nie einen Mann wie mich getroffen, *conejita*. Du hast keine Ahnung, was ich mit dir machen würde." Ich nahm ihr Ohrläppchen zwischen die Zähne, und sie stieß einen leisen, verwunderten Laut aus, der mir direkt in den Schwanz schoss. „Bete, dass dein Verlobter die Mittel hat, um dich hier rauszuholen." Ich wich einen Schritt zurück, und ihr gequälter Blick brannte sich in mein Inneres.

Ich verdrängte die aufkommende Scham, grinste sie an und kniff die Augen zusammen. Dann ging ich zur Tür. Ich drehte mich nicht um, als ich sie hinter mir schloss.

KAPITEL 7

Lyse

Ich beobachtete durchs Fenster, wie der Himmel rosa und golden wurde. Je heller es wurde, desto mehr konnte ich das Drahtgeflecht aus Metall sehen, das zwischen den Glasscheiben eingelassen war, um sie bruchsicher zu machen. Ich hatte versucht zu schlafen, aber es war unmöglich. Mein Körper war die ganze Nacht in höchster Alarmbereitschaft und wollte sich einfach nicht entspannen.

Ich konnte immer noch Omars Zähne an meinem Ohrläppchen spüren. Sein Atem in meinem Gesicht … Ich zitterte. Hör auf, daran zu denken.

Das Türschloss klickte, und meine Schultern spannten sich an. Ich holte tief Luft und versuchte, ein ausdrucksloses Gesicht zu machen. *La Bestia* kam mit einem Tablett herein. „Das esse ich nicht."

Omar stellte das Tablett auf die Kommode. Für einen Augenblick blitzte Verärgerung in seinem Gesicht auf. Widerwillig gestand ich mir ein, dass er noch gutaussehender war, wenn er nicht mit einer Schicht aus Blut und Eingeweiden überzogen war, aber so konnte ich auch besser erkennen, wie *müde* der Mann aussah. *Gut*, dachte ich. *Ich hoffe, du schläfst nie wieder.* „Helena hat es gemacht, nicht ich, aber wenn du es nicht willst, ist es mir auch egal."

In diesem Moment knurrte mein Magen. Das Rührei und der Toast auf dem Teller sahen wirklich appetitlich aus, und es gab Orangensaft und Kaffee. Wahrscheinlich die schmackhafteste Mahlzeit, die eine Geisel sich erhoffen konnte. Ich ging an ihm vorbei, nahm den Teller vom Tablett und zog mich auf meinen Platz auf dem Bett zurück. Ich nahm eine der dicken Toastscheiben und führte sie an meine Lippen. Bevor ich einen Bissen nahm, sah ich zu ihm hinüber. „Ist das meine Henkersmahlzeit?"

„Wenn du mich weiter daran erinnerst, wie sehr ich deinen Tod und den deines ganzen Clans will, dann wird es das." Er zog ein Klapphandy aus der Tasche. Er brauchte mir nicht zu sagen, dass es ein Wegwerfhandy war; ich kannte mich mit diesen Dingern aus. „Du darfst dir aussuchen, wen du anrufst: deinen Vater oder deinen Verlobten. Wer ist bereit, einen Deal zu deiner Freilassung auszuhandeln?"

Ich nahm ihm das Handy ab und wählte schnell Felix' Nummer. Apá würde vielleicht über meine Auslieferung verhandeln, aber ich konnte nicht sicher sein, dass Omar ihn nicht sofort töten würde, wenn er hierherkäme. Es war nicht vorhersehbar, was *La Bestia* tun würde, wenn er endlich mit dem Oberhaupt der Familie Rojas in einem Raum wäre ... vor allem nach dem, was mein Vater seinem Bruder angetan hatte.

Außerdem wäre mein Vater keine Hilfe, wenn die Polizei bereits eingeschaltet war. In unserem kleinen Gebiet hatten wir die Polizei zwar unter Kontrolle, aber wir hatten nicht denselben Einfluss wie die Castillos. Ich wusste, dass Felix Verbindungen zur Polizei hatte, die mein Vater gerne gehabt hätte. Er würde mir helfen können ...das hoffte ich zumindest.

Als ich den Hörer ans Ohr führen wollte, riss Omar ihn mir aus der Hand und drückte die Freisprechtaste. „Hallo?"

Ich war noch nie so glücklich gewesen, die Stimme meines Verlobten zu hören. „Felix?"

„*Lyse*?" Zu sagen, dass Felix überrascht war, wäre eine Untertreibung gewesen: Seine Stimme klang höher als je zuvor. Wäre ich nicht in dieser Situation gewesen, ich hätte es lustig gefunden. „Geht es dir gut? Bist du in Sicherheit?"

„Sie ist nicht tot, Mr. Suarez", knurrte Omar. „Das sollte fürs Erste reichen."

„Sie Hurensohn!"

Omar seufzte leise. „Wenn Sie tun, was ich Ihnen sage, verspreche ich Ihnen, dass sie bei mir bestens aufgehoben ist. Wenn nicht, lasse ich meine Männer ihren Spaß mit ihr haben, während ich zusehe." Ich dachte an die beiden Männer, die mir gestern Abend aus dem Boot geholfen hatten, und mir wurde schlecht.

Das würde er nicht tun, oder? Er würde mich nicht diesen Männern überlassen. Nicht, wenn er–

Hör auf, sagte ich mir.

„Wenn jemand ihr auch nur ein Haar krümmt, werden Sie es bereuen." Felix stieß die Worte so aus, dass er sich wie Apá anhörte, was mich verblüffte. In meiner Gegenwart war Felix immer höflich, wenn auch auf eine distanzierte Weise. Manchmal starrte er zu lange, aber im Großen und Ganzen blieb er ein vollendeter Gentleman. Jetzt aber klang er wie einer meiner männlichen Verwandten, wenn sie jemanden bedrohten.

„Sie sind doch ein Mann mit Beziehungen, oder?", fragte Omar, ohne der Drohung auch nur die geringste Beachtung zu schenken. Eigentlich könnte er Felix mit bloßen Händen zu Tode quetschen, dachte ich, und starrte auf Omars muskulösen Oberkörper. Ein leichtes Kribbeln breitete sich in meinem Bauch aus.

Felix schwieg einen Moment. „Was muss ich tun?"

„Ziehen Sie die Polizei ab", sagte er. „Ich will zu meiner Familie nach Hause kommen."

„Das ist unmöglich. Ihr Gesicht ist überall, das FBI ist eingeschaltet. Ich kann nichts tun."

Omar stieß ein Knurren aus, das mich bis ins Mark erzittern ließ. Ich duckte, aus Angst, er würde ausrasten. Falls Sie Lyse lebend wiedersehen wollen, sorgen Sie dafür, dass das geschieht."

„Wagen Sie es nicht, sie anzurühren."

Es war etwas in der Art, wie er das sagte, das mir eine Gänsehaut über den Rücken laufen ließ. Omar grinste jedoch grimmig, als hätte man ihm gerade die Schlüssel zum Himmelreich übergeben. „Das macht dich an, was, *pendejo*? Du willst, dass deine kleine Frau immer nur dich hat."

Ich ballte die Hände zu Fäusten, meine Fingernägel gruben sich in meine Handflächen. „Felix", sagte ich und bemühte mich nicht, das Zittern in meiner Stimme zu verbergen. Er sollte denken, dass es meine Angst vor Omar war – die war auch da – und nicht Ekel. „Ich brauche deine Hilfe. Bitte."

„Lyse", seufzte Felix. Bitte sag mir, dass er dich nicht angefasst hat."

„Das hat er nicht", beteuerte ich und warf einen Blick auf Omar, dessen Kiefer vor Anspannung mahlte. Er nickte, damit ich fortfuhr. „Aber ich habe Angst, dass er es tun wird, wenn du nicht tust, was er sagt."

Omar streckte die Hand aus und berührte mit den Fingern meine Wange, und ich zuckte zurück, als hätte er mich verbrüht. „Sie ist sehr hübsch, Mr. Suarez. Es täte mir leid, das zu ändern."

„Ich brauche eine Garantie, dass sie sicher ist."

„Ich werde sie nicht anrühren, solange Sie tun, was ich verlange."

„Ich brauche eine Möglichkeit, mit Ihnen zu kommunizieren. Eine Telefonnummer oder eine E-Mail-Adresse oder so etwas."

Omar lachte höhnisch. „Wollen wir jetzt WhatsApp-Kumpels werden, *pendejo*? Nein, ich melde mich in 24 Stunden bei Ihnen und dann sagen Sie mir, ob Ihre entzückende Verlobte nach Hause kommt oder nicht."

Felix gab einen frustrierten und verärgerten Laut von sich. „Sie wissen gar nicht, was für einen gewaltigen Fehler Sie begangen haben", sagte er. „24 Stunden sind nicht genug Zeit, um das Chaos zu beseitigen, das Sie angerichtet haben. Zwanzig Menschen sind tot oder schwer verletzt, und Sie treten vor laufenden Kameras einem Mann ins Gesicht."

Omar zeigte nicht die geringste Spur von Reue. Wenn überhaupt, schien er von der Zahl beeindruckt zu sein. Ich war kurz davor, mich zu übergeben. „Wie lange, glauben Sie, kann ich mich noch beherrschen, Mr. Suarez?", fragte er. „Ich bin kein geduldiger Mensch. Sie haben gesehen, wozu ich fähig bin. Ich habe Lyse ganz für mich allein. Wir könnten uns die Zeit vertreiben, während wir darauf warten, dass Sie das Ganze in Ordnung bringen." Omar griff blitzschnell nach mir und packte mein Handgelenk. Er drückte so fest zu, dass ich dachte, meine Knochen würden brechen. „Sing für ihn, *conejita*", murmelte er, und ich schrie auf.

„Felix, bitte!"

„Stopp, stopp, stopp!", schrie Felix. „Ich tue es! Geben Sie mir eine Woche, und ich sorge dafür."

Omar war von der Frist wenig begeistert, das konnte ich ihm ansehen, aber er willigte ein. „Eine Woche; ich krümme ihr kein Haar." Dann legte er auf und schnitt Felix so die Möglichkeit einer Antwort ab.

„Du rührst mich wirklich nicht an?", fragte ich in die eingetretene Stille. Letzte Nacht war meine größte Angst gewesen, dass Omar mich auf dem Weg von Miami aus dem Boot werfen würde. Aber das war, bevor er mich mit seinem riesigen Körper gegen ein Fenster drückte und mir drohte, mich seinen Männern zu überlassen.

Er sah mich mit einem feurigen Blick aus seinen dunklen Augen an. „Wenn er das nicht in einer Woche geregelt hat, bringe ich dich um und schicke dich in kleinen Stücken zu deinem Verlobten zurück. Hast du verstanden?"

Ich schluckte. Meine Kehle fühlte sich an, als würde sie sich zusammenziehen. Nachdem ich gesehen hatte, wie er meine Familie im Hotel brutal ermordet hatte, wusste ich, dass das keine Drohung, sondern ein Versprechen war. Mir wurde kalt, als ich mich an die Schüsse erinnerte. Wäre ich nicht mit meinen Cousins dort gewesen und hätte ich sie nicht zuerst gefunden, hätte Omar jedem von ihnen eine Kugel in den kleinen Schädel gejagt. Davon war ich überzeugt. Ich wollte nicht hier sterben, allein auf dieser Insel. Ich wollte nicht, dass mein Körper im Meer versenkt wurde. Ich versuchte, meine Stimme ruhig zu halten, aber es gelang mir nicht. „Ich verstehe."

Er streckte die Hand aus und berührte erneut meine Wange. „Benimm dich, *conejita*." Dann war er weg und verschloss die Tür hinter sich.

Ich sah mich in meiner Gefängniszelle um und nahm meine Umgebung zum ersten Mal seit meiner Ankunft richtig wahr. Der Raum war möbliert und relativ komfortabel. Im Badezimmer gab es Luxusprodukte und einen scheinbar unerschöpflichen Strom von Warmwasser, was für eine Insel beeindruckend war. In der Kommode fand ich schlichte, aber tragbare Kleidung, die ich gegen mein Kleid tauschen konnte.

Aber ich war hinter einer abgeschlossenen Tür und bruchsicherem Glas gefangen. Es gab nur mich und diese vier Wände. Konnte ich eine Woche in dieser Art von Gefangenschaft überleben? Ich war mir nicht sicher. Im Haus meines Vaters war ich nie allein. Selbst wenn es so aussah, als sei ich allein, gab es immer einen Wachmann, der mich im Auge behielt. Schließlich konnte ich nicht verdorben werden, ich war das beste Handelsgut meines Vaters. Ich empfand es als erdrückend, in einem Panoptikum zu leben.

Aber mit meinen eigenen Gedanken gefangen zu sein, war viel, *viel* schlimmer. Ich kletterte auf das Bett und wickelte mich in die Daunendecke, was mir Trost gab. Während ich darüber nachdachte, was ich in den nächsten sieben Tagen tun sollte, nahm ein anderer Gedanke in meinem Kopf Gestalt an. Wenn ich es irgendwie schaffte, von der Insel zu kommen, ohne dabei umzukommen, dann konnte ich vielleicht weglaufen und immer weitergehen. Ich konnte irgendwo hingehen, wo niemand jemals von den Familien Castillo oder Rojas gehört hatte, und mich dort niederlassen, weit weg von diesem Leben. Ich würde Felix nicht heiraten müssen oder mich den Launen meines Vaters beugen müssen. Ich wäre frei. In die Decke gehüllt stand ich auf und starrte über den scheinbar endlosen Ozean, wo die Wellen an den Strand schlugen.

Was für eine dumme Idee, schalt ich mich selbst. Selbst wenn ich nicht auf dieser gottverlassenen Insel feststeckte, so gab es immer noch keinen Ort, an den ich hätte fliehen können.

Bleib bei Verstand, das ist alles, was du tun musst.

KAPITEL 8

Omar

Das Handy auf dem Nachttisch klingelte. Und klingelte. Und klingelte. Ich stöhnte und nahm es, drückte die grüne „Anrufannahme"-Taste und hielt es an mein Ohr. „Was gibt's?", schnappte ich.

„Was meinst du mit ‚*was gibt's*'?" Es war Lili, und sie war *sauer*.

Es durchfuhr mich wie ein Blitz. „Was ist los? Ist es Angel?"

„Sein Zustand ist unverändert", sagte sie. Ihre Stimme war jetzt sanft. Es geht ihm nicht schlechter, aber auch nicht viel besser."

Ich fuhr mir mit der Hand durchs Haar und zuckte zusammen, als meine Finger die vom Kissen verursachten Druckstellen berührten. Obwohl wir schon seit mehr als 24 Stunden hier waren, tat mir immer noch alles weh, und meine Schulter brannte unter dem Verband. Ich würde Helena brauchen, um zu sehen, ob ich eine Infektion hatte. „Also, abgesehen vom Offensichtlichen, was gibt es?" Ich wollte weiterschlafen, aber das würde wohl nicht passieren. Jetzt, wo ich bei Bewusstsein war, schmerzte mein Körper zu sehr, um mich zu entspannen.

„Ademir hat heute Morgen wegen Angel angerufen."

Scheiße. Ademir war einer von Angels Geschäftspartnern aus Südamerika und Teil des Corazón-Syndikats. „Was wollte er?"

„Er erwartet eine Lieferung Waffen, aber das Boot scheint Probleme zu haben. Es befindet sich in der Nähe der Insel, und er hofft, dass du ihm bei der Reparatur helfen kannst ... und vielleicht auch dabei, einen Teil der Ware zu lagern."

Und was hast du geantwortet?"

Lili verstummte, und ich wusste genau, was sie ihm geantwortet hatte. „Wer hat jetzt das Problem?", fragte ich. „Warum zum Teufel hast du ihm zugesagt?"

„Er ist Angels wichtigster Geschäftspartner! Was hätte ich denn sagen sollen? Ich kann doch nicht nein sagen und darauf hoffen, dass wir am Leben bleiben."

Sie hatte natürlich recht, aber das besänftigte meinen rasenden Puls nicht im Geringsten. „Wie weit sind sie noch entfernt?"

„Ademir war sich nicht sicher – nur, dass ihre Koordinaten sie in die Nähe der Insel weisen. Wenn sie dort ankommen, tu, was du kannst, um ihnen zu helfen, und verrate ihnen *nichts* von Angel."

Ich lachte höhnisch. „Ich bin kein Vollidiot, okay?

„Doch, das bist du", widersprach sie. „Wir haben diese Diskussion schon geführt."

„Ich weiß, wie ich Angel schütze. Meine Stimme war harscher, als ich es beabsichtigt hatte, aber Angel zu beschützen, war fast mein ganzes Leben lang meine Aufgabe gewesen. Es war eines der wenigen Dinge, die ich gut konnte, und Lili würde es mir nicht mit ein paar unüberlegten Worten wegnehmen. „Okay?"

Lili spürte die Veränderung in meinem Tonfall, und obwohl sie nichts dazu sagte, ließ sie die abweisende Haltung fallen. „Halte mich auf dem Laufenden", sagte sie. „Ademir war nicht gerade glücklich darüber, dass *du* derjenige warst, mit dem seine Leute verhandeln sollten. Er fragte immer wieder, warum Angel sie nicht auf der Insel treffen konnte, um alles zu koordinieren."

„Wie hast du dich rausgeredet? Nur damit ich Bescheid weiß?"

„Ich habe ihm gesagt, dass Emmas Schwangerschaft schon so weit fortgeschritten ist, dass sie ihn nicht so weit weg haben möchte."

Das war eine gute Ausrede, plausibel. „Okay, das ist gut. Das macht es einfacher."

Wir legten auf, und ich warf das Handy weg, nachdem ich es in zwei Teile zerbrochen hatte. Ich hatte wahrscheinlich nicht viel Zeit, aber ich sprang unter die Dusche, um die Verspannungen in meinem Körper zu lockern. Ich tat mein Bestes, damit die Nähte nicht mit Wasser in Berührung kamen – es war noch zu früh, um sie nass zu machen – aber ich machte mir nicht die Mühe, einen neuen Verband anzulegen, sondern überließ das Helena. Als ich nach unten kam, hatte Helena bereits Frühstück für mich vorbereitet. „Ich habe deinem Gast schon etwas zu essen gebracht", sagte sie, als ich mich setzte.

„Nenn sie nicht Gast." Ich schlang meine Eier hinunter und verbrannte mir sofort die Zunge. Dann schmeckte alles nach nichts. *Na super.*

„Na schön", fauchte Helena. „Ich habe deine Geisel gefüttert."

Ich grunzte. „Sie lebt noch, nehme ich an."

„Natürlich. Als ob ich unter meiner Aufsicht jemanden sterben lassen würde. Sie ist ein furchtsames Ding, nicht wahr?"

Conejita. „Ich habe dir doch schon gesagt, dass es egal ist, wie sie ist. Sie ist nur vorübergehend hier."

Helena rollte mit den Augen, aber ich ignorierte es geflissentlich. „Der Geschäftspartner meines Bruders hat sich heute Morgen auf dem Stützpunkt gemeldet. Sie haben ein Boot, das repariert werden muss, und einige Kisten, die gelagert werden müssen, bis sie aufs Festland gebracht werden können."

Sie regte sich kaum und begann, Teller in den Geschirrspüler zu räumen. „Soll ich Mittagessen für unsere Gäste vorbereiten?" Helena sah mich an. „Oder sind das auch ‚keine Gäste'?"

„Das sind VIPs", sagte ich. „Wir werden sie mit Wein und gutem Essen verwöhnen und alles tun, um zu vermeiden, dass wir über die Ereignisse auf dem Festland sprechen. Verstanden?"

„Natürlich, *jefe*."

Nachdem Helena das Frühstück abgeräumt hatte, zog sie mir das Hemd aus, um den Verband an meiner Schulter zu erneuern. Sie betastete die Wunde und machte „Hmm"-Geräusche. „Macht es Spaß?", fragte ich, als ihre Finger mein empfindliches Fleisch betasteten.

„Jede Menge", erwiderte sie mit ausdrucksloser Miene.

„Wenn Angel dich so reden hören würde ..."

„Was? Glaubst du, ich habe Angst vor ihm?" Sie kniff mich in den Arm und lachte, als ich fluchte. „Du und Angel, ihr haltet euch für knallhart, aber wir wissen alle, dass Haushälterinnen die Zügel in der Hand halten." Sie tätschelte meinen unverletzten Arm. „Es sieht gut aus. Keine Rötung oder Schwellung, kein Wundsekret . . . du wirst deinen Arm *wahrscheinlich* nicht verlieren."

„*Gracias.*"

Ich verließ die Küche und rief Efrain und Pascal ins Trockendock, um ihnen von unseren bevorstehenden Besuchern zu erzählen. „Haben sie gesagt, ob es der Motor ist, der ihnen Probleme bereitet?", fragte Pascal.

„Lili hat nichts gesagt. Ademir hat ihr nur mitgeteilt, dass das Boot es in seinem jetzigen Zustand nicht bis nach Miami schaffen würde."

„Was ist da drin?", fragte Efrain, der weitaus ernstere der beiden.

„*Armas*", sagte ich. „Wie ich Ademir kenne, wahrscheinlich große."

Beide Männer waren angespannt. Drogen waren nicht unbedingt einfacher zu handhaben, aber viele Waffen an einem Ort konnten schnell sehr gefährlich werden. „Wir bringen ihr Boot so schnell wie möglich in Ordnung", sagte ich.

Gegen Mittag kam ein Boot in Sicht. Es hatte definitiv Probleme. Durch das Fernglas konnte ich sehen, dass sie im Grunde nur noch paddelten. „Hol das Beiboot", sagte ich zu Efrain. „Wir schleppen sie ab."

Sie rannten los, um das Beiboot zu holen, und ließen es zu Wasser. Dann stiegen wir alle an Bord. Das Boot schaukelte über die Wellen, die vom Wind aufgepeitscht wurden. Es dauerte nicht lange, bis wir das Boot erreicht hatten. „Wir schleppen euch ab", rief ich den Männern zu. „Ihr habt doch kein Wasser im Boot, oder?"

Sie versicherten, dass sie keinen Wassereinbruch hatten, und Pascal warf ihnen das Seil zu. Als alles gesichert war, fuhren wir in Richtung Ufer.

Am Steg angekommen, half Pascal einigen Männern beim Entladen der Fracht, während Efrain den Motor überprüfte. „Kannst du ihn reparieren?", fragte ein offensichtlich besorgter Mann, als er zum Anleger zurückkehrte.

Efrain brummte etwas. „Sollte höchstens ein paar Stunden dauern", erklärte er.

„Keine Übernachtung?"

Als ob ich das zugelassen hätte. „Nein", versicherte Efrain ihm und warf mir einen Blick zu.

Auch der Mann sah mich an. „Ademir hat erwähnt, dass wir die Ladung hier unterstellen können? Wir sind mit der Lieferung in Verzug."

Ich nickte. „Ja, das lässt sich einrichten."

„Ist es hier... sicher?"

„Wir nutzen diese Insel regelmäßig als Lager. Wir befinden uns hier in internationalen Gewässern, sodass wir uns kaum Sorgen um die Küstenwache machen müssen."

„Und werden wir Angel sehen, während wir hier sind? Ademir möchte, dass wir ihn grüßen."

Angel hielt sich weitgehend aus dem Waffengeschäft des Syndikats heraus, aber er hatte nichts gegen weitere geschäftliche Vereinbarungen mit dem Mann. Es machte Sinn, wenn sie versuchten, ein Treffen mit Angel zu arrangieren, da die Castillos ihnen nun halfen.

„Er ist leider wieder in Miami", sagte ich. „Seine Frau ist schwanger und möchte nicht, dass er zu weit weg von zu Hause ist."

Der Mann rollte mit den Augen. „Und ist Angel Castillo so sehr von seiner Frau dominiert, dass er eine Geschäftschance verpassen würde?"

Ich knirschte verärgert mit den Zähnen. „Hat Ademir dir erzählt, was der Frau meines Bruders widerfahren ist?"

Er nickte, weitgehend unbeeindruckt. „Sie wurde entführt. Das kommt nicht so selten vor ... und er hat sie zurückbekommen, also ist alles in Ordnung."

„Vielleicht", gab ich zu, „aber der Mann, der sie entführt hat, wurde ausgeschaltet. Angels Frau und ihr Kind sind das Wichtigste für ihn. Ich würde nicht so respektlos über sie sprechen. Selbst wenn er nicht hier ist, um dich zu hören, kann ich dich hören."

Ich rechnete fest damit, dass der Mann etwas Abfälliges erwidern würde, aber er schien mich beim Wort zu nehmen. Stattdessen musterten mich seine dunklen Augen und er nahm die Prellungen und Schnitte wahr. „Was machst *du* hier? So weit weg von deinem Bruder?"

Ich deutete auf mein Gesicht. „Offensichtlich lecke ich mir die Wunden." Ich wies mit dem Kopf in Richtung Haus. „Ich habe eine Freundin mitgebracht, die mir dabei helfen soll."

Ich wollte Lyse überhaupt nicht erwähnen, aber falls sie sie im Haus hören sollten, brauchte ich eine glaubwürdige Ausrede.

Der Mann grinste. Du Schlitzohr. Weiß Angel, was du treibst?"

Er fischte nach Informationen: So oft, wie er den Namen meines Bruders erwähnte, war das kein Zufall. „Angel und ich haben diese Insel schon seit unserer Kindheit zur freien Verfügung. Er gönnt mir einen Urlaub, wenn ich ihn brauche. Jetzt lass meinen Mann an deinem Motor arbeiten, damit ihr eure Reise fortsetzen könnt. Meine Haushälterin wird sicher schon das Mittagessen für uns vorbereitet haben."

Zum Glück lenkte die Aussicht auf Essen den Mann ab, und als wir die Mahlzeit beendet hatten, brummte Efrains Motor wieder. Sie sprangen an Bord und sagten, sie würden sich melden, wenn sie die Kisten abholen würden.

„Krise abgewendet, *jefe?*", fragte Pascal.

Ich nickte. „Aber jetzt haben wir eine verdammte Tonne Waffen in unserem Trockendock."

„Ein Problem nach dem anderen", sagte Efrain.

Wem sagte er das!

KAPITEL 9

Lyse

Ich hatte gedacht, dass es nichts Schlimmeres gab, als im Haus meines Vaters festzusitzen, aber ich hatte mich geirrt. In *diesem* Raum gefangen zu sein und darauf zu warten, dass etwas passierte, war die Hölle auf Erden.

Omar hatte Felix eine Woche Zeit gegeben, um die Angelegenheit zu regeln. Inzwischen waren drei Tage vergangen, und Felix hatte nichts von sich hören lassen. Helena brachte mir die meisten Mahlzeiten, aber Omar erschien jeden Abend mit meinem Abendessen. Er sprach nicht mit mir, aber er stellte sicher, dass ich aß, ehe er das Tablett wegbrachte. Er hielt sein Versprechen an Felix: Er sorgte dafür, dass es mir gut ging, solange ich in der Obhut des Castillo-Clans war.

Ich lag auf dem Bett und starrte auf die Risse in der Decke, als mir klar wurde, dass ich das nicht noch vier Tage aushalten würde. Ich war kurz davor, gegen die Wände zu rennen. Ich musste mir etwas einfallen lassen, wie ich aus diesem Raum herauskam. Weglaufen war keine Option. Omar würde mich umbringen, bevor er das noch einmal zulassen würde. Aber was wäre, wenn ich stattdessen sein

Vertrauen gewinnen konnte? Dann konnte ich versuchen, mich davonzuschleichen, wenn der richtige Zeitpunkt gekommen war.

Oder vielleicht konnte ich ihn davon überzeugen, mich zurück aufs Festland zu bringen.

Selbst der Gedanke daran erschien mir dumm. Warum sollte *La Bestia* mir jemals vertrauen? Nicht nur, dass ich eine Rojas war, ich war auch die älteste Tochter des Mannes, der seinen Bruder umbringen lassen wollte. Er hatte das Recht, mich zu töten ... oder meine Zukunft zu zerstören.

Eine Idee, waghalsig und verrückt, kam mir in den Sinn. Er wollte mich; ich war zwar noch unberührt, aber ich erkannte diesen Blick in den Augen eines Mannes, wenn er mich ansah. Aber Omar musste mehr als nur wollen. Er musste mich nehmen. Ich musste sein Verlangen nach mir ausnutzen, um seinen Argwohn zu überwinden. Dann konnte ich ihn vielleicht überzeugen, mich aus diesem Raum zu lassen, und vielleicht konnte ich dann meine Flucht planen. Sicherlich gab es mehr als ein Boot auf dieser Insel. Obwohl mir bei dem Gedanken, eines davon allein zu steuern, ein Schauer über den Rücken lief. Konnte ich das wirklich?

Die Sonne ging unter, und ich wusste, dass es bald Zeit zum Abendessen war. Wenn ich etwas unternehmen wollte, musste ich bereit sein. Nur war ich mir nicht sicher, was ich eigentlich tun wollte. Ich war seit meinem fünfzehnten Lebensjahr Felix versprochen. Apá hatte darauf bestanden, dass ich *unberührt* blieb, was bedeutete, dass ich mich nicht einmal zu jemand anderem hingezogen fühlen durfte.

Jetzt ergab das alles einen kranken Sinn. Verdammt, Felix' größte Angst war nicht, dass ich getötet werden könnte, sondern dass ich entehrt werden könnte, bevor er mit mir machen konnte, was er wollte.

Die Vorstellung, dass er mich anfassen würde, ließ mich erschaudern.

Vielleicht kann ich zwei Fliegen mit einer Klappe schlagen, dachte ich, sprang aus dem Bett und ging ins angrenzende Badezimmer. Ich zog mich aus und ließ meine Sachen auf dem Boden liegen. Dann drehte ich die Dusche so heiß wie möglich auf. Ich schrie auf, als ich in die Duschkabine trat. Das Wasser zischte förmlich, als es auf meine Haut traf. Es tat weh, aber es half, meinen verspannten Schultern etwas Linderung zu verschaffen.

Ich wusch mir schnell die Haare mit den nach Kokosnuss duftenden Produkten, die erstaunlich gut für eine Gefängniszelle waren. Als ich fertig war, drehte ich das Wasser ab und griff nach meinem Handtuch. Ich trocknete mir die Haare grob ab und kämmte mit den Fingern durchs Haar, bis sie in nassen Locken über meine Schultern fielen.

Anstatt mich wieder anzuziehen, nahm ich das feuchte Handtuch und wickelte es um meinen Körper, sodass es unter meinen Armen steckte und bis zu den Oberschenkeln herunterhing. Ich stand im Badezimmer, das Herz schlug mir bis zum Hals, als ich hörte, wie die Tür aufgeschlossen wurde. Dann nahm ich all meinen Mut zusammen und ging so lässig wie möglich hinaus, als hätte ich das Ganze nicht schon in Gedanken durchgespielt.

Ich rannte direkt in Omar hinein, der große Augen machte, als er sah, dass ich fast nackt war. Ich schlug mir die Hände vor die Brust und hielt mich am Handtuch fest, als wäre es eine Rettungsleine. „Kannst du nicht anklopfen?", fuhr ich ihn an. Meine Stimme war einen Hauch zu hoch, sie klang irgendwie falsch, und ich hoffte, dass er das nicht bemerken würde.

Aber natürlich bemerkte er es.

„Was machst du da, *conejita*?", fragte er mit einem gefährlichen Grinsen im Gesicht. Seine Augen wanderten meinen Körper hinab, und es fühlte sich an, als hätte er seine Hände auf mir. Ein Schauer lief mir über den Rücken. „Hast du eigentlich eine Ahnung, was du da tust?"

Ich versuchte, ihn so gut es ging abzuwimmeln. „Was meinst du? Ich mache doch gar nichts. Du bist doch derjenige, der hier reinplatzt, wann immer es ihm passt."

Sein Lächeln erstarb. „Das ist mein Haus, *conejita*. Ich kann in jedes Zimmer gehen, wann immer ich will." Omar stellte das Tablett mit dem Essen auf die Kommode und ließ seinen Blick dabei nicht von meinem Körper. Ich versuchte, so zu tun, als hätte mich sein Erscheinen überrascht, aber es war ein aussichtsloser Kampf, und das wussten wir beide. „Ich glaube nicht, dass du eine Ahnung hast, wie man einen Mann verführt."

Scham stieg in mir auf. „Ich habe *nicht* …"

„Das hast du" sagte er. „*Pobre conejita perdida. Pobre virgen.* Um etwas bitten, womit du gar nicht umgehen kannst."

Der Spott in seiner Stimme machte mich zornig, aber der Blick in seinen Augen ließ meinen Körper auf eine Weise erzittern, wie ich es noch nie erlebt hatte. Die Aura der Gefahr, die von ihm ausging, war aufregend, und ich spürte, wie es zwischen meinen Schenkeln zuckte. Der Plan, Lyse, erinnerte ich mich. Du hattest einen Plan. Natürlich war dieser Plan lausig und konnte nicht funktionieren, aber ich musste *irgendetwas* versuchen.

„Ich bitte um überhaupt nichts" beharrte ich, aber während ich sprach, presste ich meine Beine zusammen, um das Gefühl ein wenig zu lindern. Omar sah die Bewegung, natürlich sah er sie, und seine Augen funkelten feurig.

Er verschränkte die Arme vor der Brust und stieß ein ‚Tststs' aus. Es war nicht fair, dass er so gut aussah: Ich versuchte, mir das Bild von ihm vorzustellen, wie er im Blut meiner Familie badete, aber das konnte den Sturm, der in mir tobte, nicht bändigen. Wie konnte ich nur so nervös werden, nur weil er mich ansah? „Was würde dein Vater dazu sagen, *conejita*?"

Seine Stimme war tief und rau, und mir wurde plötzlich klar, dass ich in meinem ganzen Leben noch *nie* jemanden so gewollt hatte. Die Vorstellung, bald Felix zu gehören, hatte mir immer nur eine Gänsehaut bereitet. Was war an Omar so anders? Warum zitterte ich nicht vor Angst, wenn er mich jetzt ansah? Warum wollte ich, dass er mich ansah ... mich berührte? Hitze breitete sich in meiner Brust aus.

„Wir beide wissen, dass anständige Mädchen sich so nicht benehmen."

Er wollte mich provozieren, aber ich ließ mich nicht einschüchtern. Ich holte tief Luft und lockerte meinen Griff um das Handtuch. „Wer hat gesagt, dass ich ein anständiges Mädchen bin?", sagte ich und ließ das Handtuch zu meinen Füßen fallen.

Für einen Moment vergaß ich, wie man atmet. Seine dunklen Augen schweiften über mich, als hätte er noch nie eine nackte Frau gesehen, und ich musste mich beherrschen, um mich nicht zu bedecken. Warum sah er plötzlich noch größer aus als zuvor? Ich setzte eine stolze Miene auf und ignorierte die Röte, die mein Gesicht überzog. Ich hatte mich noch nie nackt einem Mann gezeigt, und ich war noch nie so angestarrt worden.

Omar trat auf mich zu, offensichtlich in der Erwartung, dass ich zurückweichen würde, aber ich blieb stehen. „*Impresionante*", sagte er und berührte meine Wange mit den Fingerspitzen. Mein ganzer Körper zitterte, aber ich senkte den Blick nicht und versuchte auch nicht, zurück ins Badezimmer zu flüchten. „Hat dich schon einmal jemand berührt?"

Ich schüttelte den Kopf und stellte mir vor, was geschehen wäre, wenn jemand es je versucht hätte. „Mein Vater hätte ihn und mich umgebracht."

„Warum bietest du dich mir dann so an? Möchtest du deine Hochzeitsnacht nicht völlig ahnungslos begehen?", fragte er. Ich schauderte erneut, doch dieses Mal war es der Ekel, der durch meinen Bauch rollte. *Wenn ich das tue, bin ich ihn los*, ermutigte ich mich. *Doppelte Freiheit.* Das machte diesen Moment noch berauschender: die Vorstellung, dass ich einen Weg fand, mich von Omar *und* Felix gleichzeitig zu befreien. „Möchtest du, dass ich dich berühre, *conejita*? Derselbe Mann, der vor wenigen Tagen deine Familie nahezu ausgelöscht hat? Wirklich?"

Seine Worte trafen mich wie ein Schlag. Wenn ich ja sagte, würde ich meine gesamte Familie verraten, und das wussten wir beide. Sie verraten, um zu ihnen zurückzukehren. Ich spürte einen stechenden Schmerz hinter meinen Augen und blinzelte ihn weg. Ich versuchte, meinen Rücken so gut es ging aufrecht zu halten, damit ich trotz meiner verwundbaren Lage selbstbewusst aussah. „Ja."

Er zog eine Augenbraue hoch. „Ja, was?"

Ich funkelte ihn an. Ich verfluchte ihn dafür, dass er mich dazu zwang, es auszusprechen. „Ich möchte, dass du mich berührst."

Omar, der sich mit der Anmut eines Raubtiers bewegte, drückte mich auf das Bett; er hielt meine Handgelenke über meinem Kopf fest, sodass ich mich nicht bewegen konnte. Mein Atem stockte, und ich konnte meinen rasenden Puls in meinem Nacken spüren. Seine Augen bohrten sich in meine, und für einen Moment dachte ich, er würde mich küssen, aber stattdessen beugte er sich vor und flüsterte mir ins Ohr: „Hast du dich schon mal selbst angefasst, *conejita*?"

Das hatte ich nicht. Als Felix erstmals in mein Leben trat, hatte ich meinen Vater angefleht, mich in ein Nonnenkloster zu schicken. Ich wollte nichts mit dem älteren Mann zu tun haben. Mein Körper hatte noch wochenlang unter den Schmerzen gelitten, die er mir zugefügt hatte.

Ich hatte alles getan, um meinen Geist von meinem Körper zu trennen, da er mir sowieso nicht gehörte. „Nein", gab ich leise zu.

Omar atmete hörbar aus. Seine Lippen berührten meinen Hals, überraschend weich. Ich erschauerte bei dem Kitzeln seiner Lippen und keuchte, als er alle meine empfindlichen Stellen abtastete. Er beugte sich herunter und legte seine Hand um mein Knie, spreizte meine Schenkel, und ich stöhnte, als ich so entblößt war. Er machte mir ein Zeichen, still zu sein, und berührte die pochende Stelle, strich mit seinen Fingern über meine feuchte Muschi. Omar schmunzelte. „Du bist schon so feucht für mich."

Ich wusste nicht, was ich darauf sagen sollte. Ich hatte nichts mit Absicht getan ... außer das Handtuch fallen zu lassen. Als er meine Klitoris berührte, nur ganz leicht, als hätte er nicht wirklich vorgehabt, seinen Finger dort hinzulegen, schrie ich wegen der plötzlichen Empfindung auf.

„Das ist die Stelle, was?" Er umkreiste meine Klitoris, und ich bäumte mich gegen den Druck seiner Finger auf. Omar lachte, als hätte ich etwas Lustiges getan, und das Geräusch ließ mich erschauern. „Weißt du, was sich noch besser anfühlt?" Er bewegte sich so, dass er immer noch mit dem Daumen auf diesem empfindlichen Bündel von Nerven herumspielte, aber er konnte einen Finger in mich hineinschieben. Es dehnte mich und drückte kurz, aber die Fülle fühlte sich gut an, ich brauchte sie sogar.

Ich stöhnte, hilflos unter dem Ansturm seiner Berührungen. Der leichte Schmerz, den sein Gewicht auf meinen Handgelenken verursachte, half mir, mich ein wenig zu beruhigen, aber ich verlor mich in dem Vergnügen, das mich durchdrang. Ich stieß meine Hüften in seine Bewegungen und versuchte, den Rhythmus zu reiten, den er vorgab. Meine Muskeln spannten sich immer mehr an, und ich musste mich einfach fallen lassen. Ich wollte mich in die überwältigende Hitze stürzen, die zwischen meinen Schenkeln wuchs.

„Omar."

Er sah mich an und grinste immer noch. „Kommst du für mich, *conejita?*"

Tat ich das? Ich wusste es nicht, aber sicher war, dass irgendetwas geschah. Etwas Großes und Überwältigendes und so, so Gutes, und –

Omar zog seine Hände zurück und ließ meine Handgelenke los. Sein Gewicht, das erdrückend und wohltuend zugleich gewesen war, wich. Es fühlte sich an, als hätte er mir eiskaltes Wasser über den Kopf geschüttet. „Was –?"

Seine Augen waren ausdruckslos und kalt. „Wenn ich dich wirklich gewollt hätte, hätte ich dich schon längst genommen." Er drehte sich auf dem Absatz um und verließ den Raum, wobei er die Tür hinter sich zuschlug und abschloss. Die heiße Erregung, die mich noch vor wenigen Augenblicken so völlig in ihren Bann gezogen hatte, fühlte sich in meinem Magen an wie verdorbene Milch. Ich zog die Knie an und hielt mich fest, während mein Körper von Schluchzern geschüttelt wurde.

Ich bin so eine Idiotin.

～

Omar

Mit hämmerndem Herzen und viel zu enger Hose zwang ich mich, ruhig den Flur hinunterzugehen. Ich war erst ein paar Meter gegangen, als ich ein Schluchzen hinter mir hörte. *Also ist mein kleines Häschen endlich eingeknickt, was?* Lyse Rojas nackt zu sehen, mit ihrem Körper, der förmlich nach mir verlangte, hätte ich eigentlich nicht ablehnen können. Sie war zwar der verdammte Feind, aber all diese üppigen, unberührten Kurven schrien förmlich nach mir. Es wäre eine Schande gewesen, sie ganz abzuweisen, und wenn sie sich wie eine Schlampe benahm, warum sollte ich sie dann anders behandeln?

Ich ignorierte die weinende Lyse und ging in mein Büro im Hauptgeschoss. Es war Zeit für meinen Anruf bei Lili. „Soll ich später das Tablett von Fräulein Lyse holen?", fragte Helena, als ich vorbeiging.

Ich zuckte mit den Schultern. „Mach, was du willst." Felix hatte noch drei Tage Zeit, um einen Plan zu erarbeiten, wie er mich nach Hause bringen konnte. Wenn nicht, war sie sowieso eine tote Frau. „Wenn du willst, dass sie was zu essen bekommt, musst du ihr ab jetzt das Essen bringen. Ich habe keine Lust dazu."

Helena schimpfte mich wegen meiner Antwort, aber ich ignorierte sie. Ich ging weiter in mein Büro, holte ein weiteres Wegwerfhandy heraus und rief meine Schwester an. Sie nahm sofort ab. *„Idiota"*, zischte sie zur Begrüßung.

„*Hola*. Wie geht es Angel?"

Lili machte ein Geräusch wie eine wütende Katze. „Nicht besser", sagte sie. „Die Ärzte haben ihn immer noch sediert; sie haben zu viel Angst, die Medikamente jetzt schon abzusetzen. Und die Polizei kam heute Morgen mit einem Durchsuchungsbefehl zurück, um das Haus zu durchkämmen.

„Haben sie etwas gefunden?"

„Nein, du Idiot. Sie suchen nach dir!"

Scheiße, natürlich. „Wie geht es Emma?"

„Ich mache mir Sorgen. Sie ist so gestresst und ihr Blutdruck –" Sie brach ab, und ich hörte sie weinen. In den 23 Jahren, die meine Schwester bereits auf der Welt war, hatte ich sie noch nie so viel weinen hören. „Wenn Angel nicht bald aufwacht, verliert sie das Baby."

KAPITEL 10
Lyse

"Alles in Ordnung, *mi amor*?", fragte Helena. Sie kam zurück, um mein Frühstückstablett zu holen, aber ich hatte das Essen darauf nicht angerührt.

Ich nickte, während ich auf dem Bett lag. Ich war in den letzten Tagen kaum aufgestanden, nicht einmal zum Baden. Ich fühlte mich so elend wie noch nie, aber das war mir egal. Jeder Sonnenaufgang und Sonnenuntergang fühlten sich an wie der vorherige, und auf meiner Brust lastete ein Gewicht, das immer schwerer wurde. Jedes Mal, wenn Helena hereinkam, sah sie verdrießlicher aus, aber sie versuchte, es hinter einer Fröhlichkeit und einem Lächeln zu verbergen, das ihre Augen nicht erreichte.

Heute würde Omar Felix zurückrufen. „Mir geht es gut", sagte ich zu ihr. „Danke fürs Frühstück."

Helena warf einen Blick auf das volle Tablett und nahm das Glas Orangensaft. „Du musst das trinken", sagte sie. „Ich gehe nicht, bevor du das getan hast."

Ich wollte den verdammten Saft nicht, aber Helena war seit meiner Ankunft nett zu mir gewesen. Anfangs dachte ich, sie wäre eine Spionin für *La Bestia*, aber sie war genauso entnervt von dem Mann wie ich manchmal. Sie liebte ihn, das war offensichtlich, aber sie fluchte auch manchmal leise über ihn. Das erinnerte mich daran, wie meine Mutter manchmal meinen Bruder behandelte.

Ich setzte mich auf und nahm das Glas und nippte daran. „Zufrieden?"

Helena war nicht beeindruckt. „Trink es aus, dann bin ich es."

Ich runzelte die Stirn, trank aber brav den Saft aus und gab ihr dann das leere Glas. „Bist du jetzt zufrieden?

Sie streckte die Hand aus und fuhr mir mit der Hand durch die Haare. „Ich bin sicher, dass dein Felix dir helfen wird", sagte sie.

Es ertönte ein spöttisches Lachen vom Türrahmen. Helena zog ihre Hand zurück und drehte sich um. Omar stand in der Tür und beobachtete uns mit dem Blick, den eine Katze hat, wenn sie mit einer Maus spielt. „Das sollte er auch besser." Er deutete mit dem Kopf in Richtung Flur. Lass uns allein", sagte er zu Helena. Wir müssen telefonieren." Helena warf mir einen traurigen Blick zu, aber Omar schnippte mit den Fingern. *„Ponte en marcha!"*

Die Haushälterin ging, und zum ersten Mal, seit er mich ans Bett gedrückt hatte, waren Omar und ich allein. Es war, als wäre ich mit einem Tiger im Käfig. Wortlos gab Omar mir das Telefon – ein anderes Handy als beim ersten Anruf bei Felix – und ich wählte Felix' Nummer. Meine Finger zitterten, als ich die Tasten drückte. *Bitte, lass dir etwas einfallen*, dachte ich.

„Hallo?"

Omar hob eine Hand: eine Warnung, still zu sein. „Sie hatten Ihre Woche, Mr. Suarez", sagte er.

Felix schwieg, und die Angst schnürte mir die Kehle zu. Das hieß nichts Gutes. Was auch immer er sagen würde, es würde nicht gut für mich ausgehen. „Kann ich mit Lyse sprechen?"

Ich warf dem Mann, der mich überragte, einen Blick zu und hasste mich selbst für das Prickeln in meinen Adern. Trotz des Schmerzes, den er mir zugefügt hatte, erinnerte sich mein Körper immer noch an das Vergnügen, das er mir bereitet hatte. Es war wie nichts, was ich je zuvor erlebt hatte, und auch wenn ich mir lieber die Zunge abbeißen würde, als das zuzugeben, wünschte ich mir, dass er mich noch einmal berührte. „Mach schon", knurrte Omar mich an.

„Felix?"

„Bist du okay? Bist du ... in Sicherheit?", wollte er wissen. Er wollte wissen, ob Omar mich angefasst hatte. Ich konnte es förmlich spüren.

Ich stellte mir vor, wie sich Omar über mich beugte und wie sündhaft gut sich seine Hände auf meiner Haut anfühlten. „Mir geht es gut, Felix", sagte ich mit so matter Stimme, wie ich konnte. „Ich habe nur gewartet."

„Gut. Das ist gut."

„Ich habe meinen Teil der Abmachung eingehalten", unterbrach Omar.

Felix schwieg wieder, und meine Augen schlossen sich, während ich auf den unvermeidlichen Schicksalsschlag wartete. „Lyse, Liebes, es tut mir so leid." Tränen stiegen mir in die Augen, aber Felix fuhr fort, und jedes Wort war ein weiterer Nagel in meinem Sarg. „Das FBI will Sie verhaften, Mr. Castillo. Das Einzige, was sie davon abhält, Sie zu finden, ist, dass ich anonyme Hinweise gegeben habe, dass Sie in Orlando und Tallahassee und verdammt noch mal in Atlanta sind. Bedenken Sie das."

Omar war wütend. Sein Gesicht war starr, aber ich konnte sehen, wie er mich mit durchdringendem Blick musterte. „Wie soll ich Ihre Verlobte zu Ihnen zurückschicken, Mr. Suarez?", fragte Omar mit einem trügerisch ruhigen Ton, der so gar nicht zu seinem Gesichtsausdruck passte. „Ganz oder in Stückchen? Ich übernehme die Kosten für den Versand, ganz gleich, wie Sie sich entscheiden."

Ich wusste nicht, welche Antwort ich erwartet hatte, aber Felix hatte keinen Grund zum Lachen. „Sie sollten Ihrem Bruder die leeren Drohungen lassen, *La Bestia*", zischte er. „Sie passen nicht zu Ihnen." Er machte ein Geräusch, das einem „Hoppla" ähnelte. „Ich nehme an, dass dieser Plan nur funktioniert, falls Angel jemals wieder aufwacht."

„Lassen Sie meinen Bruder da raus." Die Worte kamen in einem qualvollen Knurren heraus, als sei sein Mund plötzlich mit übergroßen, rasiermesserscharfen Zähnen gefüllt, und er hätte Schwierigkeiten, Worte um sie herum zu formen. *Mehr Tier als Mensch*, dachte ich. *Das hat Apá immer gesagt.*

„Ich habe ihn gesehen, wissen Sie", fuhr Felix fort, und mein Magen verkrampfte sich vor Angst, als ich Omars gefährlichen Gesichtsausdruck erblickte. Der Mann würde mir seine Faust durch den Schädel rammen und Felix zwingen, dabei zuzuhören. „Der einst große Angel Castillo, an Hunderten von Schläuchen angeschlossen, nur um am Leben zu bleiben. Er wird *nie* wieder aufwachen; ich hoffe aufrichtig, dass Sie das wissen."

Ich versuchte, mich weiter wegzubewegen, aber Omars Arm schnellte hervor und in einer erschreckenden Parodie dessen, was zwischen uns geschehen war, schlossen sich seine Finger um mein Handgelenk. Doch dieses Mal war es nur Schmerz, und ich schrie auf. „Felix!", bettelte ich.

Mein Verlobter sagte etwas, aber ich konnte es nicht hören. Omar zerrte mich durch den Raum, der meine Gefängniszelle gewesen war, und zum ersten Mal seit einer Woche verließ ich ihn. Ich hatte mir tagelang nichts sehnlicher gewünscht, als hier herauszukommen, aber jetzt hätte ich alles dafür gegeben, wieder in die relative Sicherheit dieser vier Wände zurückkehren zu können.

Omar zerrte mich die Treppe hinunter. Das Einzige, was mich davon abhielt, hinzufallen und den hellen Eichenholzboden mit meinem Blut zu bekleckern, war sein fester Griff um mein Handgelenk. Das Foyer kam in Sicht, und dann standen wir draußen in der Sonne.

Trotz der Angst, die mich erdrückte, und obwohl es in meinen Ohren dröhnte, atmete ich tief durch. Es roch nach Sand, Brandung und Meersalz. Perfekt … bis auf den Teil, in dem ich in den sicheren Tod gezerrt wurde.

Nicht weit von uns entfernt stand eine Strandhütte, und ich dachte, dass er dorthin unterwegs war. Doch an der Weggabelung lenkte Omar uns in Richtung des Docks. Mein Herz schlug bis zum Hals. „*Nein*", stöhnte ich und versuchte, meinen Arm aus seinem Griff zu befreien. Meine Schulter explodierte vor Schmerz, doch Omar reagierte nicht einmal auf meine verzweifelten Schluchzer. Er ging einfach weiter. Ich stemmte meine Fersen in den Sand, aber das bremste uns kaum. „Omar, *bitte*."

„Halt den Mund," sagte er, ohne sich umzudrehen.

Wir erreichten das Dock, und die Holzplanken unter unseren Füßen knirschten. Ich konnte nicht atmen. Die Welt um mich herum schien sich zusammenzuziehen, und ich bekam einen Tunnelblick. Omar ging mit uns bis zum äußersten Ende des Docks. Er drehte mich herum, sodass ich vor ihm stand und auf den Horizont blickte.

Selbst in meiner Panik konnte ich sehen, wie schön alles war. Das Wasser war tiefblau, der Himmel schien endlos zu sein. Ich wünschte, ich hätte das malen können. Allein der Gedanke an das Wort „*malen*" ließ mich nach meinem Set zu Hause sehnen. Das letzte, was ich auf Leinwand gebracht hatte, war ein düsteres, abstraktes Werk gewesen; ich hatte es an dem Tag gemalt, als mein Verlobungsring per Kurier geliefert worden war.

Jetzt hätte ich alles dafür gegeben, diese Torheit ungeschehen machen und stattdessen diesen Ausblick malen zu können.

„Schau nach unten", knurrte Omar mich an.

Ich schüttelte den Kopf. „Nein." Wenn ich es tat, würde ich vielleicht anfangen zu schreien und nicht mehr aufhören. Oder ich würde mich übergeben. Beide Szenarien erschienen mir unerträglich.

Seine riesige Hand umfasste meinen Hinterkopf und zwang mich, nach unten zu schauen. Die Pfähle des Docks verschwanden in all dem Blau. Ich konnte Fische sehen, aber mir fiel auch auf, dass ich trotz der Klarheit des Wassers den Grund nicht sehen konnte. „Es sind fünf Meter", sagte Omar laut genug, dass ich wusste, dass er wirklich mit Felix sprach. „Sie kann nicht schwimmen. Kannst du das, *conejita*? Er nannte mich mit diesem Kosenamen, und mir lief es kalt den Rücken hinunter.

„Lyse?"

Omar schnaubte. „Wie viel weißt du eigentlich über die Frau, die du heiraten wolltest?", fragte er.

„Und was zum Teufel soll das bedeuten?" Felix' Panik war in Wut und Frustration umgeschlagen, aber ich konnte mich nur darauf konzentrieren, dass sich meine Zehen über den Rand des Stegs krümmten. *Wie peinlich wäre es, sich vor dem Tod in die Hose zu machen?*

„Dein Häschen ist ein temperamentvolles kleines Ding", spottete Omar. „Das ist alles. Schade, dass du diese Seite nie kennenlernen wirst."

„Hast du sie angefasst? *Bastardo!* Dafür wirst du im Gefängnis vergammeln!"

Omar ließ mein Handgelenk los, packte aber schnell meine Schulter. Seine Finger streiften fast intim mein Schlüsselbein, bevor er mich ins Wasser stieß. *„Hör auf!"*, schrie ich und packte seinen Arm. „Bitte, Omar, tu das nicht." Der Mann stöhnte laut auf, als hätte ich ihm etwas Angenehmes getan. „Ich tue alles", flehte ich.

„Biete ihm nichts an", forderte Felix, aber seine Stimme klang blechern und weit weg. „Der große Schwachkopf wird dir nichts tun! Es ist gegen die dummen Regeln deiner Organisation. Keine Frauen oder Kinder!"

Omar schien wie erstarrt, und für einen Moment dachte ich, Felix hätte ihn irgendwie erreicht. Vielleicht hatte er Omar gerade genug an seine Menschlichkeit erinnert, damit diese wieder zum Vorschein kam. „Sie haben absolut recht, Mr. Suarez", sagte er, und ich erschauderte bei seinem Tonfall. „Die Regeln meiner Organisation sind dumm. Zum Glück halte ich mich nicht immer an diese Regeln, besonders wenn sie mir nicht gelegen kommen. Wenn Sie dachten, dass ich ihr nichts antun würde und Sie sich einfach zurücklehnen könnten, bis die Behörden mich finden, dann haben Sie sich getäuscht." Er drückte meine Schulter, und ich winselte unter der Berührung. „Verabschieden Sie sich von Ihrer hübschen Verlobten."

Er versetzte mir einen heftigen Stoß, und ich stürzte ins Wasser. Das Ganze ging so schnell, dass ich nicht einmal Zeit hatte zu schreien. Für einen Moment bekam ich Auftrieb und schoss in die Höhe, holte Luft und schrie um Hilfe. Ich schlug verzweifelt mit den Armen und Beinen um mich, um mich über Wasser zu halten, aber es war schwer, mich zu orientieren, weil ich das nie gelernt hatte. Das Wasser zog mich wieder nach unten, egal wie sehr ich mich dagegen wehrte, und obwohl ich es schaffte, wieder an die Oberfläche zu kommen, wusste ich, dass ich den Kampf verloren hatte.

Während ich gegen das Wasser ankämpfte, sah ich zum Steg hinauf und sah Omar. Sein Gesicht war wie versteinert, und er wandte sich von mir ab, ohne zu sehen, wie ich ein letztes Mal in den warmen, blauen Fluten der Karibik versank. *Mach den Mund nicht auf,* sagte ich mir. *Sauge kein Wasser in deine Lungen.*

Aber das war natürlich nur ein Ratschlag für einen rationalen Geist. Meine Lungen lechzten nach Sauerstoff, und in Panik sog ich Luft ein und schmeckte Salz.

KAPITEL 11

Omar

„Sie kann tatsächlich nicht schwimmen", sagte ich, mehr zu mir selbst, aber ich konnte hören, wie Felix am anderen Ende der Leitung abwechselnd fluchte und flehte, als Lyse aufhörte zu planschen und unter der blauen Flut versank.

Ich empfinde nichts, verdammt. Ich hatte mehr Männer getötet als jeder andere im Sicherheitsteam meines Vaters. Lyse war nur eine weitere Person. Sie war die Tochter meines Feindes. Sie war *nichts*.

Aber ich hatte noch nie eine Frau getötet, und da war ein Gefühl der Beklemmung in meiner Brust, das ich nicht so recht loswerden konnte. Ich ging zum Ende des Anlegerstegs, als sie nicht wieder auftauchte, und sah nach unten. Lyse schlug unter der Oberfläche um sich, obwohl sie sich nicht mehr selbst nach oben kämpfen konnte.

Diese Frau lag unter dir, flüsterte mein Verstand quälend. Ich hatte sie nach Luft schnappen und mich anflehen sehen und war mit ihrem Duft an meinen Fingern davongegangen. Und jetzt sah ich zu, wie sie ertrank.

„*Hijo de puta.*" Ich ließ das Handy auf das Dock fallen und sprang. Das Wasser war warm und klar, aber das Salz brannte in meinen Augen, während ich Lyse im Blick behielt. Es war schwer zu sagen, ob sie noch bei Bewusstsein war oder nicht.

Es war leicht, sie zu erreichen – sie war noch nicht ganz auf dem Meeresgrund angekommen – und sobald ich sie in den Armen hielt, stieß ich mich vom Grund ab und schwamm zurück an die Oberfläche. Die gesamte Rettungsaktion dauerte weniger als 30 Sekunden, und als wir wieder im Sonnenlicht waren, hielt ich sie mit einem Arm über der Wasseroberfläche und paddelte mit dem anderen zur Anlegeleiter.

Es war schwierig, die Leiter hochzuklettern, aber da Lyse bewusstlos war, hielt ich sie auf meiner Schulter. Ein stechender Schmerz durchfuhr mich. *Meine verdammte Schulter.* Die Nähte waren definitiv gerissen.

Als wir die Leiter erklommen hatten, legte ich Lyse auf dem Steg ab und klopfte ihr kräftig auf den Rücken. Durch den Schlag begann sie wieder zu atmen und hustete heftig, wobei sie Salzwasser erbrach.

Ich behielt sie im Auge und nahm das Wegwerfhandy. Ich konnte hören, wie Felix mich anschrie. „Señor Suarez", sagte ich und spuckte Salzwasser aus.

„Ist sie tot?"

Ich hielt ihr das Handy hin, damit er hören konnte, wie sie nach Luft rang. Sie hatte Schmerzen, das war sicher, aber sie lebte. „Hören Sie sie? Sie hat die halbe Karibik ausgetrunken, aber sie lebt. Fürs Erste."

„Lassen Sie Ihre Finger von ihr. Kapiert? Wenn ich ..."

„Was denken Sie, mit wem Sie hier sprechen?" Ich blieb ruhig. Das war ein Trick, den ich von Padre und Angel gelernt hatte: Es gab fast nie einen Grund zu schreien. Wenn ich ruhig und emotionslos blieb, konnte ich meinen Standpunkt viel besser vermitteln, als wenn ich ihn anschrie, er solle verdammt noch mal die Klappe halten, wie ich es eigentlich wollte. „Glauben Sie, dass ich jetzt irgendwie geschwächt bin, weil mein Bruder im Koma liegt? Oder weil die Polizei mein Haus durchsucht hat?"

„Wissen Sie eigentlich, mit wem *Sie* hier sprechen?"

„Felix." Lyses Stimme war rau; es klang, als wäre ihre Kehle zerfetzt. „Halt. Die. Klappe."

Die Stimme am anderen Ende des Telefons verstummte. „Lyse? Liebling?"

Lyse sah zu mir auf, und als ich nickte, sagte sie: „Willst du, dass ich sterbe?"

„Nein! Natürlich nicht!"

„Dann halt den Mund und tu, was er sagt."

Ein Lächeln umspielte meine Mundwinkel. Unter all der anerzogenen Zerbrechlichkeit steckte eine Wildheit, die ich im Hotel gesehen hatte, als sie sich vor meine Waffe warf, um ihre Cousins zu beschützen. Und so sicher, wie ich mir war, dass ihr Vater sein Bestes getan hatte, um ihr diese Seite auszutreiben, war es auch ihr reizvollster Charakterzug. „Ihre Verlobte ist überraschend aufmüpfig, Señor Suarez. Ich mag das an einem Mädchen." Das brachte Felix dazu, wieder damit anzufangen, mir zu sagen, dass ich meine Hände bei mir behalten sollte. Der Mann klang fast schon verzweifelt, und genau das wollte ich erreichen. „Bringen Sie die Sache in Ordnung", riet ich ihm, „oder ich ziehe sie nächstes Mal nicht mehr aus dem Wasser."

Ich warf das Handy hinter mich, mit einem befriedigenden ‚*Platsch*' landete es im Wasser und versank. Lyse starrte mich mit weit aufgerissenen Augen an, ihr Haar war völlig durchnässt und zu einem dunklen Knäuel verfilzt. *Ein wunderschönes Gewirr*, dachte ich abwesend, und mein Magen verkrampfte sich. Trotz meiner Drohung war ich mir nicht sicher, ob ich sie tatsächlich ertrinken lassen konnte. Es war das erste Mal in meinem Leben, dass ich einer Frau eine solche Drohung gemacht hatte.

Ich streckte ihr die Hand entgegen. „Los."

Lyse wanderte mit dem Blick meinen Körper entlang und begegnete meinem. „Auf gar keinen Fall."

Ich biss die Zähne zusammen und unterdrückte die aufsteigende Wut. „Steh auf, oder ich heb dich auf." Lyse versuchte, sich hochzustemmen, aber ihr Körper war erschöpft, und sie wäre fast vom Steg gekippt, als sie versuchte, aufzustehen.

Ich streckte meine Hände aus und hielt sie fest, bevor sie wieder ins Wasser fiel. Sie war so zierlich. Es war ein Leichtes, sie hochzuheben und einen Arm unter ihre Knie zu schieben. „Was –?"

„Meine Schulter ist im Arsch", grunzte ich. „So wird sie weniger belastet."

„Lass mich runter." Ich ignorierte sie und ging den Steg zurück in Richtung Haus. Lyse zappelte in meinen Armen, aber sie war so schwach wie ein durchnässtes Kätzchen. „Ernsthaft, Omar, lass mich *runter*."

Ich sah sie nicht an, und auf halbem Weg zum Haus entspannte sie sich in meinen Armen. Lyse traute mir nicht – sie wäre dumm, wenn sie das täte –, aber sie hatte aufgegeben, sich gegen mich zu wehren. Fürs Erste.

Als wir das Haus erreichten, schmerzte meine Schulter, aber ich ließ sie nicht los. Ich ... mochte sie in meinen Armen, auch wenn ich das nie zugegeben hätte. Die Chancen standen gut, dass Lyse noch sterben würde, wenn nicht durch meine Hand, dann im darauffolgenden Krieg zwischen unseren Familien. Oder durch die Hand eines eifersüchtigen Felix, sobald er herausfand, dass seine süße kleine Jungfrau nicht annähernd so unschuldig war, wie er angenommen hatte.

Selbst wenn ich sie *kaum* berührte, war Lyse noch furchtlos genug gewesen, das Handtuch fallen zu lassen und das Bild ihres nackten Körpers in mein Gehirn zu brennen.

Ich verdrängte diesen Gedanken so weit wie möglich und öffnete die Haustür, die ich dann mit einem Tritt zuschlug.

„Was zum Teufel ist passiert?"

Helena starrte uns mit großen Augen an. „Geh in Lyses Zimmer und lass ein Bad einlaufen", sagte ich zu ihr.

Ihre Stirn war gerunzelt, und ich hatte schon halb erwartet, dass sie protestieren würde. „*Sí, jefe.*" Dann rannte sie die Treppe hinauf, als sei der Teufel hinter ihr her. Ich schnaubte. Vielleicht war er das ja auch.

Das leise *Plumpsen* von Lyses Kopf auf meiner Schulter lenkte meine Aufmerksamkeit wieder auf die Frau in meinen Armen. Ihre Augenlider flatterten, sie war nicht ganz eingeschlafen, aber die letzte Stunde hatte ihre Kräfte schließlich doch noch aufgezehrt. Ich hatte jeden Tag, seit ich sie hierhergebracht hatte, damit verbracht, ihr zu sagen, dass sie sterben würde, wenn ihr Verlobter nicht gehorchte. Ich hatte sie von einem Anlegesteg geworfen und zugesehen, wie sie fast ertrunken wäre. Was konnte ich jetzt noch sagen?

Was hätte ich überhaupt sagen wollen?

Ich trug Lyse die Treppe hinauf in ihr Zimmer. Ich konnte hören, wie Helena im Badezimmer herumwuselte, als ich sie auf das Bett legte. Lyse rührte sich nicht, als ich sie losließ. „*Sie steht unter Schock.* Sorg dafür, dass das Wasser warm ist!", rief ich.

Warum scherte mich das überhaupt? Diese Frage ging mir immer wieder durch den Kopf. Eigentlich hatte ich keinen Grund, mich um sie zu scheren, aber sie so zu sehen, als jämmerliches, nasses Bündel, bereitete mir Unbehagen.

„Ich kann übernehmen, *jefe*", sagte Helena, als sie ins Zimmer trat.

Ich hätte fast genickt, aber dann hielt ich inne. Es wäre einfacher, wenn Helena sich darum kümmern würde, aber ich wollte den Raum nicht verlassen. „Ich mache das schon."

Helena warf mir einen unfreundlichen Blick zu. „Omar, wenn –"

Ich wandte mich zu ihr um, und zum ersten Mal in all den Jahren, in denen sie für mich arbeitete, wich Helena erschrocken vor mir zurück. Als hätte sie Angst, dass ich ihr tatsächlich etwas antun könnte. Ich wich zurück, bewegte meine Schultern, um sie zu lockern, und zuckte zusammen, als der Schmerz mich durchfuhr. „Ich tue ihr nichts", versprach ich und führte Helena zur Tür und in den Flur.

Helena war misstrauisch, was ich ihr nicht verdenken konnte. „Warum der plötzliche Sinneswandel?"

Ich zuckte mit den Schultern und warf Lyse einen Blick zu, die sich hin- und herwiegte. *Scheiße.* Ich musste sie aus den nassen Klamotten bekommen. „Ich habe sie vom Steg geworfen", sagte ich und ignorierte Helenas Entsetzen. „Ich wollte, dass sie stirbt."

„Aber du hast sie gerettet." Es war keine Frage, aber ich nickte trotzdem. *„Warum, jefe?* Ich habe noch nie erlebt, dass du deine Meinung geändert hast, wenn du einmal entschieden hast, dass jemand sterben soll."

Ich sah Helena an. „Ich weiß es nicht." Die Worte kamen fast wie ein Knurren. „Ich konnte es einfach nicht."

Aus irgendeinem Grund schien sie das zu *erfreuen*. „Setz sie in die Wanne und wärm sie auf", sagte sie. „Ich hole ihr einen heißen Tee."

„Gut. Beeil dich."

Helena rollte mit den Augen, tätschelte mir kurz die Wange und eilte den Flur hinunter. Die Stille, die folgte, als ich die Tür schloss, hallte um uns herum wider. „Mach schon, sagte ich mir, ich wusste, dass ich die Sache hinauszögerte.

„Komm schon, *conejita*", sagte ich und ging zum Bett, aber als ich ihren Arm berührte, um sie hochzuziehen, zuckte Lyse zusammen, als hätte ich sie geschlagen. Sie kam wieder zu sich, und wenn ich mich nicht beeilte, würde sie in eine richtige Panikattacke verfallen. Ich hatte das schon einmal miterlebt.

So behutsam wie möglich half ich Lyse auf die Beine und griff nach dem Saum ihres Oberteils. Sie wehrte sich ein wenig und gab ein trauriges, wimmerndes Geräusch von sich, und ich beruhigte sie auf die gleiche Weise, wie ich eines der Pferde meines Vaters beruhigt hätte, wenn es scheute. „Ich werde dir nicht wehtun", versprach ich und wiederholte diese Worte immer wieder, während ich ihr das Oberteil über den Kopf zog.

Wir wiederholten den Vorgang, wobei ich ihr beruhigende Worte zusprach, während ich die etwas zu großen Shorts über ihre Hüften und Schenkel zog. Als ich nach dem Verschluss ihres BHs griff, keuchte Lyse. „Nicht."

Ich hielt inne und ließ meine Hände sinken. „Du musst in die Wanne steigen und dich aufwärmen." Ich sprach langsam und verlieh meinen Worten Nachdruck, für den Fall, dass sie mich nicht verstand. „Soll ich dir beim Hineinsteigen helfen?"

Lyse schüttelte den Kopf. „Nein." Aber sie rührte sich nicht. Ihre Augen waren auf mich gerichtet, als erwarte sie, dass ich sie angriff. Ich konnte es ihr nicht verübeln.

„Soll ich gehen? Ich kann Helena zu dir schicken."

Sie starrte mich einen Moment lang an, schüttelte dann aber langsam wieder den Kopf. „Nein."

Ungeduld erfasste mich, aber ich versuchte, sie zu verbergen. Es würde nichts bringen, wütend auf sie zu werden, selbst wenn ich nicht verstand, warum ich versuchte, ihr zu helfen. *Du zerbrichst dir wegen einer Rojas den Kopf*, spottete mein Verstand. „Was soll ich tun, Lyse?"

Sie zitterte am ganzen Körper, und ich konnte hören, wie ihre Zähne klapperten. „Kann ich so ins Wasser steigen?"

In nassen Klamotten herumzusitzen war sicherlich nicht meine Lieblingsbeschäftigung – ich konnte es kaum erwarten, mich umzuziehen – aber wenn sie das wollte, warum sollte ich mit ihr streiten? „Natürlich."

Lyse drehte sich um und ging mit zittrigen Beinen ins Badezimmer. Ich folgte ihr: Ich wollte nicht riskieren, dass sie in der Badewanne ertrank. Schließlich brauchte ich sie noch als Druckmittel.

Klar, rede dir das nur ein.

Ich schüttelte den lästigen Gedanken ab und folgte ihr ins Badezimmer. Lyse versuchte, ihr Bein über den Wannenrand zu heben, und ich wusste, dass sie fallen würde. Ihre Arme schnellten nach vorne, als sie versuchte, sich aufzufangen, aber es gab nichts, woran sie sich festhalten konnte.

Mit einem Schritt war ich bei ihr und hielt sie fest, obwohl sie versuchte, sich loszureißen. „Lass mich dir helfen."

Dieses Mal ließ ich ihr keine Wahl. Ich hob sie mühelos hoch und setzte sie in die Wanne. „Willst du die ganze Zeit da stehen und mich anstarren?", fuhr sie mich an.

Wieder ein Anflug von Ärger, aber ich unterdrückte ihn so gut ich konnte, als ich mich neben die Wanne kniete. Lyse sah mich nicht gerade freundlich an, aber ich lächelte zurück. „Ich stehe nicht", sagte ich und griff nach dem Shampoo.

„Was machst du da?"

„Ich habe es dir doch gesagt", sagte ich. „Ich helfe dir."

Da meine Mutter tot war und Angel die rechte Hand meines Vaters war, wuchs ich mit Lili als meiner Gefährtin auf. Ich war dafür verantwortlich, sie fertig zu machen, wenn unsere Haushälterin beschäftigt war: Unzählige Male hatte ich ihr Haar gewaschen und frisiert. Padre hasste es, wie sehr ich Lili verhätschelte, aber Angel ermutigte mich dazu. Ich denke, das war seine Art, sicherzustellen, dass ich nicht nur zur Waffe für meinen Vater wurde. Nicht, dass mir dieses Schicksal erspart geblieben wäre. Aber zumindest wusste ich, dass ich die vor mir liegende Aufgabe bewältigen konnte.

Vorsichtig massierte ich das Shampoo in ihr verfilztes Haar ein. Das Salzwasser machte es bereits spröde. In ihrem Badezimmer stand eine Spülung mit dem gleichen Duft wie das Shampoo; eine Spülung, die man nicht ausspülen musste, würde das Entwirren erleichtern. *Reiß dich verdammt noch mal zusammen*, sagte ich mir. Lyse war nicht meine Geliebte oder auch nur eine Freundin; sie war meine Geisel, und wenn Felix mich noch einmal hinhielt, würde ich sie umbringen. Ich musste es tun.

Ich verdrängte diesen Gedanken und tat mein Möglichstes, um ihr Haar mit der Spülung zu entwirren. Auf dem Waschtisch fand ich einen Kamm, der mir die Arbeit erleichterte. Lyse sah zum ersten Mal entspannt aus – oder so entspannt, wie eine Frau, die gefangen gehalten wurde, eben aussehen konnte.

Ihr Gesicht, das nach hinten gelehnt war, die Augen geschlossen, sodass die lange Linie ihres Halses sichtbar wurde, schnürte mir die Brust ein, und ich rang nach Atem. „Helena bringt dir Tee", sagte ich zu ihr, während ich aufstand. „Bleib hier, bis sie kommt, um dir aus der Wanne zu helfen."

Lyse summte zustimmend, die Augen immer noch geschlossen, und ich verließ den Raum so schnell ich konnte, wobei ich mir die geballte Faust in die Brust bohrte. Warum fühlte es sich plötzlich so an, als sei ich derjenige, der fast ertrunken wäre?

KAPITEL 12

Lyse

F elix hatte versagt, und ich sollte tot sein.

Was zum Teufel war also passiert?

Diese Frage beschäftigte mich den Rest des Tages. Omar hatte auf dem Anlegesteg gestanden und zugesehen, wie ich ertrank, nur um mich in letzter Sekunde zu retten. Das ergab keinen Sinn.

Was mich noch mehr störte, war seine Freundlichkeit danach. Das widersprach allem, was ich über *La Bestia* zu wissen glaubte. Er *durfte* nicht nett zu mir sein. Das verstieß gegen jede Regel, die es gab, und brachte mich völlig durcheinander.

Vielleicht ist es das, was er will, dachte ich. *Vielleicht ist es nur eine weitere Taktik, um mich zu quälen.*

Ich stemmte mich im Bett auf die Ellbogen: Mein Gefängnis war noch dasselbe. Es waren dieselben beigefarbenen Wände, die ich schon die ganze letzte Woche ertragen hatte, aber jetzt fühlte es sich anders an. Irgendwie sicherer? Die Welt außerhalb dieser Mauern steckte voller Ungewissheit. Hier gab es zumindest keine Überraschungen ... abgesehen von Omars launischer Wesensart.

Helena würde gleich mit meinem Frühstückstablett nach oben kommen. Da die ältere Frau es nicht mochte, wenn ich nach einer vertretbaren Zeit am Morgen noch im Pyjama herumlief, ging ich zur Schublade und holte weitere übergroße Kleidung heraus, zog Shorts und ein T-Shirt an.

Bisher hatte Helena mir die Mahlzeiten immer pünktlich gebracht. Das Frühstück um 8 Uhr, das Mittagessen um 12 Uhr und das Abendessen um 17:30 Uhr. Ich hätte meine Uhr nach ihr stellen können. Aber die Digitaluhr auf dem Nachttisch zeigte bald 8:30 Uhr an. Dann 9:00 Uhr. Dann 9:15 Uhr.

Angst nagte an mir. War das sein neuer Plan? Mich verhungern zu lassen? Es erschien mir wie etwas, das Omar tun würde, aber der verstörend sanfte Blick auf seinem Gesicht, während er mir die Haare wusch, spukte mir immer wieder durch den Kopf. Dieser Mann konnte nicht derselbe sein, der mich gestern vom Anleger gestoßen hatte, aber er war es, und es war nicht abzusehen, was er als Nächstes mit mir vorhatte.

Plötzlich überkam mich ein glühender Zorn, und ich sprang vom Bett auf, um so lange gegen die Tür zu hämmern, bis jemand antwortete oder sie kaputt ging. Was auch immer zuerst eintrat.

Aber als ich die Tür erreichte, konnte ich sehen, dass sie einen Spalt offenstand. Sie war nicht abgeschlossen. In der letzten Woche hatte es keine Unachtsamkeit gegeben – die Tür war immer abgeschlossen, es sei denn, Helena oder Omar kamen herein oder gingen hinaus – was war also jetzt los? War das Ganze ein Trick?

Das Blut rauschte in meinen Ohren, als ich die Tür aufstieß und hinausspähte, in der Befürchtung, dass Omar im Flur auf mich warten würde. Aber da war niemand.

Ermutigt trat ich in den Flur hinaus. Alles war hell und weiß, genau wie in der Nacht, als wir ankamen, und es sah so verdammt ... freundlich aus. Voller Sonnenschein. Es fühlte sich an wie die größte

Lüge der Welt, wenn man bedachte, was ich über die Castillos und insbesondere über Omar wusste.

Nicht, dass meine eigene Familie besser gewesen wäre. Wir führten auch die gleiche lächerliche Show der Normalität auf, trotz des kleinen Imperiums, das mein Vater aufzubauen versuchte.

Das Haus war unnatürlich still, als ich den Flur entlang ging. Der Teppich war weich und flauschig unter meinen nackten Füßen, was ich beim letzten Mal, als ich mein Zimmer verlassen hatte, nicht bemerkt hatte, aber andererseits war ich auch wie betäubt vor Angst gewesen. Jetzt machte ich kaum ein Geräusch, als ich zur Treppe ging. Gut, dachte ich. *Vielleicht könnte ich einfach aus der Vordertür dieses Albtraums spazieren.*

Aber wohin sollte ich gehen? Der Gedanke, auch nur in die Nähe von Wasser zu kommen, ließ mich erschaudern.

Ich schlich die Treppe hinunter, der Eichenboden fühlte sich kühl an meinen Füßen an, und meine Augen wanderten in jede Ecke, während ich hinunterging. Die Treppe führte in das Foyer, die Eingangstür war direkt dort ... aber ich berührte sie nicht. Es war sinnlos, es überhaupt zu versuchen. Stattdessen ging ich den kleinen Flur entlang, der sicherlich in einen Wohnbereich oder in die Küche führte.

Oder beides, wie sich herausstellte. Der Raum war riesig: Die eine Hälfte war ein großer Aufenthaltsraum, die andere dominierte eine Traumküche. Helena stand am Herd und rührte in etwas, das wie Kalbsbries aussah und das sie in einer Pfanne anbraten ließ.

Der Geruch von Zwiebeln, die in der Pfanne brutzelten, ließ meinen Magen knurren. Ich war mir nicht sicher, ob Helena mich gehört oder gespürt hatte, aber sie drehte sich mit einem breiten Lächeln zu mir um. „*Mi amor*! Es ist so schön, dich in meiner Küche zu sehen! Du musst am Verhungern sein."

Das war ich auch. Aus nahe liegenden Gründen hatte ich gestern keinen großen Appetit, aber es war schwer, mit ihrer überschäumenden Energie mitzuhalten. „Danke, dass du Frühstück gemacht hast", murmelte ich, als sie mich auf einen Hocker an der großen, glänzenden Kücheninsel scheuchte. Sie drehte sich um und belegte einige der fertigen Kalbsbries-Platten mit Rührei, das ich auf dem Teller nicht bemerkt hatte. „Iss", sagte sie, als sie den Teller vor mir abstellte. „Du bist sowieso schon zu dünn."

Ich summte und lächelte auf die üppige Portion hinab. „Da würde meine Mutter dir nicht zustimmen", sagte ich und verspürte einen Stich, als ich mir das missbilligende Gesicht meiner Mutter vorstellte. Wir hatten vielleicht nicht das beste Verhältnis zueinander, aber ich war mir sicher, dass meine Abwesenheit ihr Sorgen bereitete. Arme *madre*, dachte ich. Dieser Gedanke verflog mit dem ersten Bissen meines Frühstücks. Ich stieß ein genüssliches Seufzen aus. Es war mit Abstand das Beste, was ich in dieser Woche gegessen hatte. Die Konsistenz der Eier beruhigte das leichte Brennen in meiner Kehle, das noch vom Verschlucken des Salzwassers herrührte. „*Gracias*, Helena."

Die ältere Frau winkte mich ab, aber ihr breites Grinsen verriet, wie stolz sie war. „Es ist nichts Besonderes", versicherte sie mir. „Ich dachte nur, dass dieser Morgen eine besondere Mahlzeit verdient hat."

Ihre Worte fühlten sich an wie ein Hieb in die Magengrube, und alle positiven Gefühle verließen mich. Meine Augen huschten umher und suchten nach Omar und seinem drohenden Blick. „Wo ist ... er?" Selbst wenn ich seinen Namen aussprach, fühlte es sich an, als würde ich ihn damit herbeirufen, und obwohl ich wusste, dass ich ihn sehen musste, war ich noch nicht bereit. Welcher Mann würde es heute sein? Mein Entführer oder mein Retter?

Wen würde ich lieber sehen?

„Omar ist heute Morgen beschäftigt", sagte Helena mit einem Achselzucken, das eine Million verschiedener Dinge bedeuten konnte. Beschäftigt konnte bedeuten, dass er im Büro Papierkram erledigte ... oder einem Gegenspieler den Schädel einschlug. Das war schließlich die Aufgabe eines Vollstreckers. Es war die Rolle, die Apá von Matteo erwartete, auch wenn mein sanftmütiger kleiner Bruder nie auch nur annähernd so skrupellos sein könnte. Er hatte es nicht in sich.

Omar Castillo allerdings schon. Und wie. Er schien die Zerstörung, die er anrichtete, regelrecht zu genießen. „Warum hat er mich rausgelassen?"

Helena zuckte wieder mit den Schultern. „Das musst du *el jefe* selbst fragen. Er erzählt mir nicht viel."

Ich lachte, und es war kein fröhliches Lachen. „Irgendwie kaufe ich dir das nicht ab."

Sie zwinkerte mir zu. „Ich wäre eine schlechte Haushälterin, wenn ich meinem gestressten Arbeitgeber nicht ab und zu mal zuhören würde", sagte sie, „und ich wäre eine noch schlechtere, wenn ich mir die Gelegenheit entgehen ließe, gelegentlich mal die Ohren zu spitzen."

Helena sagte das letzte Wort mit theatralischem Flüstern, und ich lachte wieder, diesmal aufrichtiger. Doch so plötzlich wie das Lachen kam, so schnell war es auch wieder vorbei, und mir wurde ganz flau im Magen. „Er hat mich gestern fast umgebracht, und jetzt sitze ich in seiner Küche. Warum?"

„Ich wünschte, ich könnte verstehen, wie er denkt, aber Omar hatte schon immer seine eigene Art, Dinge anzugehen." Sie hob die Hand, als ich den Mund öffnete. „Nicht, dass ich entschuldigen würde, was er dir angetan hat. Es ist abscheulich, wie er sich benimmt."

„Weißt du, was in Miami passiert ist?"

Sie zuckte mit den Schultern. „Ich habe genug gehört, um mir ein Bild zu machen. Er hat viele Mitglieder deiner Familie getötet, nicht wahr, *mi amor?*"

Ich zwang mich, trotz meines flauen Magens noch einen Bissen von dem Kalbsbries zu essen. „Mein Vater hat Männer auf Angel angesetzt. Er liegt im Koma." Ihr Luftholen verriet mir, dass sie diese Information noch nicht kannte. *Mierda.* „Deshalb war Omar hinter meiner Familie her."

Helena schwieg lange. „Das macht es nicht rechtens", sagte sie schließlich, ohne mich anzusehen.

Ich streckte die Hand aus und berührte den Arm der Frau, sodass sich ihre warmen Augen den meinen begegneten. „Es ist in Ordnung, wenn du froh darüber bist" sagte ich zu ihr. „Du bist den Castillos gegenüber loyal. Du sorgst dich offensichtlich um Omar; ich bin sicher, dass du das Gleiche für Angel empfindest."

Helenas sorgfältig aufgebaute Neutralität bröckelte, und ihre Augen füllten sich mit Tränen. „Diese Monster haben mich im Sommer ganz schön auf Trab gehalten", sagte sie mit leicht brüchiger Stimme. „Aber ich liebe sie. Wenn Angel–" Sie wimmerte, unfähig, die Worte auszusprechen, und ich drückte ihr sanft und tröstend den Arm.

„Er wird wieder gesund", sagte ich, obwohl ich nicht wusste, ob das wirklich stimmte. „Er ist Angel Castillo. Er ist stark ... sogar mein Apá hat Angst vor ihm."

Helena trat einen Schritt zurück und wischte sich die Augen. „Iss", sagte sie mit belegter Stimme. „Reden wir nicht mehr über Dinge, die wir nicht ändern können, ja?"

Gehorsam nahm ich einen Bissen von den Eiern. „Erzähl mir von meiner neu gewonnenen Freiheit", sagte ich und wechselte das Thema, wie sie es wollte. „Muss ich nach dem Essen wieder in mein Zimmer zurückkehren?"

Die ältere Frau schüttelte den Kopf. „Du darfst dich auf der Insel frei bewegen, sagt Omar."

Ich traute meinen Ohren nicht. „Auf der ganzen Insel? Das konnte nicht ihr Ernst sein. *La Bestia* wäre nie so großzügig. Auf der ganzen Insel? Warum sollte er das zulassen?"

„Wo solltest du denn hingehen?" Helena beantwortete meine Frage mit einer Gegenfrage. „Wenn du nicht gerade ein Signalfeuer entzündest, um die Aufmerksamkeit eines vorbeifahrenden Bootes zu erregen, sind wir hier ziemlich isoliert. Es macht keinen Sinn, dich in diesem Zimmer gefangen zu halten, bis du den Verstand verlierst."

Es war ein Trick. Es musste einer sein. „Bist du sicher?"

„Die einzigen Orte, die du nicht betreten kannst, sind sein Büro und sein Schlafzimmer ... obwohl ich mir nicht vorstellen kann, dass du in einem dieser Zimmer sein wolltest.

Auf keinen Fall. Ich wollte nichts mit den Geschäften der Castillos zu tun haben, und ich wollte auch nicht in der Nähe von Omars Bett sein.

Aber ... es war fast unmöglich, nicht daran zu denken, wie er mich berührt hatte. Selbst wenn es ein grausamer Scherz gewesen war, eine Strafe dafür, dass ich so schamlos gewesen war, hatte er Gefühle in mir geweckt, von denen ich nicht wusste, dass sie überhaupt möglich waren.

Ich sollte jetzt nicht daran denken, nicht nach dem, was er getan hatte, aber trotzdem hatte das Wort „Bett" es wieder in meinen Gedanken hervorgerufen. „Also, wenn ich den Tag draußen verbringen wollte, könnte ich das tun?"

Helena streckte die Hand aus und tätschelte meine Wange. „Ich denke, das solltest du unbedingt tun, *mi amor*. Du warst schon viel zu lange in diesem Haus eingesperrt."

Nachdem ich mein Frühstück beendet hatte und Helena trotz ihrer Proteste beim Abwasch geholfen hatte, trat ich durch die Haustür ins Freie und in die Sonne. Am Tag zuvor hatte ich nicht viel von der Insel gesehen, da ich zu verängstigt war, als Omar mich nach draußen geschleppt hatte.

Die Sonne stand hoch am Himmel, und es war heiß, aber als ich auf der Veranda stand und blinzelte. Während sich meine Augen an das grelle Licht gewöhnten, entspannte ich mich zum ersten Mal seit einer Woche.

Der Strand fiel sanft zum blauen Wasser ab, und abgesehen von dem beängstigenden Steg war es wunderschön. Das Wasser erstreckte sich bis zum Horizont und berührte fast den Himmel.

Ich will malen.

Es war so lange her, dass ich eine Leinwand berührt hatte. Meine Hände schmerzten plötzlich danach.

Als ich ein Stück Treibholz entdeckte, ging ich zum Strand hinunter und strich den Sand glatt. Ich hob das Treibholz auf und begann zu zeichnen. Es war zwar unordentlich und nicht besonders gut – mit einem Stöckchen Formen in den Sand zu zeichnen, ist nicht gerade das beste Material – aber je mehr ich zeichnete, desto mehr ließ die Spannung zwischen meinen Schulterblättern nach. Malen und Zeichnen hatten mir schon immer Ruhe und Frieden gegeben. Zum ersten Mal seit viel zu langer Zeit empfand ich das wieder, und es war herrlich.

Das war, bis ein lautes Grollen von irgendwo auf der Insel zu hören war, das sämtliche Vögel aufschreckte und in die Luft fliegen ließ.

KAPITEL 13

Omar

„Der Motor ist zu laut", sagte ich zu Efrain. „Wenn ich von jetzt auf gleich nach Miami zurückmuss, darf man mich weder sehen noch hören, ja?"

„*Sí, jefe*", sagte der ältere Mann. „Pascal und ich können daran arbeiten. Es könnte allerdings drei oder vier Tage dauern."

Ich nickte. Ich wusste nicht, wann sich Angels Zustand ändern würde, und wollte auf alles vorbereitet sein. Ich warf einen Blick auf meine Uhr: Es war fast elf Uhr. „Halt mich auf dem Laufenden", sagte ich und klopfte Efrain auf die Schulter, dann ging ich davon.

Ich hatte mir bereits ein Wegwerfhandy aus dem Büro geschnappt. Pascal sollte mir ein neues besorgen, wenn er auf dem Festland die Lebensmittelbestellung abholte, da ich fast jeden Tag anrief, um den neuesten Stand zu erfahren. Ich verließ das Trockendock, um zu telefonieren. Lili nahm nach ein paar Klingeltönen ab.

„*Idiota*."

Ich seufzte; es sagte etwas darüber aus, wie gestresst wir beide waren, dass ich mir nicht die Mühe machte, auf die Beleidigung zu reagieren. Tatsächlich war es fast eine Erleichterung zu hören, dass sie sich immer noch ihren Sarkasmus bewahrt hatte. „Wie geht es ihm?"

„Unverändert." Ihre Stimme war völlig emotionslos. „Die Ärzte wollen die Sedierung im Laufe der Woche herabsetzen, und Emma und ich haben darüber gesprochen und sie hat ihre Zustimmung zu diesem Behandlungsplan gegeben. Wenn er nicht wieder zu sich kommt, nachdem sie die Sedierung verringert haben ..."

Sie sprach es nicht aus, aber wir beide wussten, was es bedeutete: Sollte Angel nicht zu sich kommen, würde er es wahrscheinlich nie mehr tun. „Er wird aufwachen", versprach ich. „Er wird nicht so sterben."

„Ja", sagte Lili. „Ich weiß." Aber sie glaubte es nicht; sie verlor die Hoffnung, und ich konnte es ihr nicht verübeln.

„Sag mir, was los ist."

„Ich war niemals dafür bestimmt, Verantwortung zu übernehmen", sagte sie.

Ich musste lachen. „Lili, du bist viel besser geeignet als ich, um die täglichen Aufgaben zu übernehmen. Das wissen wir beide."

Sie machte ein Geräusch, das fast wie ein Knurren klang. „Erzähl das deinen Tíos. Sie glauben nicht, dass ein kleines Ding wie ich dem ganzen Druck gewachsen ist. Es wird über eine Übernahme gesprochen."

Wenn einer unserer Tíos die Leitung übernähme, würde Angel es verdammt schwer haben, diese Position wiederzugewinnen. Es würde Blutvergießen und weitere Tote geben. Und das wäre alles meine Schuld. „Ich komme nach Hause", sagte ich. „Ich bleibe auf dem Gelände und ..."

„Das geht nicht", unterbrach mich Lili. „Wir wurden gerade *wieder* durchsucht, und ein paar unserer Jungs wurden außerhalb von Elíseo verhaftet. Wir könnten dich nicht verstecken."

Mierda. „Ich kann mir die Haare färben und eine Verkleidung tragen, wenn es sein muss."

„Deine Haare sind das Einzige an dir, was man nicht sofort erkennt", erwiderte Lili trocken. Sie hatte recht: Ich war 1,98 m groß und fast genauso breit. Angel und ich waren in Miami schon immer bekannt gewesen, und das lag nicht ausschließlich am Namen Castillo. „Wie läuft es mit deinem Plan?"

Ich seufzte. „Es gab einen Rückschlag, aber ich arbeite daran." Felix Suarez sollte besser liefern. Ich war mir nicht sicher, ob ich Lyse töten konnte, nicht nach gestern, aber ich konnte ihn immer noch zerstören, und falls meiner Familie etwas zustoßen sollte, während ich im Exil war, würde ich es tun.

Lili drängte mich nicht, schneller zu arbeiten; sie erinnerte mich nicht daran, dass die Familie mich brauchte. Sie wusste, dass ich tat, was ich konnte ... es war einfach nicht gut genug.

„Wie geht es Emma?"

„Dem Baby geht es gut", sagte Lili vorsichtig. „Sie überwachen Emmas Blutdruck."

Die Worte waren gut, aber der Tonfall sagte etwas ganz anderes. „Aber wie geht es *Emma*, Liliana?"

Am anderen Ende der Leitung herrschte Stille, die so lange anhielt, dass ich mich fragte, ob sie tatsächlich aufgelegt hatte. Schließlich seufzte Lili. Ich hörte das Räuspern in ihrer Kehle, als ob ihre Stimmbänder trocken wären und aneinander rieben. „Emma und Manny halten Wache an Angels Bett. Ich habe Manny zu Emma gelegt, damit er auf sie aufpasst und sie ablenkt, aber jetzt verlieren beide den Verstand. Es ist ein Chaos."

Es war nicht allzu überraschend, dass Manny ebenso erschüttert war wie Emma. Manny vergötterte meinen Bruder, und Angel und Emma beteten den jüngsten Castillo geradezu an. Sie behandelten ihn besser als seine eigenen Eltern. Seit er auf Hausunterricht umgestellt hatte, um mehr Zeit im Familiengeschäft verbringen zu können, verließ er das Grundstück nur noch selten. „Ich finde es nicht gut, dass Emma die ganze Zeit im Krankenhaus bleiben muss, aber wenigstens können die Ärzte sie und das Baby im Auge behalten, oder?"

„Dafür bezahlen wir sie ja auch, oder?" Lili klang wieder sehr bestimmt.

„Ich stelle deine Entscheidungen nicht infrage, *mija*", beruhigte ich sie. „Ich weiß, dass du dein Bestes gibst. Ich komme so schnell wie möglich.

„Ich weiß, dass du das tun wirst. Ich muss jetzt los. Ich werde noch die E-Mails von Angel durchsehen. Ademir hat sich für die Nutzung unseres Trockendocks bedankt. Er drängt auf ein Treffen, und ich werde versuchen, das zu verschieben."

„Nicht –"

„Sag ihnen nicht, dass Angel verletzt ist", beendete sie meinen Satz. „Ich weiß, *idiota*. Irgendwann wird er es sowieso erfahren, aber ich habe nicht vor, ihm jetzt irgendetwas zu sagen."

„*Gracias.*"

Wir verabschiedeten uns voneinander, und ich machte mich auf den Weg zum Trockendock, zerstörte das Handy und warf es in den Mülleimer. „Was auch immer ihr mit dem Boot vorhabt", verkündete ich und brachte Efrain und Pascal, die sich mit gesenkten Köpfen unterhielten, aus der Fassung, „ihr habt zwei Tage Zeit. Verstanden?"

Efrains Augenbrauen zogen sich zusammen, aber Pascal legte eine Hand auf die Schulter seines Freundes und hielt ihn davon ab, das

Erste, was ihm in den Sinn kam, auszusprechen. *Sí, jefe*", sagte Pascal. "Wir planen es jetzt und arbeiten rund um die Uhr, wenn nötig."

Ich muss ihnen eine Gehaltserhöhung geben, dachte ich. Die Kernmannschaft der Insel wurde gut bezahlt, genau wie alle anderen, die für die Familie Castillo arbeiteten, aber Padre machte Abstufungen. Diejenigen, die ihm am nächsten standen, profitierten am meisten. Ich wollte sicherstellen, dass Angel und ich uns besser um unsere loyalen Mitarbeiter kümmerten, egal wie nah sie dem Machtzentrum standen. "Wenn ihr irgendetwas braucht, sagt es mir einfach", sagte ich. "Ich sorge dafür, dass ihr es bekommt."

Ich verließ das Trockendock, denn meine Anwesenheit würde sie nur aufhalten. Was sollte ich jetzt tun? Lili hatte mich nicht für Verwaltungsaufgaben gebraucht. Ich hätte meine Hilfe anbieten können, Angels E-Mails zu lesen, aber Lili war mehr als fähig, diese Aufgabe zu übernehmen. Sie hatte auch bessere Chancen, Angels südamerikanische Partner zu beruhigen, bis er wieder übernehmen konnte.

Falls Angel im Koma blieb, musste ich mir überlegen, wie ich mich als Geschäftsmann behaupten würde. Lili würde es mir beibringen müssen. So gerne ich ihr auch die Leitung des Unternehmens übertragen hätte, so waren meine Tíos doch ein gutes Beispiel dafür, warum ich es nicht tun konnte: Sie würden Lili nie als unser Oberhaupt akzeptieren. Und auch wenn sie ihre Probleme auf die gleiche Weise lösen könnte wie Angel, indem sie sorgfältig platzierte Kugeln in die richtigen Leute jagte, würde das wahrscheinlich nicht ausreichen, um die Traditionen unserer Familie zu überwinden.

Ohne genau zu wissen, was ich tun sollte, machte ich mich auf den Weg zum Haus. Plötzlich fiel mir eine Gestalt am Strand auf. Es war Lyse. Sie hielt ein Stück Treibholz in der Hand und schien ... etwas in den Sand zu zeichnen. *Eine SOS-Nachricht?*

Ich hätte es ihr nicht übelgenommen. Natürlich war die Frau verwirrt ... ich war es ja auch. Aber ich konnte auch nicht zulassen, dass sie versuchte zu fliehen oder Nachrichten an zufällig vorbeifliegende Touristenflugzeuge sandte.

Ich schlich mich näher heran und sah, dass sie nicht etwa HILFE oder etwas Ähnliches schrieb. Stattdessen zeichnete sie. Es war eine Landschaft, die irgendwo real oder auch nur in ihrer Fantasie existierte. Aber sie war wunderschön, besonders für eine Skizze, die im Sand entstand. *Was würde sie wohl mit den richtigen Materialien zustande bringen?*

Sie war so in ihre Zeichnung vertieft, dass sie nicht bemerkte, wie nah ich gekommen war. Ich stand einen Moment da und beobachtete sie bei der Arbeit, und es war ... faszinierend. Fesselnd. *Sie ist schön*, dachte ich.

Ich schüttelte die aufkommende Zuneigung ab. Ich konnte mir das Gefühl der Zuneigung für die Frau verzeihen: Sie war wunderschön, und ich war mit ihr auf einer Insel gestrandet. Meine abwegigen Gedanken waren nicht zu vermeiden. Aber das warme Gefühl in meiner Brust? Das war unverzeihlich.

Ich war nah genug dran, um sie zu berühren, und sie bemerkte mich *immer noch nicht*. Entweder war sie sich zu sicher, dass sie sich verteidigen konnte, oder sie fühlte sich in ihrer Umgebung so wohl, dass sie sich nicht in Gefahr wähnte.

Bei dem Gedanken daran kochte ich vor Wut. Nicht unbedingt, weil ich wollte, dass sie Angst vor mir hat, sondern weil sie Angst vor mir haben *sollte*. Es war nicht sehr klug, es nicht zu sein. Aber als ich den Mund aufmachte, um ... was? Sie zu erschrecken? Sie zu schelten? Alles, was herauskam, war: „Das ist wunderschön."

Lyse schrie auf und fuhr herum. Sie hielt das Stück Treibholz wie einen Knüppel und schwang es wild herum. Ich griff danach und riss es ihr aus der Hand, wobei es in mehrere Teile zerbrach. Die Angst, die ich erwartet hatte, spiegelte sich nun in ihren Augen wider, aber ihr Mund verzog sich zu einem trotzigen Grinsen.

„Was zum Teufel machst du da, *pendejo*? Was schleichst du dich so an mich ran?"

schrie sie mich an.

Eigentlich hätte ich mich darüber ärgern sollen, aber ich konnte mir ein Lächeln nicht verkneifen. „Du wolltest mich schlagen, *conejita*? Echt jetzt?"

Lyse runzelte die Stirn. „Verdient hättest du es."

Ihre Worte lösten noch mehr Erregung bei mir aus, aber es war keine Wut, die ich empfand. Dieser verdammte Widerstandsgeist brachte mich dazu, sie packen und ihr zeigen zu wollen, wer hier der Boss war. „Jetzt weißt du, wie ich mich gefühlt habe, nachdem deine Familie meinen Bruder überfallen hat" sagte ich.

Ich wollte sie eigentlich nur ein wenig provozieren, aber meine Worte schlugen ein wie eine Bombe. „Ich war nicht diejenige, die versucht hat, dich umzubringen", sagte sie. „Oder deinen Bruder."

„Nein", stimmte ich zu. „Du bist nur eine arme *conejita*, die im Kreuzfeuer gelandet ist."

„Hör auf, mich so zu nennen."

Ich spottete. „Nein. Das passt zu gut zu dir." Ich streckte die Hand aus, und sie wich erschrocken zurück. *Gut, Lyse*, dachte ich. *Fürchte dich vor mir. Es wird für uns beide einfacher sein, wenn du das tust.*

„Fass. Mich. Nicht. An", knurrte sie. „Nie wieder."

Ich trat in ihren persönlichen Bereich und packte sie am Kinn. „Ich fasse dich an, wann immer ich will, *conejita*. Du stellst hier nicht die Regeln auf. Das tue ich."

Sie riss sich los und befreite sich aus meinem Griff. „Fick dich, *pendejo.*"

KAPITEL 14
Lyse

Habe ich das wirklich gerade zu dem Mann gesagt, der mich von einem Anlegesteg gestoßen hat? Sei tapfer, sagte ich mir. *Was ist das Schlimmste, was jetzt passieren könnte?* „Helena hat gesagt, dass ich rauskommen kann", sagte ich. „Hat sie sich geirrt?"

Omar schüttelte den Kopf. Seine Augen funkelten immer noch gefährlich, aber er versuchte nicht, sich mir wieder zu nähern. „Nein, sie hat sich nicht geirrt. Du kannst sowieso nirgendwo hin." Er verschränkte die Arme vor seiner breiten Brust. „Solange du dich von meinem Büro und meinem Zimmer fernhältst, kannst du dich frei bewegen."

„Und ... du lässt mich in Ruhe?"

Er schenkte mir wieder dieses böse Lächeln, und mein Herz schlug bis zum Hals. „Das habe ich nie gesagt, *conejita.*"

„Weil du die Regeln bestimmst."

Omars Lächeln wurde zu einem Grinsen. „Ganz genau."

Das Adrenalin, das mich die letzten Minuten angetrieben hatte, versiegte. „Das geht mir nicht in den Kopf", gab ich zu und wandte mich wieder meiner Skizze zu. Sie war viel größer geworden, als ich gedacht hatte; ich muss in die Gänge gekommen sein. „Warum hast du mich gestern nicht einfach ertrinken lassen?"

„Dein Verlobter soll tun, was ich ihm befohlen habe, und das hat er nicht getan. Ich musste ihm zeigen, dass ich es ernst meine."

„Aber."

„Wenn du tot wärst, hätte ich kein Druckmittel mehr, oder? Mehr steckt nicht dahinter."

Mich schauderte. Es war mir ernst, schließlich ging es um mein Leben, mit dem er spielte. „Das erklärt aber nicht, warum du mich jetzt rauslässt", bohrte ich weiter. „Ja, ich weiß, dass ich praktisch in der Falle sitze, aber das schien dir in der Woche, in der du mich in diesem Raum eingesperrt hattest, nicht so wichtig zu sein."

Omars Lächeln verschwand. Er wirkte unbehaglich, und ein animalischer Teil von mir freute sich darüber. Endlich hatte sich das Blatt gewendet, und das war ein herrliches Gefühl. „Ich hatte es satt, mich um dich zu kümmern", beharrte er, aber ich konnte sehen, dass es nur eine Ausrede war. „Jetzt kannst du dich um dich selbst kümmern. Erwarte nicht, dass Helena sich um dich kümmert, das ist nicht ihre Aufgabe."

Ich nickte. „Okay ... behandelst du alle deine Geiseln so? Gibst du ihnen gerade genug Freiheit, um sich selbst zu erhängen?"

Seine Augen schweiften an mir vorbei zu der Skizze, die ich in den Sand gezeichnet hatte, und ich hatte den verrückten Impuls, sie zu verwischen oder abzudecken, damit er sie nicht sehen konnte. „Ich habe noch nie jemanden so lange als Geisel gehalten", gab er zu. „Entweder lag den Angehörigen nicht genug an ihnen und sie starben, oder die Forderungen wurden erfüllt und wir konnten sie nach Hause schicken."

„Felix versucht es", sagte ich, aber meine Worte klangen sehr weit weg. Fast wie ein Echo.

Omar schnaubte. „Nicht genug."

Nun ja, damit lag er nicht ganz falsch, aber seine Worte trafen mich härter, als ich gedacht hatte. Zwischen Felix und mir gab es keine Liebe; er wollte mich besitzen, mit mir angeben, aber er liebte mich nicht. Hätte Omar mich ertrinken lassen, wäre er über seine verlorene Anschaffung wütend gewesen. „Geh weg." Ich wollte, dass es ein Befehl war, aber die Worte kamen als flehentlicher Hilferuf heraus. Ich hob die Stücke Treibholz auf und dachte, ich könnte den Strand weiter entlanggehen, um weiter zu zeichnen.

„Kannst du auf Papier auch so zeichnen?", fragte Omar. „Oder ist Sand dein bevorzugtes Medium?"

Ich starrte ihn an. „Sand ist für niemanden die erste Wahl, es sei denn, man stellt daraus Skulpturen her, vermute ich."

„Das ... beantwortet meine Frage überhaupt nicht."

Pech. Aber der freundliche Gesichtsausdruck ... trog. Ich wusste, dass er das alles wahrscheinlich irgendwann gegen mich verwenden würde, aber es war schwer, ihn völlig zu ignorieren. „Ja, ich bin auch mit anderen Medien vertraut."

„Welches bevorzugst du?"

Ich fuhr ihn an. „Was schert *dich* das? Versuchst du, ein Freund zu sein? Du hast mich gestern fast umgebracht!"

Omar nahm mein Geschrei mit überraschender Gelassenheit auf, obwohl da dieses dunkle Funkeln in seinen Augen war, das mich erzittern ließ. Ich konnte nicht sagen, ob es aus Angst oder Begierde war. *Was ist nur los mit mir?* „Ich bin neugierig", sagte er mit einem Achselzucken. „Du bist ... nicht wie die Mitglieder der Familie Rojas, die ich bisher kennengelernt habe."

„Weil wir alle so schreckliche Menschen sind?", spottete ich. *„Madura de una vez.* Unsere beiden Familien haben einander schreckliche Dinge angetan, und das wird sich so schnell nicht ändern."

Dieses dunkle Funkeln schlug in echte Wut um. Mierda. „Dein Vater –"

Es war zu spät, um jetzt noch einen Rückzieher zu machen. Wenn Omar mir etwas antun wollte, konnte ich genauso gut meine Meinung sagen. „Apá hat deinen geliebten Bruder angegriffen, das weiß ich." Ich spottete. „Du hast *ein Viertel* meiner Familie eigenhändig ausgelöscht. Das ist aus meiner Sicht kein fairer Handel, und dennoch versuche ich nicht, dich umzubringen."

Omar drängte sich in meinen persönlichen Raum, und es war allein mein Stolz, der mich veranlasste, ihm weiterhin entgegenzutreten. „Mein Bruder ist mehr wert als hundert von euch miesem Rojas-Abschaum", zischte er. Selbst in seiner Wut sah ich, wie seine Augen von meinen abwandten. Er starrte auf meinen Mund, auf das schnelle Heben und Senken meiner Brüste, wenn ich atme. Er *wollte* mich.

Nun, war das nicht ein himmelweiter Unterschied zu „Wenn ich dich wirklich wollte, hätte ich dich schon genommen"? „Ich mag Abschaum sein, weil ich in diese Familie hineingeboren wurde", sagte ich und senkte meinen Kopf als Zeichen der Anerkennung, „aber du willst mich küssen."

Omar knurrte und riss sich los. „Das tue ich nicht." Er war entrüstet; sein Gesichtsausdruck entrang mir ein Kichern. „Über wen zum Teufel glaubst du, lachst du, *conejita?"*

Er versuchte, einen „bedrohlichen" Ton anzuschlagen, aber ich kicherte nur noch mehr. Irgendetwas an dieser ganzen Situation kam mir unglaublich komisch vor. Vielleicht war es das Wissen, dass ich wahrscheinlich sterben würde, bevor alles vorbei war. Vielleicht war es die Tatsache, dass das Zeichnen im Sand mein erster Hauch von Frieden seit viel zu langer Zeit war.

„Ich male gerne", sagte ich, anstatt seine Frage zu beantworten. „Meistens mit Ölfarben, aber wenn es keine anderen Farben gibt, nehme ich auch Acrylfarben." Ich wies auf den Horizont und die wirbelnden Blau- und Grüntöne. „Ich würde *gerne* mal eine Aussicht wie diese malen, aber ich musste mich mit Sand begnügen." Ich verschränkte die Arme vor der Brust und legte den Kopf auf die Seite. „Beantwortet das deine Frage?"

Omar sah immer noch aufgebracht aus, aber der beängstigende Zorn war verschwunden. Meine Bemerkung, dass er mich küssen wollte, hatte er vergessen – zumindest für den Moment. *Gut*, dachte ich. *Ich hätte das nicht sagen sollen.* „Ich bin überrascht, dass dein Vater dir erlaubt hat, dich solchen Dingen zu widmen."

„Kunst?" Ich lachte wieder, und es klang fast hysterisch. „Apá weiß nichts davon."

Omar setzte sich in den Sand und bedeutete mir, mich ebenfalls zu setzen. Und wider jede Vernunft ließ ich mich neben ihm nieder. „Mein Vater wusste alles über unsere Ausbildung. Er hatte seine Hände in allem, was wir lernten. Es überrascht mich, dass dein Vater –"

„Apá interessiert sich nur dafür, was Matteo lernt", unterbrach ich ihn. „Meine Mutter war für meine Bildung zuständig, bis ich aufs College ging. Sie ermutigte mich, eine Leidenschaft zu finden, die nicht mit meinen Pflichten gegenüber meiner Familie in Konflikt stand. Die Kunst wurde zu einer Art Zuflucht."

Omar summte leise neben mir, und ich sah ihn kurz an. Ich sollte nicht so mit ihm reden. Es war unglaublich dumm, fast so dumm wie mein Plan, den Mann zu verführen. „Padre hat sich nie viel aus Kunst gemacht."

„Meine Mutter wollte nur, dass ich etwas finde, das mich beschäftigt", sagte ich mit einem Achselzucken. „Sie hatte keine Ahnung, dass ich darin aufgehen würde."

„Oder dass du so gut darin sein würdest."

Omar sagte die Worte abwesend, als hätte er es gar nicht so gemeint, und ich spürte, wie mir die Röte ins Gesicht stieg. „Das bin ich nicht."

„Sei nicht so bescheiden." Er sah mich mit seinen dunklen Augen an. Sie waren hart und unergründlich, als könne er sich nicht entscheiden, ob er wütend auf mich war oder nicht. „Wenn du gut bist, dann sag es. Es ist nichts Schlimmes daran, in etwas gut zu sein."

Ich betrachtete meine Sandkreation. Sie war gut. Nicht so gut wie das, was ich mit Papier oder Leinwand machen konnte, aber sicherlich besser als das, was die meisten Menschen am Strand zustande bringen. „Das ist ein passables Ergebnis", sagte ich und zeigte darauf. „Aber ich kann es besser."

Omar lachte leise, und ich erschauderte ein wenig. Es war ein so warmes Lachen, so ganz anders als sein üblicher kalter, sarkastischer Tonfall. „Ach ja? Was ist das Beste, was du je gemacht hast?"

Mir huschte ein Lächeln übers Gesicht, als ich mich an die Farbkleckse und -wirbel erinnerte, die sich wie von Zauberhand zu einem Porträt einer Freundin zusammengefügt hatten, die ein solches in Auftrag gegeben hatte. „Ich habe ein Porträt für –" Ich unterbrach mich, biss mir auf die Zunge, um die Worte zurückzuhalten. Fast hätte ich ihm das größte Geheimnis verraten, das ich mit mir herumtrug.

Natürlich hatte Omar gehört, was ich gesagt hatte. „Du hast doch schon ein paar verkauft, oder?" Er pfiff leise und beeindruckt. „Du bist ziemlich mutig, *conejita*. Das muss man dir lassen." Er sah mich an. „Wissen deine Eltern davon?"

Die Frage war so offenkundig absurd, dass ich lachen musste. Lebe ich noch? Ich zog die Knie an die Brust. Wenn mein Vater auch nur einen Moment lang glauben würde, dass ich Geld verdiene, um zu türmen ..."

Ich erinnerte mich an die Nacht, in der ich darum gebettelt hatte, Nonne werden zu dürfen, anstatt Felix zu heiraten. Er hatte mich bis dahin immer nur geohrfeigt. Doch in dieser Nacht hatte Apá nicht gezögert. Ich hörte noch immer das Echo der Schreie meiner Mutter, die meinen Vater angefleht hatte, mich nicht zu töten.

Ich durfte wochenlang mein Zimmer nicht verlassen, bis alle blauen Flecken verschwunden waren. Erst dann lernte ich meinen zukünftigen Ehemann kennen, und ich gab mir alle Mühe, so freundlich und liebenswert wie möglich zu sein. Ich bezauberte Felix an diesem Tag und besiegelte unsere bevorstehende Verlobung.

An diesem Nachmittag bekam ich neue Farben: ein Geschenk meiner Mutter, damit ich „das Notwendige erfülle."

Omar griff mit dem Finger unter mein Kinn und zwang mich, ihn anzusehen. „Er hätte dich nicht anfassen dürfen."

Ich zog den Kopf mit einem verächtlichen Schnauben weg. „Das ist wirklich lächerlich, was du da sagst."

Er runzelte die Stirn. „Ich bin nicht dein Vater", sagte er. „Ich gehöre nicht zu deiner Familie."

„Als hätte deine Familie dich nie geschlagen?", fuhr ich ihn an.

Die wütende Anspannung war zurückgekehrt, und wir waren beide gereizt. Ich wusste, was mein Bruder im Namen der „Ausbildung" ertragen hatte, und konnte mir nur vorstellen, was der großartige Gustavo Castillo getan hatte, um seine Söhne auf eine Welt wie die unsere vorzubereiten.

Omar stand auf und schüttelte sich den Sand ab. „Ich lasse dich jetzt malen, wenn du das möchtest. Störe Helena nicht wegen Mittag-

oder Abendessen. Wenn du etwas willst, mach es dir selbst. Und bleib –"

„Raus aus deinem Büro und Schlafzimmer", sagte ich. „Ich weiß."

Omar starrte mich lange an, so lange, dass ich ihn fast gefragt hätte, was er wollte. Dann aber hörte ich, wie der Sand leise knirschte, als er wegging. Was zum Teufel war hier los? Ich hätte ihm am liebsten die Treibholzstücke nachgeworfen, die ich aufhob. Es war, als würde Omar jedes Mal, wenn ich wieder festen Boden unter den Füßen hatte, kommen und ihn mir wieder wegziehen.

Ich hatte Angst vor dem Mann, das war mir klar, aber unter der Angst war noch etwas anderes. Vielleicht Verlangen. Oder besser gesagt, definitiv Verlangen. Verlangen nach dem Mann, der mir die Haare gewaschen und mit mir über Kunst gesprochen hatte. Verlangen nach dem Mann, der mich wahrscheinlich immer noch tot sehen wollte.

KAPITEL 15

Omar

„Es gibt also keine Geldsumme, die –" Ich fluchte, als der Mann am anderen Ende der Leitung, ein Geschäftskontakt von Angel, auflegte. Das Boot, das Pascal und Efrain umrüsteten, war fast fertig, aber ich hatte immer noch keine sichere Überfahrt nach Miami. Ich musste aufs Festland gelangen, und ich würde Felix Suarez nicht mehr länger Hoffnung machen. Nicht nach neun Tagen ohne ein Wort.

Ich wusste nicht, was ich mit Lyse machen sollte, wenn er sich nicht rührte, aber das war ein Problem für ein anderes Mal. Im Moment musste ich einen Weg zurück finden. Lili würde sonst durchdrehen.

Aber ganz gleich, wo ich nach Hilfe suchte, stieß ich auf eine unsichtbare Mauer. Entweder wollte mir niemand helfen, weil ich nicht Angel war, oder sie hatten gehört, dass er im Koma lag, und waren froh, dass die Castillos in Flammen aufgingen, damit sie übernehmen konnten, wenn wir weg waren.

Als ob ich das jemals zugelassen hätte.

Ich hätte die Waffen, die das Corazón-Syndikat hier gelagert hatte, als Druckmittel einsetzen sollen, und ich ärgerte mich, dass ich nicht so weit vorausgedacht. Doch ich wusste auch, dass es besser war, sie nicht zu verärgern.

Aus dem Augenwinkel sah ich, wie Lyse mit ihren dunklen Haaren am Fenster vorbeihuschte. Sie war wieder draußen: Ich glaubte nicht, dass sie mehr als ein paar Stunden pro Nacht zum Schlafen im Haus war, seit ich ihre Tür unverschlossen gelassen hatte. *Schon wieder auf Erkundungstour*, dachte ich abwesend. Sie war ein neugieriges kleines Häschen, das stand fest.

„Du musst gute Nachrichten erhalten haben."

Ich zuckte bei der Stimme zusammen und sah zur Tür. Helena stand in der Tür zu meinem Büro, die Einzige, die mutig genug war, die Tür ohne anzuklopfen, zu öffnen. „Was quasselst du da?"

Sie verschränkte die Arme und machte sich über mich lustig. *Wäre sie ein Mann gewesen, ich würde sie erschießen.* „Du hast gelächelt", sagte sie. „Ich dachte, das könnte bedeuten, dass es gute Nachrichten gibt."

Ich schüttelte den Kopf. „Noch nichts Gutes", sagte ich.

„Also –?"

„Ich *habe nicht* gelächelt."

„Wie du meinst, *jefe*." Ihr Tonfall verriet ihre Zweifel, und ich konnte mich nur mit *Mühe* beherrschen, ihr nicht den Stinkefinger zu zeigen. Das wäre zwar die unglaublich pubertäre Reaktion, die sie von mir erwarten würde, aber das konnte ich mir nicht mehr leisten. „Lyse entwickelt sich zu einem echten Naturkind, seit du ihr die Tür aufgeschlossen hast, oder?"

„Wirklich?" Ich tat so, als interessierte es mich nicht. „Das ist mir nicht aufgefallen."

Helena schnaubte. „Ich habe dich beobachtet, *jefe*. Deine Augen folgen ihr ständig, und wenn sie nicht in der Nähe ist, suchst du nach ihr. Du hast die Zeit, die du normalerweise zum Abendessen brauchst, verdoppelt, nur um zu sehen, ob sie auftaucht."

Ich wurde rot. Ich hatte nicht *bewusst* darüber nachgedacht, aber natürlich wurde mir in dem Moment, als sie es laut aussprach, klar, dass ich genau das an den letzten beiden Abenden getan hatte ... und ich war enttäuscht gewesen, als Lyse mich beim Wort genommen hatte und nicht davon ausging, dass Helena ihre Mahlzeiten zubereiten würde. Stattdessen hatte sie sich den ganzen Tag über kleine Snacks gegönnt und sich zurückgezogen.

„Sie ... lenkt ab", gab ich zu.

Helena strahlte förmlich. „Du magst sie."

„Tue ich nicht." Tat ich nicht. Jemanden attraktiv zu finden, hieß nicht, ihn zu *mögen*. „Ich bin kein verliebter Teenager."

„Das habe ich auch nie behauptet." Sie lächelte auf eine viel zu mütterliche Art, und ich spürte einen Stich. Ich konnte mich kaum an meine eigene Mutter erinnern, aber Padre hatte ein Händchen dafür, mütterliche Frauen einzustellen, die sich um seine Kinder kümmerten. Helena brachte mich zwar täglich zur Verzweiflung, besonders in letzter Zeit, aber sie sah mich auf eine Weise, wie es Padre nie getan hatte. Es konnte absolut entwürdigend sein. „Aber ich habe dich noch nie so an einer Frau interessiert gesehen."

„Sie ist meine –"

„Geisel, ich weiß." Aber Helena und ich wussten beide, wie es ist, jemanden als Geisel zu halten. Und das war es nicht, vor allem nicht, nachdem die Bedingungen für die Freilassung nicht erfüllt worden waren. Sie sollte tot sein. Oder hinter Schloss und Riegel. Stattdessen erlaubte ich ihr, sich nach Belieben frei zu bewegen. „Aber das ändert nichts an der Tatsache, dass du sie behandelst, als wäre sie etwas Besonderes."

Ich knirschte mit den Zähnen. „Ich weiß."

Mijo." Helena seufzte. „Es ist in Ordnung, einzusehen, dass sie nicht der Teufel ist, weißt du. Ich weiß, dass sie eine Rojas ist, aber Menschen sind nicht immer *nur* ihre Familie."

Es war ein Konzept, das mir nur schwer in den Kopf wollte. Die Castillos waren eine Einheit; wir handelten und lebten für das Wohl der Gemeinschaft. Es gab wenig Raum für Individualität, und es war *mehr als* deutlich, dass ich Fehler machte, wenn ich Entscheidungen für mich selbst traf. Es fiel mir schwer, Lyse von ihrer Familie zu trennen.

„Es ist sowieso egal, was ich getan habe. Ich habe ihre Familie niedergemetzelt, weil sie Angel das angetan haben. Diese Sache könnten wir nicht vergessen."

„Möchtest du das denn?"

Helena provozierte mich, und ich wusste es, aber es war schwer, ihre Sticheleien zu ignorieren. „Das ist doch egal", beharrte ich. „Sie kann nicht schwimmen. Sie kriegt *Panik*, wenn sie tiefes Wasser sieht, und ich habe sie vom Anleger ins Wasser gestoßen und zugesehen, wie sie fast ertrunken wäre."

Sie sah mich eine Weile prüfend an. „Du kannst nichts sagen", stimmte sie mir zu. „Aber wenn du etwas für sie empfindest, könntest du etwas für sie tun. *Zeige* ihr, dass du etwas für sie empfindest."

Ich starrte sie nur an. „Und wie?"

„Wie gewinnst du normalerweise die Aufmerksamkeit von Frauen, *mijo*? Es ist nicht viel anders."

Machte sie Witze? „Ich habe noch nie versucht, eine Frau zu verführen, die ich so schwer verletzt habe."

Helena lachte spöttisch. „Bist du Omar Castillo oder nicht?", fragte sie, bevor sie sich umdreht und wegging.

Bevor Emma Angels Frau wurde, hatte mein Bruder nur flüchtige Beziehungen gehabt. Er hatte wenig Interesse daran, sich an jemanden zu binden, aber er mochte das Chaos, den One-Night-Stands mit sich bringen, nicht und hatte sich nur gelegentlich darauf eingelassen. Im Gegensatz zu meinem Bruder hatte ich wenig Skrupel, mir für Wochenenden ein Abenteuer zu suchen.

Aber ich brauchte diese Frauen nicht zu verführen. Solange ich Interesse zeigte, kamen sie von allein zu mir ... und Verführung war ohnehin nicht dasselbe wie Romantik.

Romantik? *Eine Rojas?* Ich schnaubte. Ich sollte mir für den bloßen Gedanken eine Kugel durch den Kopf jagen.

Trotzdem ... Ich warf einen Blick aus dem Fenster und sah Lyse wieder. Sie war auf dem Weg zum Strand, wo sie zweifellos wieder zeichnen würde. Das hatte sie schon oft gemacht, aber seit ich sie das erste Mal dabei erwischt hatte, hatte sie alles verwischt, bevor ich nah genug herankam, um einen Blick darauf zu werfen.

Während ich so tat, als würde ich *nicht* hinsehen, kam mir ein Gedanke. Ich könnte etwas für sie tun. Vielleicht würde sie sogar lächeln.

Nachdem ich mich bei Lili gemeldet hatte – Angels Zustand hatte sich nicht verändert, aber sie wollten damit beginnen, seine Sedierung zu reduzieren – schloss ich mein Büro ab und machte mich auf die Suche nach Lyse.

Da ich ihre Tür offengelassen hatte, war sie am Strand in der Nähe des Hauses geblieben, aber heute fand ich sie auf der anderen Seite der Insel. Sie lag dem offenen Meer zugewandt, das Wasser war etwas dunkler und der Strand etwas wilder. Sie saß im Sand und starrte auf den Horizont, als würde sie versuchen, ihn sich einzuprägen.

„Ich beginne zu glauben, dass du besessen bist."

Lyse zuckte zusammen und sah mich misstrauisch an. „Was willst du?"

Ärger durchzuckte mich, aber er wurde von einer warmen Sympathie vertrieben, an die ich nicht denken wollte. Was war das nur mit dieser Frau, die mich so anfuhr? Ich wurde gefürchtet und respektiert ... und doch konnte Lyse Rojas mit mir auf eine Weise sprechen, wie es niemand außer Padre und Angel jemals gewagt hatte.

Ich streckte die Hand aus. „Ich möchte dir etwas zeigen. Komm mit mir."

Sie schnaubte und starrte auf den Horizont. „Nein."

„Muss ich dich tragen, *conejita*?"

Lyse kreischte fast, als sie hörte, dass ich sie tragen wollte, und ich musste mich zusammenreißen, um nicht zurückzuweichen. Nicht gerade die klügste Bemerkung, angesichts dessen, was ihr widerfahren war, schalt ich mich selbst. Sie stand auf und klopfte sich den Sand von den Beinen. Meine Augen folgten der Bewegung ihrer Hände, und erst als sie sich räusperte, reagierte ich wieder. „Zeig mir, was du mir zeigen willst."

Ich winkte ihr zu, mir ins Haus zu folgen, und je näher wir kamen, desto angespannter wurde sie. Sie entspannte sich ein wenig, als sie merkte, dass wir ins Haus gingen, aber sie wurde wieder ganz verkrampft, als ich die Treppe hinaufstieg.

„Ich sperre dich nicht wieder ein", sagte ich. „Versprochen". Lyse glaubte mir nicht, was ich ihr nicht verübeln konnte. „Ver–" Fast hätte ich die Worte „Vertrau mir einfach" gesagt. Sie würde mir niemals vertrauen. „Komm einfach mit", sagte ich und öffnete eine Tür, hinter der sich die Treppe zum Dachboden befand.

Der Dachboden war groß und lichtdurchflutet: Meine Mutter hatte auf beiden Seiten Fenster einbauen lassen, die auf die Insel hinausgingen, und so viel natürliches Licht in den Raum fallen ließen, wie möglich. Lyse holte tief Luft, als wir den Raum betraten. „Das ist ja ..."

„Der perfekte Ort zum Malen?" Sie sah mich an, und ich deutete auf den Stapel Kisten in der Mitte des Raums. „Meine Mutter wollte, dass wir etwas über Kunst lernen, aber ich habe dir ja von meinem Padre erzählt. Er fand das lächerlich. Trotzdem hat meine Mutter all diese Materialien gekauft, und sie stehen hier oben herum."

„Materialien?" Lyse riss die Augen auf. „Künstlerbedarf?"

Ich nickte. „Ich weiß nicht, was davon noch brauchbar ist, aber du kannst alles haben, was du willst." Ich deutete auf den Platz. „Solange du hier bist, kannst du diesen Platz so oft nutzen, wie du möchtest."

Lyse sah sich um und dann begegneten sich unsere Blicke. „Warum tust du das für mich?"

Mir fielen hundert Ausreden ein, einige davon sarkastisch, einige aufrichtig, aber ich beschränkte mich darauf, mit den Schultern zu zucken. „Ich weiß nicht", sagte ich. „Du bist die erste Person, die ... den Raum zu schätzen wissen könnte."

Sie sah sich erneut um und blinzelte. „Das ist das schönste Atelier, das ich je gesehen habe", sagte sie fast abwesend, als könne sie es nicht glauben. Sie drehte sich zu mir um, und ein bezauberndes Lächeln umspielte ihre Lippen. Mir wurde ganz eng in der Brust. „Vielen Dank."

Ich hatte nicht erwartet, dass sie sich bei mir bedanken würde. „Ähm ... gern geschehen ..."

Sie ging durch den Raum und drückte mir auf Zehenspitzen ihre Lippen auf die meinen. Es war hauchzart und so schnell, dass ich dachte, ich hätte es mir eingebildet, aber die glühende Röte, die ihre Wangen färbte, bestätigte mir, dass es echt war.

Ich streckte die Hand aus und legte sie auf ihre Wange, bevor sie sich wegdrehen konnte. „Das muss dein erster Kuss gewesen sein."

Ihr Gesicht wurde noch röter. *Hermosa*, dachte ich. „Wie kommst du darauf?" Ihre Stimme klang vorsichtig, als wäre sie sich nicht sicher, ob sie nicht für etwas Ärger bekommen würde.

„Angesichts der Tatsache, dass dein Verlobter so versessen auf deine Jungfräulichkeit ist", sagte ich, „wette ich, dass dein Vater dich unter Schloss und Riegel gehalten hat."

Bei der Erwähnung von Felix wurde ihr Gesicht leichenblass. Wo war das Mädchen, das versucht hatte, mich zu verführen? Das so mutig gewesen war, ein Handtuch fallen zu lassen und ihren nackten Körper zu enthüllen? Sicherlich war sie nicht ein und dieselbe Person wie dieses verängstigte Häschen.

Bevor sie etwas sagen konnte, beugte ich mich zu ihr hinunter und küsste sie erneut. Ich ging behutsam vor, aber ich ließ mir Zeit und brachte ihre Lippen dazu, sich langsam für mich zu öffnen. Lyse keuchte leicht, als ich in ihren Mund leckte und meine Zunge an ihrer entlangstrich.

Es war der zärtlichste Kuss, den ich je jemandem gegeben hatte, und mir wurde ganz schwindelig. So war das nicht geplant. Ich war nicht derjenige, der sanft und zärtlich war. Ich war mir nicht sicher, ob es in der Familie Castillo überhaupt einen Mann gab, der so war. *Ich muss hier raus.*

Als ich mich zurückzog, hatte sie ihre Hände in meinem Hemd vergraben. „Der Raum gehört dir", sagte ich, entschlossen, zu gehen. „Genieße ihn."

Aber als ich mich zurückziehen wollte, hielten ihre Hände, die den Stoff meines Hemdes umklammerten, mich fest. „Bleib. Bitte."

KAPITEL 16

Lyse

Mein Kopf fühlte sich an, als sei er mit Watte gefüllt. Das war die einzige Erklärung dafür, warum ich *Omar Castillo* anflehte, zu bleiben. Damit er mich vielleicht noch einmal küsste. Bei dem Gedanken prickelte mein Mund.

„Ich sollte wirklich nicht bleiben", sagte Omar und riss sich aus meiner Umklammerung. „Wenn ich bleibe, dann –"

„Was?", drängte ich. Ein Teil von mir, wahrscheinlich ein größerer Teil, als ich zugeben möchte, wollte hören, wie sehr er mich wollte. Vor allem, nachdem er mich zuvor so herzlos abgewiesen hatte.

„Ich könnte dich wieder küssen." Ein finsterer Ausdruck huschte über sein Gesicht. „Ich könnte mehr tun, als dich nur zu küssen."

Ich verschränkte die Arme vor der Brust und versuchte, meine Nerven zu beruhigen. „Vielleicht könntest du beenden, was du letztes Mal angefangen hast."

Omar grinste gefährlich und amüsiert. „Schamlos", höhnte er. „Du bist absolut schamlos. Was würde dein Apá sagen?"

Es war, als hätte man mir einen Eimer kaltes Wasser über den Kopf geschüttet. „Er würde gar nichts sagen. Er würde mich einfach totschlagen."

Ein Stirnrunzeln verdunkelte Omars attraktives Gesicht. „Du klingst, als wüsstest du aus Erfahrung."

Ich drehte mich weg, um aus dem riesigen Panoramafenster zu schauen, aber ich nickte zustimmend. „Als ich fünfzehn war, sagte mein Vater, dass ich mit Felix verlobt werden würde. Ich hatte ihn noch nicht einmal kennengelernt." Ich umschlang mich mit den Armen, denn mir war plötzlich kalt. Ich hatte diese Geschichte noch niemandem erzählt; nur mein Vater, meine Mutter und ich wussten davon. „Ich wollte nicht mit jemandem verlobt sein, der so viel älter war als ich."

Ich warf einen Blick hinter mich, und Omar sah mich mit einem seltsamen Gesichtsausdruck an. Als würde er sich *seine Schwester* an meiner Stelle vorstellen. „Das ist ... verständlich."

Arrangierte Ehen waren für Familien wie die unsrigen keine unbekannte Praxis. Ich wusste, dass meine Ehe höchstwahrscheinlich eine Allianz zwischen meinem Vater und jemandem sein würde, der etwas hatte, das er wollte. Das war meine Rolle als Tochter.

„Ich habe darum gebettelt, nicht verheiratet zu werden", sagte ich. „Ich habe sie gebeten, mich in ein Kloster zu schicken. Ich hatte alle Unterlagen ausgedruckt, um sie ihnen zu zeigen." Ich schüttelte den Kopf. „Es hat *Wochen* gedauert, bis die blauen Flecken verschwunden waren." Ich hielt eine Haarsträhne hoch und zeigte ihm eine Narbe, die sich über den Haaransatz bis zur Schläfe zog. „Nur das Flehen und die Versprechungen meiner Mutter, dass ich mich fügen würde, haben mich am Leben gehalten."

Es gab eine lange Pause, und als ich Omar ansah, schien sein ganzer Körper vor Anspannung verkrampft zu sein. Gewalt gegen Frauen war nicht völlig *unbekannt*, aber ich war die Tochter des Mannes, der das Sagen hatte. Ich hätte ein gewisses Maß an Sicherheit genießen müssen. „Ich bin überrascht, dass du so ... fromm bist."

Ein Lachen entfuhr mir. „Bin ich nicht ... aber mit fünfzehn dachte ich, es wäre das Einzige, was mich retten konnte. Ich hatte eine Cousine, die Nonne wurde, und mein Vater spricht *noch immer* von ihr, als sei sie eine Heilige." Annaliese hatte mich nach Eintritt ins Kloster ein einziges Mal besucht, und sie war so entsetzt, dass sie jeden Kontakt abbrach. Trotzdem ... unsere Familie hat sie wie eine Heilige verehrt. Sie hatte eine „edle" Berufung.

Ich war die undankbare *puta*, die sich vor ihren Pflichten drücken wollte.

Omar unterbrach meine Gedanken. „Hast du nicht darüber nachgedacht, was du aufgibst, wenn du Nonne wirst?"

Aufgeben? „Meine Familie? Ich habe damals versucht, ihr zu *entkommen*."

Omar grinste mich an und seine Augen glitten meinen Körper hinab. Ich erschauderte: Ich konnte diesen Blick fast wie eine Berührung spüren. „Das habe ich nicht gemeint, *conejita*." Er trat näher an mich heran. Eine Hitzewelle ging von ihm aus.

Ich begriff, was er meinte, und wich einen Schritt zurück. „Ich hätte es nicht vermisst", beharrte ich. „Warum sollte ich *so etwas* vermissen?"

Omar grinste jetzt, und ich wusste, dass er mich gleich berühren würde. Er drückte mich gegen das Fenster, sodass mein Rücken die von der Sonne erwärmte Scheibe streifte. „Du hast es vorhin genossen, als ich dich berührt habe."

Ich schnaubte und versuchte, mich nicht in seinem Griff zu wehren. Das würde *La Bestia* wahrscheinlich nur noch mehr erregen. „Du warst weg, bevor ich es richtig genießen konnte", fuhr ich ihn an. „Ich sollte wohl hoffen, dass Felix mehr Erfolg hat, mich zu befriedigen?"

Omars Grinsen verwandelte sich in ein Knurren. „Als ob er das könnte." Er streckte den Arm aus und strich mit dem Daumen über meine Unterlippe. Es war eine besitzergreifende Berührung, die mich erschaudern ließ. „Weißt du, warum Männer in seinem Alter auf Jungfrauen stehen?" Die Frage war rhetorisch, und selbst wenn nicht, hatte ich keine Antwort darauf. „Sie wollen ein unerfahrenes Mädchen, das nicht merkt, dass sie in dem, was sie tun, grottenschlecht sind."

Ich hätte still sein sollen. Ich hätte mich so schnell wie möglich von ihm entfernen sollen, aber ich wollte nicht. Er lockte mit diesem gefährlichen, köstlichen Vergnügen, das ich zuvor nur flüchtig gesehen hatte, und obwohl es ein weiterer Trick sein könnte, ein grausamer Streich, um meinen Willen weiter zu brechen, wollte ich es.

„Woher soll ich denn wissen, was der Unterschied ist?" Es war eine Herausforderung, und ich sah einen Funken der Anerkennung in seinen Augen.

Omar lehnte sich erneut in meine Richtung, ich konnte seinen Atem auf meiner Haut spüren, und ich wich nicht zurück oder versuchte, ihn wegzustoßen. Stattdessen hob ich meinen Kopf, um *La Bestia* in die Augen zu sehen. „Soll ich es dir zeigen, *conejita*?"

Sag nein, befahl ich mir. Es war ein letzter Versuch meines Gehirns, meinen Körper dazu zu bringen, wegzulaufen, das Mädchen zu sein, zu dem mein Vater mich erzogen hatte ... aber ich wollte ihn. Und wenn ich schon mit Felix verheiratet werden oder sterben würde, wollte ich vorher noch etwas für mich haben. Ich holte tief Luft. „Ja."

Omar bewegte sich langsam, fast vorsichtig, auf mich zu, und dann lagen seine Lippen wieder auf meinen. Der Kuss war zunächst sanft, aber dann strich seine Zunge über meine Unterlippe, bevor er in meinen Mund eindrang. Ich keuchte bei dem Eindringen, ließ mich aber küssen. Und küssen. Und küssen, bis mir schwindelig wurde.

„Leg deine Arme um mich, Lyse." Seine Stimme war bestimmt, aber nicht bedrohlich.

Ich zitterte und schlang meine Arme um seinen Hals und presste meinen Körper an seinen. Er war so *groß*. Es wäre so einfach für ihn, mich zu verletzen – er *hatte* mich verletzt – aber seine Hände waren jetzt behutsam, als wäre ich etwas Kostbares. Der Unterschied war zum Verrücktwerden.

Omar hob mich hoch, legte seine Hände um meine Oberschenkel, und ich keuchte. „Deine Schulter."

„Es ist alles in Ordnung", versicherte er, und während ich meinen Griff um ihn verstärkte, hatte ich keine Angst, dass er mich fallen lassen würde, selbst mit einer verletzten Schulter.

Er ging durch den Dachboden zu einer Arbeitsfläche, die sich entlang der einzigen Wand ohne Fenster erstreckte. Dort stand ein Waschbecken, das eindeutig zum Reinigen von Pinseln und Paletten gedacht war, und mein Herz jubelte bei dem Gedanken, wieder malen zu können ... aber das konnte auch noch warten.

Omar setzte mich auf die Arbeitsplatte und lachte. „Selbst wenn du hochgehoben wirst, bist du klein."

Ich wurde rot. „Halt die Klappe."

Er schüttelte den Kopf. „Ich glaube nicht, dass ich das tun werde."

Bevor ich etwas erwidern konnte, beugte er sich herunter und küsste mich erneut, doch er verweilte nicht lange auf meinen Lippen, sondern verteilte Küsse auf meinem Hals. Ich zitterte bei dem Gefühl seines Mundes auf meiner Haut. Meine Finger fuhren durch sein Haar und woben sich durch die seidigen Strähnen, während er alle Stellen suchte, die Funken durch meinen Körper zu jagen schienen.

Omars Finger schlangen sich um die Ränder des zu großen T-Shirts, das ich trug, und fragten, ohne zu fragen, ob er es ausziehen dürfe. Ich zog mich zurück und griff nach unten, um das T-Shirt über meinen Kopf zu ziehen. Ich konnte fühlen, wie seine Augen auf den Spitzen meines BHs ruhten.

„Soll ich –?"

Seine Augen waren dunkel, und er nickte. „Zieh ihn aus."

Ich griff hinter mich und öffnete den Verschluss meines BHs, sodass er über meiner Brust herunterhing. Omar zog ihn ganz aus. Als meine Brüste entblößt waren, beugte sich Omar vor und nahm eine meiner Brustwarzen in den Mund. Ich keuchte, als mich kleine Wellen der Lust durchfuhren. Ich hatte keine Ahnung, dass ich dort empfindlich war.

Ich spürte die Spitze seiner Zähne und stieß einen kleinen Schrei aus. „Omar!"

Omar stieß einen zufriedenen Laut aus. „Du machst die hübschesten Geräusche für mich, *conejita*", murmelte er an meiner Haut. Er griff nach meinen Shorts, und ich hob meine Hüften, sodass er sie und mein Höschen herunterziehen konnte und ich nackt vor ihm stand. Instinktiv versuchte ich, meine Knie zusammenzupressen, aber Omar stellte sich dazwischen. „Ich will es sehen."

Ich erschauderte bei dem tiefen Klang seiner Stimme und lehnte mich auf sein Geheiß an die Wand, wobei ich meine Schenkel für ihn spreizte. Er hatte mich schon früher berührt, aber das hier war ... mehr. Ich wollte mehr von dem Feuer, das er Tage zuvor entfacht hatte. „Berühre mich", hauchte ich. „Bitte, berühre mich."

Er hob fragend eine Augenbraue. „Bist du sicher?"

Ich war wieder an dem Punkt, an dem Verrat drohte. Ich würde meine eigene Familie verraten, wenn ich das zuließ ... aber wenn es nicht geschah, wenn ich wegging, würde ich vollkommen aus meiner Haut fahren. Ich brauchte diese Berührung. Ich *brauchte* Omar, der mich berührte. Ich brauchte Omar, der mich auf eine Weise berührte, die ich noch nie zuvor erlebt hatte und wahrscheinlich nie wieder erleben würde, wenn ich Felix heiratete. Es war nicht fair. Sollte ich diesen Moment nicht mit dem Mann meiner Wahl erleben dürfen? Warum durfte Felix das und alles andere haben? Nein. Ich würde mir nehmen, was Omar mir zu geben bereit war, und ich würde jede Minute davon genießen.

Ich schlang meine Arme um seinen Hals und zog ihn an mich. Mein Atem stockte, als seine bekleidete Gestalt sich an meine nackte presste. Ich küsste ihn. Es war eine ungelenke Sache, aber er stieß einen leisen Laut aus. „Ich will dich", hauchte ich an seinen Lippen.

Omars Knie berührten den Boden, und er zog mich nach vorne, sodass ich auf der Kante der Arbeitsplatte lag. Für den Bruchteil einer Sekunde war seine Berührung weniger sanft, und Hitze breitete sich in meinem Bauch aus. Doch dann war er fast zärtlich, als er seine Schultern zwischen meine Knie schob.

„Du musst dich nicht zurückhalten", platzte es aus mir heraus.

Omar sah zu mir auf, und ich sah, wie sich sein Kiefer anspannte. „Ich will dir nicht wehtun."

Ich sah ihn lange an und begriff, dass er es ernst meinte. Nach all dem Leid, das er mir zugefügt hatte, wollte er mir tatsächlich nicht wehtun, und für jemanden, der so groß war wie er – ich stellte mir vor, dass das auch für die Teile von ihm galt, die ich nicht gesehen hatte – wäre das ein Leichtes. Mein ohnehin schon rasendes Herz schlug noch schneller.

Du darfst dich nicht in ihn verlieben, sagte ich mir, während ich ihm mit den Fingern durchs Haar fuhr. Es wäre ein Fehler sonderglechen, Gefühle für diesen Mann zu haben. Die Anziehung war schon mehr als genug. „Du wolltest mir zeigen, was ich im Kloster vermissen würde, oder?" Er nickte vorsichtig. „Also zeig mir, wie *Omar Castillo* eine Frau fickt. Behandle mich nicht wie ein zerbrechliches Burgfräulein."

Er stieß einen Laut aus, der fast wie ein Knurren klang, und dann drückte er sein Gesicht auf mich. Allein das Gefühl seines Mundes auf mir raubte mir den Atem. Seine Lippen umschlossen meine Klitoris, und er verwöhnte sie mit seiner Zunge, bis ich aufschrie. Jeder Nerv in mir brannte und schrie nach ihm.

Als sein Finger in mich eindrang, zuckten meine Hüften vor Erregung, und ich wimmerte. Diese unglaubliche Spannung baute sich wieder auf, und einen Moment lang hatte ich Angst. Was, wenn er wieder aufhört? Unbewusst begann ich, mich gegen ihn zu wehren. „Omar, ich –" Seine Augen schossen nach oben, um meinem Blick zu begegnen, aber er hörte nicht auf, seinen Mund zu bewegen, seinen Finger zu krümmen und auf etwas zu drücken, das mich in Ekstase zu versetzen schien. „*Oh mein Gott.*"

Omar grinste. „Fühlst du dich gut, *conejita*?"

Angst stieg in meiner Brust auf: Das war schon einmal passiert, und er hatte aufgehört. „Bitte", stöhnte ich. „Bitte, mach weiter. Ich brauche –"

„Ich weiß, was du brauchst." Er fuhr immer wieder über diese Stelle. „Und ich werde es dir geben." Er beugte sich nach vorne und umschloss meine Klitoris erneut mit seinen Lippen. Das Gefühl war überwältigend.

Die Spannung steigerte sich immer weiter, bis ein heftiges Saugen mich in einer Welle von Gefühl überwältigte. Ich hörte ein Keuchen und merkte, dass ich das war. Omar wurde sanfter und zog sich zurück. Er sah richtig selbstgefällig aus, aber ich brachte es nicht über mich, ihn dafür zu tadeln. Ich lag keuchend auf der Arbeitsplatte.

„Du bist wunderschön, wenn du kommst."

Ich wäre rot geworden, wenn ich nicht so weit über der Erde geschwebt hätte, dass es mir in diesem Moment überhaupt nicht möglich war, mich zu schämen. „Fühlt es sich immer so an?"

Omar grinste und stand auf. Er zog sein Hemd aus und schob seine Jeans von den Hüften, und er stand nackt vor mir. Mein Mund wurde trocken. Er war *überall* groß, genau wie ich es mir vorgestellt hatte. „Willst du es noch einmal versuchen und es herausfinden?"

Ich nickte, aber als er seinen Penis an mich drückte, blieb mir die Luft weg. Er fühlte sich noch größer an, als er aussah. „Wird es wehtun?"

Omar lächelte etwas gequält, aber er strich wieder mit seinem Daumen über meine Klitoris, sanfter als zuvor, und ich seufzte. „Ich will, dass du dich gut fühlst, okay? Vertrau mir."

Vertrauen war ein lächerliches Konzept zwischen uns, und das wussten wir beide, aber ich nickte, weil jeder Funken gesunden Menschenverstands in mir von dem Gefühl seiner Hände auf meinem Körper fortgespült worden war. Omar beugte sich nach vorne, um mich zu küssen, während er in mich eindrang.

Mir blieb die Luft weg, und ich bewegte meine Hüften, um eine neue Art von Gleichgewicht zu finden, während er sich in mich hineinschob. Es tat nicht weh, aber ich konnte spüren, wie sich mein Körper um ihn herum spannte. Ich beobachtete fasziniert, wie sich Omars Gesicht in ein Kaleidoskop von Emotionen verwandelte. Ich streckte die Hand aus und legte sie auf sein Gesicht, sodass sich unsere Blicke trafen. „Halte dich nicht zurück."

Omar verzog das Gesicht zu einem animalischen Grinsen. Seine Hände umklammerten meine Schenkel, sodass ich ihre Kraft spürte, bevor er seine Hüften in die meinen stieß. Er legte ein Tempo vor, das gerade noch nicht zu viel war, und alles, was ich tun konnte, war, mich an seinen Schultern festzuhalten und es zu genießen. „Du bist dafür gemacht, *conejita*." Omars Stimme dröhnte in meinem Ohr. „Du fühlst dich so gut an. So. Verdammt. Eng."

Wie konnte man beim Sex überhaupt reden? Ich bekam nicht genug Luft in meine Lungen, um mehr zu tun, als kläglich zu wimmern und mich noch fester an ihn zu klammern. „Bitte", murmelte ich, als alles wieder eng wurde. *„Bitte, bitte, bitte."*

Omar brachte mich sanft zum Schweigen, was in scharfem Kontrast zu der rauen Art stand, mit der seine Hüften in meine stießen. Er drehte mich leicht, und was auch immer er bei seinem nächsten Stoß traf, ließ meine Nerven wie Lichterketten aufleuchten. „Komm für mich", befahl er, hielt diesen Winkel bei und rieb sich immer wieder an dieser Stelle. Er küsste mich auf die Schultern, das Schlüsselbein, den Hals, aber als er mir in das Ohr knabberte, brachte mich dieser scharfe Schmerz wieder zum Höhepunkt. Die Muskeln in meinem Inneren verkrampften sich um ihn herum, und ich hörte, wie Omar stöhnte, als auch er seinen Höhepunkt erreichte.

Er hielt mich einen Moment lang fest, bevor er sich zurückzog und mir half, mich ein wenig aufzusetzen. Ich zuckte zusammen, als ich die plötzliche Leere spürte, und war überrascht, als er seine Arme wieder um mich legte und seine großen Hände beruhigend über meine Wirbelsäule strichen.

„Du gehörst jetzt mir, *conejita*", flüsterte er mir ins Ohr. Als wären seine Worte ein Geheimnis zwischen ihm und mir.

Er ist verrückt, dachte ich. Dieser Mann war ein Mörder; er würde nicht zögern, meinen Vater, meinen Bruder oder jedes andere Mitglied meiner Familie zu töten, das ihm in die Quere kommen würde ... aber ich wünschte mir nichts sehnlicher, als in seinen Armen zu liegen.

Ich wusste nicht, wie lange das anhalten würde; ich wusste nicht, welche Konsequenzen das haben würde. Aber im Moment gehörte ich ganz ihm, und das war mir nur recht.

KAPITEL 17

Omar

Ich hätte die verdammten Jalousien herunterlassen sollen. Ein Lichtstrahl fiel mir direkt in die Augen und riss mich unfreiwillig aus dem Schlaf. Fast hätte ich mich umgedreht, aber dann wurde mir klar, dass ich erstens nicht allein war und zweitens nicht in meinem Bett lag.

Ich warf einen Blick auf Lyse, die an meine Seite gekuschelt schlief. Sie sah in diesem Moment aus wie ein Häschen, das sich zu einem Ball zusammengerollt hatte, mit zerzausten Haaren. Sie hatte das Laken über sich gezogen, aber ihre nackte Schulter lugte hervor, und dieser kleine Fleck Haut brachte mich zum Glühen.

Ich könnte sie aufwecken, dachte ich und stellte mir vor, wie ich sie erneut nehmen würde. Ich konnte nicht genug davon bekommen, wie sie sich an mich klammerte und mich so sanft und süß darum bat, ihr ein gutes Gefühl zu geben. *Wann hatte mich das letzte Mal jemand darum gebeten?*

Bevor ich jedoch meine Gedanken in die Tat umsetzen konnte, sah ich auf die Uhr. Ich musste Lili anrufen und sehen, ob es etwas Neues gab. Wenn ich zu lange wartete, würde sie sich Sorgen machen, und das Letzte, was ich wollte, war, meiner Schwester noch mehr Stress zu bereiten. Langsam, um Lyse nicht zu wecken, stand ich auf und ließ sie in einer Pfütze aus Sonnenschein zurück.

Ich ging nach unten. „*Jefe?*", rief Helena, als ich an der Küche vorbeiging.

„Nicht jetzt", warf ich ihr über die Schulter zu.

„Soll ich das Frühstück für dich und –"

Ich blieb stehen und drehte mich um. Ich ging in die Küche und verschränkte die Arme vor der Brust. „Und?"

Helena war nicht im Geringsten beeindruckt. „Und Lyse", sagte sie. „Soll ich das Frühstück für euch beide vorbereiten?"

„Warum fragst du mich nach ihr?"

Ihre Augen wanderten zu meiner Brust, und ich folgte ihrem Blick und seufzte. Lyse hatte mir einen ziemlich großen, sehr auffälligen Knutschfleck auf der Brust hinterlassen. Wann zum Teufel war das passiert? Mein Häschen hatte offenbar Reißzähne. „Frühstück wäre gut", sagte ich und fühlte mich wie ein Teenager, der nach einer durchzechten Nacht beim heimlichen Reinschleichen erwischt wurde.

Helena nickte. „Tu ihr nicht weh, *jefe*."

Ich stand einen Moment lang schweigend da. „Ich versuche, es nicht zu tun. Ich kann nichts versprechen", sagte ich schließlich. „*Con permiso*. Ich muss telefonieren."

Als ich ins Büro trat, schloss ich die Tür hinter mir. Ich hatte nur noch ein paar Wegwerfhandys übrig: Entweder musste ich Esteban losschicken, um mehr zu besorgen, oder Angel musste aufwachen.

Ich wählte Lilis Nummer. „*Idiota!*"

Ich hatte es *wirklich* langsam satt, aber sie klang nicht annähernd so verzweifelt wie zuvor. „Was gibt es Neues?"

„Angel ist wach." Sie klang so glücklich, dass man meinen konnte, sie würde schweben. „Er ist noch nicht über den Berg, aber er atmet selbstständig und ist in der Lage, den Anweisungen des Arztes zu folgen, sodass es gut aussieht, dass er keine bleibenden Hirnschäden davontragen wird."

Es fühlte sich an, als könne ich zum ersten Mal seit viel zu langer Zeit wieder richtig durchatmen. „*Alabanzas*", hauchte ich, und Lili wiederholte es mit tränenerstickter, aber freudiger Stimme.

„Ich habe dir das Beste noch gar nicht erzählt!"

Was könnte besser sein, als dass Angel aufgewacht war? „Was ist das Beste?", fragte ich und beschloss, sie zu necken.

„Die Polizei ist zurückgekommen und hat sich bei mir persönlich für all die Unannehmlichkeiten *entschuldigt*. Sie lassen uns in Ruhe. Ich weiß nicht, was du getan hast, aber es hat funktioniert. Du kannst nach Hause kommen!"

Felix hat es vollbracht, dachte ich, endlich. „Warum hast du das nicht *gleich* gesagt?"

Lili lachte, und es war wieder ihr böses Kleine-Schwester-Lachen. Die Last war ihr fast vollständig von den Schultern genommen. „Ich dachte, dass es ein klitzekleines bisschen wichtiger ist, dass unser Bruder noch lebt."

Sie hatte natürlich recht, aber ich wollte ihr nicht die Freude machen, es zuzugeben. „Ich bin bald zu Hause", versprach ich. „Kommst du und Emma noch ein paar Stunden ohne mich aus?"

Sie schnaubte. „Als ob Emma jetzt noch einen von uns bemerken würde."

„Sie hat sich vollständig erholt, oder?"

„So gut wie", sagte Lili. „Die Ärzte werden sie wegen ihres Blutdrucks weiter beobachten, aber ihr Hauptstressfaktor hat sich größtenteils von selbst erledigt, sodass sie ziemlich sicher sind, dass sich das auch von selbst regeln wird."

„Ich würde sagen, bring sie zurück auf das Anwesen, damit sie richtig schlafen kann, aber ich bezweifle, dass sie Angel von der Seite weichen wird."

„Richtig, und Angel hat mich ziemlich böse angesehen, als ich es vorgeschlagen habe. Er will sie in seiner Nähe haben."

Ich schnaubte. „Dann wird es ihm wohl gut gehen." Emma hatte fast sterben müssen, damit mein Bruder und seine geliebte Frau zugaben, dass sie sich unsterblich ineinander verliebt hatten. Es war gleichermaßen unterhaltsam und extrem frustrierend gewesen, das mit anzusehen, aber jetzt, da er sie hatte, würde er sie nicht mehr loslassen. Nicht einmal eine oder zwei Nahtoderfahrungen würden die beiden auseinanderbringen. Vor allem jetzt, da sie mit ihrem ersten Kind schwanger war.

Wenn ich an sie dachte, musste ich auch an die Frau oben denken. *Scheiße.* Ich musste mir überlegen, was ich mit Lyse machen sollte. Wenn Felix seinen Teil der Abmachung tatsächlich eingehalten hatte, musste ich sie zurückgeben, oder? Wenn nicht, würde das noch mehr Probleme verursachen.

Aber der Gedanke, sie diesem Abschaum von Rojas zurückzugeben, brachte mein Blut in Wallung ... und außerdem wollte ich, dass sie für das, was sie Angel angetan hatten, litten. Mein Wunsch, Luis Rojas zu töten, war nicht verschwunden, nur weil ich mit seiner Tochter geschlafen hatte. Im Gegenteil, er hatte sich verzehnfacht, nachdem ich gehört hatte, was er ihr angetan hatte.

„Ich werde alles in die Wege leiten und bin bald zu Hause", versprach ich erneut, bevor wir auflegten.

Endlich gab es Licht am Ende des Tunnels, aber es war noch viel zu tun, bevor ich nach Hause gehen konnte. Nach einer kurzen Pause wählte ich Felix' Nummer: Ich musste das hinter mich bringen. „Señor Suarez", grüßte ich ihn, als er den Anruf entgegennahm. „Sie haben Wort gehalten. Meine Schwester sagte, die Polizei habe sich persönlich für den Ärger entschuldigt, den sie ihr bereitet hatte. Dafür muss ich Ihnen danken."

„Ich will Ihren Dank nicht. Ich will Lyse."

Die Art, wie er ihren Namen aussprach, brachte mich in Rage: Er betrachtete Lyse nicht als seine Verlobte, geschweige denn als Frau, sondern als sein Eigentum. Als ob er irgendein Recht auf sie hatte. *Lyse gehört mir*, dachte ich wütend. Das war kein besonders ... progressiver Gedanke, aber das war mir egal. Das Bild von Lyse, die sich in ihrer Lust verlor, hatte sich in meine Netzhaut eingebrannt, und ich würde sie verdammt noch mal mit niemandem teilen. „Wir sprechen heute Abend über Lyse."

„Heute Abend?"

„Das ist doch kein Problem, oder? Nachdem ich entlastet wurde, sollte ich doch wohl nach Miami kommen können, um mit Ihnen und Luis Rojas persönlich zu sprechen, ohne Angst haben zu müssen, dass mir die Polizei im Nacken sitzt."

Felix schnaubte. „Sie wollen Luis da mit reinziehen? Ernsthaft?"

Ein Ausdruck des Zorns verzerrte mein Gesicht. Ich spürte es. „Er und ich haben viel zu besprechen."

Am anderen Ende des Telefons folgte eine lange Pause; einen Moment lang dachte ich, der Mann hätte einfach aufgelegt. „Es wird keine Gewalt geben", sagte er. „Wenn ich ein Treffen arrangiere, findet es an einem neutralen Ort statt."

Ich wollte nicht nachgeben ... aber der Mann hatte recht. „Keine

Gewalt auf beiden Seiten", sagte ich. „Wenn es eine Falle ist, müssen Sie sich keine Sorgen mehr um Lyse machen."

Nicht, dass ich sie überhaupt zurückgeben würde.

„Einverstanden", sagte Felix.

„Schicken Sie mir den Treffpunkt an diese Nummer, sobald Sie ihn haben. Wir treffen uns um acht Uhr, an einem Ort Ihrer Wahl."

Ich beendete das Gespräch und steckte das Handy in die Tasche. Ich vertraute Lili genug, dass ich davon ausging, dass das FBI nicht die Insel stürmen würde, um mich zu verhaften.

Es gab noch viel zu organisieren, ehe ich gehen konnte, aber als ich aus dem Büro trat, roch ich den Speck, den Helena gerade brutzelte, und mir kam eine Idee. „Ist das Frühstück fast fertig?", fragte ich, als ich in die Küche kam.

Helena war gerade dabei, den Herd auszuschalten. „Es ist fertig", sagte sie. „Soll ich –"

„Ich mache das schon", unterbrach ich sie.

Sie zog eine Augenbraue hoch. „Oh? Nimmst du es mit nach oben?"

Ein Rüffel lag mir auf der Zunge – ich ließ ihr wirklich viel zu viel durchgehen –, aber ich war zu gut gelaunt. „Lyse ist noch nicht aufgestanden", sagte ich stattdessen. „Vielleicht möchte sie ihres auf ihrem Zimmer haben."

Helena lachte kurz auf, sagte aber nichts weiter. Stattdessen wandte sie sich ab, um das Chaos zusammenzuräumen, und ließ mich in Ruhe zwei Teller anrichten. Bevor ich nach einem Tablett fragen konnte, holte sie eines hervor und stellte es auf die Theke neben mir.

Ich füllte die Teller und trug das Tablett nach oben. Lyse schlief in einer Pfütze aus Sonnenschein. Ich stellte das Tablett auf die Kommode und kletterte neben sie ins Bett. „*Conejita*, es ist Zeit aufzuwachen." Lyse bewegte sich im Schlaf, aber sie öffnete ihre

Augen nicht. Ich küsste ihre nackte Schulter, wie ich es schon beim Aufwachen so gerne getan hätte. „Lyse."

Sie regte sich erneut, und diesmal flatterten ihre Augen auf. Ich beobachtete, wie sich der Schlaf aus ihren Augen verflüchtigte, und für den Bruchteil einer Sekunde fragte ich mich, ob sie bereute, was geschehen war. Stattdessen konzentrierte sich Lyse auf mich, und eine zartrosa Röte breitete sich auf ihren Wangen aus. *Niemand hat das Recht, beim Aufwachen so bezaubernd zu sein,* dachte ich. *„Buenos días",* sagte sie.

Ich küsste sie wieder auf die Schulter. „Ich habe Frühstück mitgebracht."

Lyse richtete sich auf. „Hast du ... gekocht?"

Ich lachte. Natürlich nicht. Helena hat es für uns gemacht; mein Beitrag bestand darin, es auf das Tablett zu laden. Sie wirkte ein ganz klein wenig erleichtert, und ich spottete. „Du denkst, ich kann nicht kochen, *conejita*?"

Sie musterte mich einen Moment lang. „Ich glaube nicht, dass du jemals für dich selbst kochen musstest." Sie legte den Kopf zur Seite. „Sag mir, dass ich falschliege."

Sie lag nicht im Geringsten falsch, aber die Tatsache, dass sie mich so herausforderte, ließ mein Blut in Wallung geraten. Pack sie, sagte ich mir. Erinnere sie daran, wie stark du bist. Aber die übergriffigen Gedanken gewannen heute nicht die Oberhand. Es gab noch zu viel zu tun, bevor ich nach Miami fuhr.

„Du hast nicht unrecht", sagte ich schließlich und beugte mich vor, um ihr einen Kuss auf die Lippen zu geben, ganz schnell, bevor einer von uns beiden zu sehr abgelenkt wurde. „Aber ich muss nicht stolz darauf sein."

Lyse kicherte. Zur Kenntnis genommen.

Ich stieg vom Bett und ging zum Tablett. „Lass uns essen", sagte ich. „Ich habe einen langen Tag vor mir."

Ihr Lächeln erlosch ein wenig. „Was musst du tun?"

„Iss", sagte ich noch einmal und starrte sie an, bis sie ihren ersten Bissen Speck in den Mund genommen hatte. „Ich muss heute Abend zurück nach Miami. Angel ist aufgewacht."

Sie wurde munter. „Wird er wieder gesund?"

Ich nickte. „Es sieht so aus. Ich werde mich selbst davon überzeugen."

„Aber was ist mit –?"

Ich schluckte das Essen in meinem Mund hinunter. Es war köstlich, aber in dem Moment, als es meinen Magen erreichte, wurde es mir übel. „Felix hat Wort gehalten. Der Polizeieinsatz wurde abgeblasen. Theoretisch sollte ich in Miami sicher sein, ohne Angst haben zu müssen, verhaftet zu werden oder Schlimmeres."

Sie sah überrascht aus ... und ein wenig enttäuscht. Das flaue Gefühl in meinem Magen ließ nach. „Komme ich mit dir?"

„Nein." Das Wort entfuhr mir, bevor ich wirklich darüber nachgedacht hatte. Ich hatte daran gedacht, Lyse mitzunehmen. Felix hatte ihr Lösegeld bezahlt. Eigentlich sollte er sie sehen dürfen, auch wenn ich nicht vorhatte, sie tatsächlich herauszugeben. „Noch nicht."

„Aber ... warum? Du verlässt mich doch nicht, oder?"

Ich sah sie durchdringend an. Ist es das, worüber sie so besorgt ist? Dass ich sie verlassen werde? Eigentlich sollte Lyse zu ihrer Familie zurückkehren wollen; sie sollte darauf bestehen, heute Nachmittag mit mir im Boot zu sitzen. Stattdessen schien sie über die Aussicht, allein gelassen zu werden, noch betrübter zu sein. „Ich entscheide, ob und wann du zu deiner Familie zurückkehrst." Ich nahm ihr Kinn zwischen Daumen und Zeigefinger und zwang sie, mich anzusehen.

Sie entzog sich meinem Griff. „Wirst du das meinem Vater sagen? Felix?"

Der Gedanke an Felix' Hände an ihr verursachte mir Magenkrämpfe. „Du gehörst jetzt mir, erinnerst du dich?"

„Dann lass mich dir helfen."

„Nein", sagte ich. „Auf keinen Fall. Male etwas für mich. Ich bin vor Sonnenaufgang zu Hause."

Lyse stieß einen schrecklichen Laut aus, der wie ein Lachen klingen konnte. „Du wirst ein Treffen mit meinem Vater nicht überleben."

Ich sah, wie der harte Ausdruck auf ihrem Gesicht von Sorge verdrängt wurde. „Mach dir keine Sorgen um mich. Ich werde alles tun, was nötig ist, um zu dir zurückzukommen."

KAPITEL 18

Omar

„Du siehst aus, als hätte dich ein Laster gerammt, *hermano*", sagte ich und lehnte mich gegen den Türrahmen von Angels Krankenzimmer.

Emma wandte sich um, ohne Angels Hand loszulassen, und ein Lächeln erschien auf ihrem Gesicht.

„Omar! Du bist zu Hause!"

„Wie geht es dir?", fragte ich sie.

Sie sah Angel an und ihr Lächeln erstrahlte. „Mir geht es gut", sagte sie. Ihre Worte waren eher an Angel als an mich gerichtet, aber das war mir egal.

Als die Liebe zwischen meinem älteren Bruder und Emma aufflammte, war es einerseits lustig, ihn zu beobachten, andererseits aber auch beunruhigend. Angel Castillo war kein romantischer Typ. Er war gewalttätig und kalt, und die einzigen, die jemals seine Wärme erfuhren, waren Lili, Manny und ich. Mein Vater hatte ihn zu einem perfekten Erben erzogen. Sich zu verlieben, hätte nicht *möglich* sein dürfen.

Aber hier war er nun und sah Emma an, als hätte sie den Mond und die Sterne am Himmel aufgehängt. Er hätte ihr das pochende Herz aus seiner Brust gegeben, wenn sie darum gebeten hätte. Ich hatte das vorher nicht verstanden. Ich konnte mir nicht vorstellen, dass ich jemandem diese Macht über mich gewähren würde.

Aber der Gedanke, dass Lyse mich jemals so anlächeln könnte, ließ mein Herz höherschlagen. Ich hätte nie gedacht, dass ich fähig wäre zu lieben, und ich war mir nicht sicher, ob es das war, was ich jetzt fühlte, aber Lyse gehörte mir. Ich würde sie nicht einfach aufgeben. Vielleicht begann so Liebe.

Ich setzte mich auf den freien Stuhl neben Emma, und meine Schwägerin lehnte sich zur Begrüßung einen Moment lang an meine Schulter. „Du hast es mit der gesamten Familie Rojas aufgenommen?", fragte Angel. „Allein?"

Es hatte keinen Sinn, diesbezüglich zu lügen. Ich schämte mich nicht. „Ich würde es wieder tun", sagte ich. „Darauf kannst du wetten."

Angel starrte mich missbilligend an, aber in seinem Mundwinkel verbarg sich ein Lächeln. Er würde mich vielleicht dafür tadeln, dass ich so draufgängerisch war, aber mein älterer Bruder war nicht verärgert darüber, dass so viele Mitglieder der Familie Rojas tot waren. „Ich weiß, dass du das tun würdest", sagte er, „aber du musst in Zukunft vorsichtiger sein. Falls mir etwas zustößt ..."

Emma schlug ihm leicht auf den Arm, aber das Echo hallte noch immer durch den ruhigen Raum.

„Sag so etwas nicht", ermahnte sie ihn.

Sein Gesichtsausdruck wurde sanfter. *„Lo siento, mi esposa."* Er führte ihre Hand an seine Lippen und küsste ihre Fingerknöchel. "Ich muss mit Omar sprechen. Könntest du draußen warten?"

Sie funkelte ihn an. 'Das werde ich nicht tun.' Sie verschränkten ihre Finger ineinander und lehnten sich in ihrem Stuhl zurück. 'Ihr beide könnt reden. Ich halte mich da raus.' Als sie frisch verheiratet waren, hätte Angel darauf bestanden, dass sie ging. Er traute ihr in Bezug auf ihr Geschäft nicht, aber jetzt war sie wirklich die Königin an seiner Seite.

„Du kannst mir eine Standpauke halten", sagte ich, „aber ich werde mich nicht entschuldigen."

„Ich will keine Entschuldigung", sagte Angel. „Ich will, dass du deinen Kopf einschaltest. Wir werden uns zu gegebener Zeit um die Familie Rojas kümmern. Das sind alles Schlangen; wir werden eine andere Gelegenheit bekommen. Du weißt, dass sie sich gegen Padre gewandt haben, oder? Sie haben ihn getötet, nachdem ich das Bewusstsein verloren hatte."

Meine Muskeln spannten sich an. „Die Männer der Rojas haben sich gegen Padre gewandt?"

Angels Blick traf den meinen. „Jemand hat ihm ein Kissen aufs Gesicht gedrückt", sagte er. "Wer sonst würde so etwas tun, wenn nicht die Männer, die mich angegriffen haben? Wenn Padre und ich tot wären und sie dich für deine Dummheit verhaften könnten, dann gäbe es die Castillos nicht mehr."

„Na toll, danke." Ich drehte mich um und sah Lili in der Tür stehen. „Du traust mir nicht zu, dass ich die Dinge zusammenhalten kann?"

Angel sah nicht so aus, als täte es ihm leid. „Vorübergehend? Du hast einen tollen Job gemacht, Mija", sagte er. „Aber langfristig?", fragte er mit gerunzelter Stirn. „Wie waren die Tíos?"

„Nervensägen", antwortete ich, bevor Lili ihr Verhalten herunterspielen oder direkt lügen konnte. „Sie wollten, dass sie sich zurückzieht und jemand anderem die Führung überlässt."

Angels Kiefer verkrampfte sich, und Emma tätschelte seinen Arm. „Sie haben nichts getan, Schatz", versicherte sie ihm. „Sie haben viel Aufhebens gemacht, bis Lili gedroht hat, sie zu erschießen. Das ist alles."

„Sie brauchen noch eine Lektion in Sachen Respekt", brummte er.

Ich lachte leise. „Du kannst unsere Tíos nicht alle umbringen, *hermano*. Dann sind keine mehr übrig."

Angel stieß ein Geräusch aus, als sei ihm das völlig egal, aber bevor er etwas sagen konnte, kam eine Krankenschwester herein und verkündete das Ende der Besuchszeit. Emma warf ihr einen vernichtenden Blick zu, als sie darauf bestand, dass alle Anwesenden den Raum verließen. „Wir können den Sicherheitsdienst rufen", sagte die Krankenschwester und verschränkte die Arme vor der Brust.

„Versuchen Sie es", knurrte Emma. Die Schwangerschaft und der beinahe Verlust von Angel hatten sie zu einer Furie gemacht. Es stand ihr nicht schlecht. Lyse ist auch so, flüsterte mir mein Kopf zu, und ich tat mein Bestes, um den Gedanken zu verdrängen. Jetzt war nicht der richtige Zeitpunkt: Angel konnte vielleicht keine Gedanken lesen, aber er war unglaublich gut darin, Menschen zu lesen.

„Sie bleibt, Margie", sagte Angel. „Sie wird nicht schlafen, wenn sie gezwungen wird zu gehen, und mein Mädchen muss bei Kräften sein." Sein Blick wanderte zu Emma und fiel auf ihren gewölbten Bauch.

Die Krankenschwester hob die Hände. „Na gut", erklärte sie, „aber sonst niemand, verstanden?"

Angel nickte. „Absolut." Die Krankenschwester sah ihn misstrauisch an, bevor sie den Raum verließ. Wir hatten vielleicht fünf Minuten, bevor sie zurückkam, um zu sehen, ob wir weg waren. „Wir werden uns an den Rojas rächen", versprach er. „Halte dich vorerst einfach von ihnen fern. Wir wollen ja nicht noch mehr Aufmerksamkeit erregen, oder?"

Ich nickte, obwohl ich nicht die Absicht hatte, mich von Luis Rojas fernzuhalten. Wenn Angel von meinem Treffen erfuhr, würde ich später dafür bestraft werden, aber ich hatte im Laufe der Jahre schon viele solcher Strafen von unserem Vater erhalten. Körperlicher Schmerz war mir die Rache wert; schließlich war ich so gebaut und trainiert, dass ich ihn aushalten konnte.

„Schlaf gut, *hermano*", sagte ich.

Lili wiederholte die Worte. „Ich kümmere mich um diesen Idiota", versprach sie und klopfte mir auf die Schulter. Sie ließ nicht von mir ab, bis wir das Krankenhaus verlassen hatten, als hätte sie Angst, dass ich mich vor ihren Augen in Luft auflösen würde. „Kommst du nach Hause, um zu schlafen?", fragte sie.

In meinem eigenen Zimmer, in meinem eigenen Bett zu schlafen, klang fantastisch ... und es war ja nicht so, dass Lyse irgendwohin gehen würde, oder? Ich konnte mein Treffen mit Felix und Luis absagen und warten, wie Angel es für richtig hielt.

Aber ich hatte Lyse versprochen, dass ich vor Sonnenaufgang zurück sein würde, und ich hatte keine Lust, dieses Versprechen zu brechen. Sie hatte so hoffnungslos ausgesehen bei dem Gedanken, zurückgelassen zu werden.

„Ich glaube, ich werde ein paar Dinge prüfen", sagte ich ihr. „Ich habe seit fast zwei Wochen keine Visiten mehr gemacht."

Lili rollte mit den Augen. „Kannst du nicht bis morgen warten? Ich habe dich auch seit zwei Wochen nicht gesehen."

Verdammt, Lili. „Du musst dich ausruhen, *mija*", sagte ich. „Du hast nicht gut geschlafen. Geh nach Hause und ruh dich aus. Wir haben noch viel Zeit, miteinander abzuhängen."

Sie musterte mich. „Du wirst eine Frau treffen, oder?"

„Was? Nein!"

„Sei nicht so empfindlich", neckte mich Lili. „Wenn du eine deiner Zorras besuchen willst, wer bin ich, dass ich dich aufhalten könnte?"

Ich unterdrückte die Beleidigung, die mir auf der Zunge lag. Es war nicht ungewöhnlich, dass Lili sich über die Frauen lustig machte, mit denen ich in der Vergangenheit meine Zeit verbracht hatte ... aber Lyse war nicht so. Lyse war zugleich süß, schüchtern und wild; sie war eine großartige Künstlerin. Sie war aus so vielen Gründen schön, und sie hatte es nicht verdient, als weniger angesehen zu werden.

Sie kennt Lyse nicht, erinnerte ich mich.

Niemand in meiner Familie konnte Lyse kennen ... zumindest nicht, bis ich herausgefunden hatte, wie ich es ihnen auf eine Weise beibringen konnte, die sie nicht umbringen würde.

„Gracias, mija", sagte ich mit zusammengebissenen Zähnen.

Sie starrte mich mit finsterer Miene an und wir trennten uns. Als ich das Krankenhaus verließ, überprüfte ich noch einmal den Ort für mein Treffen mit Felix und Luis Rojas. Es war ein Hochhaus in der Innenstadt, wahrscheinlich Felix' Büro. Obwohl es weit außerhalb des Territoriums von Rojas oder Castillo lag, fühlte es sich immer noch riskant an.

Aber da es bereits fast acht Uhr war, wäre es jetzt schwierig, eine Änderung des Treffpunkts zu verlangen. Sie würden annehmen, dass ich einen Hinterhalt plante, und so sehr ich Luis Rojas auch verprügeln wollte, Angel hatte recht. Ich musste einen kühlen Kopf bewahren.

Ich konnte nicht einfach zur Gewalt greifen, egal wie sehr ich es auch wollte.

Ich hatte Luis Rojas im Laufe der Jahre mehr als nur ein paar Mal gesehen. Als der Vollstrecker von Padre und jetzt von Angel wurde von mir erwartet, dass ich sie zu den meisten Treffen begleite. Es wurde nicht erwartet, dass ich selbst das Wort ergriff oder auch nur zuhörte. Ich war dazu da, die Muskeln spielen zu lassen, und ich war *sehr* gut in meinem Job.

Der ältere Mann starrte mich an, als sei ich der Teufel, und das brachte mich zum Lächeln, scharf und böse. Ich wollte, dass dieser Mann Angst vor mir hatte. Ich wollte, dass er wusste, dass ich sein Verderben sein würde für das, was er meinem Bruder angetan hatte … und für das, was er Lyse angetan hatte.

Sein Sohn Matteo saß an seiner Seite. Ich hatte ihn in der Nacht, in der ich Lyses Verlobungsfeier gestürmt hatte, nicht gesehen; er musste Luis aus dem Ballsaal geschafft haben, während ich abgelenkt war und so viele Rojas wie möglich tötete. Er hatte sich verändert, seit ich ihn das letzte Mal gesehen hatte: Er hatte einiges an Muskeln aufgebaut, und sein Gesicht war zu einem einigermaßen neutralen Ausdruck verzogen, aber ich konnte den Zorn in seinen Augen sehen. Lyse sagte, dass er im Training war, und das sah man. Felix Suarez, auf der anderen Seite von Luis, schien der Einzige zu sein, der ruhig blieb, was überraschend war für einen Mann, dessen Verlobte als Geisel gehalten wurde.

„Señor Castillo", begrüßte mich Luis mit einem Grollen. „Ich habe gehört, dass sich Ihr Bruder vollständig erholen wird."

Jemand im Krankenhaus hat geredet. *Um die werde ich mich kümmern*, schwor ich mir, während ich versuchte, den roten Schleier abzuschütteln, der meine Sicht zu trüben drohte. „Angel ist stärker als ein paar Ihrer Rojas-Lakaien."

Luis blähte sich auf wie eine Kröte, aber Felix hob die Hand und legte sie dem Mann auf die Schulter. Ich beobachtete fasziniert, wie sich der Mann beruhigte. „Sie haben mich herbestellt, Castillo", knurrte er und biss sich offensichtlich auf die Zunge, um nicht auszurasten. „Was wollen Sie denn noch? Felix hat Ihre Verbrechen bei der Polizei ausradiert. Ihr Bruder lebt, und der Verantwortliche ist meines Wissens tot."

„Ich bin nicht zufriedengestellt."

„Sie sind ein freier Mann, nachdem Sie ein Gemetzel in aller Öffentlichkeit angerichtet haben. Ich frage noch einmal: Was könnten Sie sonst noch wollen?"

Ich zuckte mit den Schultern, wodurch die fast verheilte Verletzung leicht zog. „Wir wollen Territorium", sagte ich. „Ich plane den Bau eines weiteren Clubs und möchte ihn in der Nähe von Elíseo errichten, aber der Standort liegt innerhalb Ihrer Grenzen."

„Sie wollen meine Schwester gegen unser profitabelstes Grundstück eintauschen", stieß Matteo hervor. *„El hijo de puta."*

KAPITEL 19

Felix

„Oder ich kann damit anfangen, sie stückweise an Sie zurückzuschicken", sagte Omar Castillo mit einem lässigen Achselzucken. Seine dunklen Augen durchbohrten Matteo, als würde er sich vorstellen, wie es wohl wäre, ihm das Rückgrat zu brechen. „Als Dankeschön dafür, dass Sie sich um die Polizei gekümmert haben, natürlich", fügte er hinzu und warf mir einen Blick zu.

Irgendetwas an der Art, wie er die Worte aussprach, oder vielleicht auch nur der Ausdruck in seinem Gesicht, verriet mir, dass er kein Wort von dem, was er sagte, ernst meinte. Meine Hände ballten sich zu Fäusten, aber ich versuchte, mein Gesicht so neutral wie möglich zu halten.

Ich blickte zu Luis, der mit seinem Sohn einer Meinung zu sein schien. *Völlig nutzlos,* dachte ich, *alle beide.* „Luis ..."

Der Mann wandte seinen Blick von Omar Castillo ab und sah mich an. Ich zog eine Augenbraue nach oben und er stieß ein Schnauben aus. „Matteo, geh."

Der jüngere Mann drehte sich mit weit aufgerissenen Augen um. „Apá ..."

„¡*Dale!*"

Matteo stürmte aus dem Zimmer und ich unterdrückte ein Seufzen. „Sie müssen wirklich etwas in Bezug auf ihn unternehmen, Luis."

Omar schnaubte. „Ich stimme zu." Wir sahen den Mann an, den sie *La Bestia* nannten: Er grinste, was mich vor Wut schäumen ließ. Mit welchem Recht grinste er so? „Ich sage ja nur", sagte er und hob die Hände.

La Bestia war intuitiver, als man annehmen sollte. Luis schien der Meinung zu sein, dass er ein Rohling ohne ein Gramm Selbstbeherrschung war, aber der Mann vor uns war ruhig und gefasst. Er nahm alles in sich auf ... wahrscheinlich, um es seinem verdammten Bruder zu berichten.

„Er lernt noch", sagte Luis ungeduldig und genervt. Seine Weigerung, das zu sehen, was ich sah, machte ihn schwach. „Es dauert seine Zeit."

Ich ließ meine Zunge gegen meine Zähne schnalzen. „Du bist zu nachsichtig mit ihm."

„Er braucht etwas Zeit außerhalb von Apás Schatten", sagte Omar.

„Halten Sie sich da raus", knurrte Luis ihn an. *Mierda*. Das wurde langsam unangenehm. Ich stieß Luis so unauffällig wie möglich an, um ihn wieder auf Kurs zu bringen. Luis holte tief Luft und sagte dann: „Wir können Ihnen nicht unser Territorium im Clubbezirk überlassen, und ich denke, das wissen Sie."

Das arrogante Grinsen auf Omars Gesicht verschwand keinen Augenblick. Wenn überhaupt, schien er mit Luis' Antwort *zufrieden* zu sein. „Dann wissen Sie ja, was mit Lyse passieren wird."

„Was wollen Sie noch?"

Sein Grinsen verwandelte sich in ein höhnisches Lächeln. „Ich will Rache für das, was Sie getan haben. Nichts würde ich lieber tun, als ..."

Luis wurde vor Wut kreidebleich. „Ihr Vater –"

„Ist tot." Omar schnaubte. „Sagen Sie mir etwas, Luis. Was für ein Mann würde so blind den Anweisungen seines Rivalen folgen? Welcher Preis wäre möglicherweise hoch genug, um Ihre Würde zu opfern?" Er musterte Luis von oben herab, und anstatt sich wie der Anführer zu verhalten, der er sicherlich vorgab zu sein, schien der Mann auf seinem Stuhl zusammenzusacken.

Cabrón, dachte ich. Luis wurde allmählich zu einer unerträglichen Belastung. „Hast du Lyse angefasst?", fragte ich unverblümt.

Omars Blick schoss zu mir. „Sie ist am Leben und wohlauf", sagte er. Vorerst.

Er wollte, dass seine Worte wie eine Drohung klangen, aber ich wusste, was er meinte. Omar hatte Lyse gefickt, was bedeutete, dass sie für mich absolut nutzlos war. Wenn sie sich von diesem Arschloch *entehren* ließ, war sie es nicht wert, angefasst zu werden.

Luis hingegen wurde kreidebleich. „Ich werde mit Ihnen keine Gebietsabsprachen treffen. Nicht, wenn Angel wach ist."

Ich räusperte mich. „Ich glaube nicht, dass wir überhaupt über Territorien sprechen müssen, Luis." Er war genauso überrascht wie Omar. „Lyse schneidet in den Umfragen nicht so gut ab, wie ich es mir wünschen würde", sagte ich.

„Was zum Teufel soll das heißen?"

Ich sah Omar an. „Ich kandidiere für ein Amt, Señor Castillo", erklärte ich. Ledige Männer in meinem Alter schneiden in den Umfragen nicht gut ab. Wenn ich in meiner politischen Karriere weiter aufsteigen will, brauche ich eine Frau, die an meiner Seite gut aussieht und mit der die Menschen etwas verbinden. Glückliche

Frau, glückliches Leben, schließlich ... aber ich habe unseren Altersunterschied falsch eingeschätzt. Ein Mann in meinem Alter mit einer Frau in ihrem Alter schneidet in den Umfragen nicht gut ab; ich bin nach der Bekanntgabe unserer Verlobung um zehn Punkte gefallen.

Ich hatte mich von dem Gedanken, eine hübsche kleine Jungfrau ganz für mich allein zu haben, meinen gesunden Menschenverstand vergessen lassen. Das war ein Fehler, den ich mir nicht leisten konnte.

„Sie hätten wissen müssen, dass sie in den Umfragen schon seit einiger Zeit nicht gut abschneidet. Warum haben Sie sich dann die Mühe gemacht, meinen Namen reinzuwaschen, wenn es Ihnen nicht darum ging, sie zurückzubekommen?"

Ich beobachtete Omars Gesicht und versuchte, in seinem Blick zu lesen, was er dachte. Und da war es. Dieses leichte Zucken seines Kiefers. Er machte sich Sorgen. *Gut*, dachte ich. *Soll er nur.*

„Natürlich interessiert es ihn", unterbrach Luis. „Er kennt sie seit Jahren."

Omar starrte mich eine Weile an und schüttelte dann den Kopf. „Rojas, wenn Sie glauben, dass er so selbstlos ist, sind Sie ein noch größerer Idiot, als mein Vater dachte."

Ich hätte Lyse ficken sollen, als ich die Chance dazu hatte, bedauerte ich und legte eine Hand auf Luis' Stuhl. „Ich denke, wir sind hier fertig, meinen Sie nicht auch, Luis?"

Der ältere Mann schluckte. „Natürlich", sagte er. „Sagen Sie meiner Tochter ..." Er hielt inne und warf mir einen Blick zu. Ich sah, wie sich sein Kiefer verkrampfte, und zog eine Augenbraue hoch, um ihn herauszufordern. *Sag ein Wort, Luis*, dachte ich. *Mal sehen, was passiert.* „Gehen Sie, solange Sie die Chance haben, Castillo. Eine weitere wird es nicht geben."

„*¿Sabes qué? Eres una mierda*", stieß Omar hervor. Wir sahen ihm nach, wie er aus dem Raum schlenderte, und für einen Moment wünschte ich mir, ich hätte Luis erlaubt, seine Waffe mit ins Büro zu bringen. Er hätte dem Riesen eine Kugel in den Rücken jagen und all dem hier und jetzt ein Ende setzen können.

Der andere Mann zuckte sichtlich zusammen, bevor er sich aufrichtete. Ich war mir sicher, dass er widersprechen würde, und war angenehm überrascht, als er zustimmte und sagte: „*Sí, jefe.*"

KAPITEL 20

Omar

Ich hatte es verbockt. Und wie. Ich war mit Luis und Felix in das Treffen gegangen und war mir *sicher* gewesen, dass ich wusste, wie es ablaufen würde, aber ich hatte nicht damit gerechnet, dass Luis Felix Suarez so sehr in den Arsch kroch, dass er diesem Mann die Kontrolle über das Rojas-Kartell übertragen hatte. Wann war das passiert? Warum gab Luis seine Macht so einfach auf?

Angel bringt mich um. Ich hatte versucht, an seiner Stelle über das Territorium zu verhandeln, *und* dabei das bisschen Verhandlungsspielraum verloren, das ich gegenüber Luis Rojas hatte. Aber damit konnte ich mich jetzt nicht befassen. Das Dringendste war Lyse und ihre Sicherheit.

Ich holte mein Handy aus der Tasche, froh, dass ich es wieder hatte und nicht mehr dieses verdammte Wegwerfhandy, und loggte mich in das Sicherheitssystem der Insel ein. Ich überprüfte alle Kameras und fand Lyse auf dem Dachboden, wo sie malte. Die Beklemmung in meiner Brust ließ nach. Aus welchem Grund auch immer, sowohl Lyses Vater als auch ihr Verlobter hatten sie für tot gehalten, und das konnte nur bedeuten, dass uns Schlimmes bevorstand. Wieder einmal.

Ich öffnete meine Textnachrichten und schickte eine an Lili: *Ich bleibe heute Nacht auf der Insel; ich habe ein paar Sachen zurückgelassen. Bin bald zurück.* Sie antwortete innerhalb von Sekunden, dass ich besser Witze machen sollte, aber als ich nicht antwortete, versuchte sie, mich anzurufen. Ich ignorierte es. *Du steckst schon in Schwierigkeiten*, erinnerte ich mich. *Ich konnte genauso gut alles auf eine Karte setzen.*

Ich fuhr zum Jachthafen und ließ den Tank des Bootes von den Angestellten auffüllen. Es war kurz vor elf; ich würde wie versprochen lange vor Sonnenaufgang wieder bei Lyse sein. Der Gedanke daran wärmte mich, trotz all der Ungewissheiten, die mich umgaben. Die Rückkehr zu Lyse war im Moment das Wichtigste. Alles andere würde ich herausfinden, sobald ich sie wieder in den Armen halten konnte.

Eine Viertelstunde später steuerte ich das Boot aus dem Jachthafen und in Richtung unserer Insel. Mein Handy klingelte immer wieder, bis ich zu weit draußen war und der Empfang abbrach. Ich würde Lili am Morgen anrufen und mir eine Ausrede ausdenken, warum ich hatte gehen müssen. Es war ja nicht so, dass ich nicht zurückkommen würde ... ich brauchte nur erst einen Plan.

Zum Glück war das Wetter gut und das Wasser ruhig, sodass ich laut Navigationsgerät ganze 30 Minuten früher als sonst auf der Insel ankommen würde. Wenn ich mich beeilte, würde ich sie vielleicht noch erwischen, bevor sie schlafen ging. Vielleicht ...

RUMMS!

Schmerz durchzuckte meinen Kopf, als ich von hinten getroffen wurde. Ich stöhnte und brach fast zusammen, aber ich nahm all meine Kraft zusammen und drehte mich um, um auf den Angreifer einzuschlagen. Der Mann war offensichtlich überrascht, dass ich dazu in der Lage war, und ich bekam ihn zu fassen. Ich schüttelte ihn und stieß ihn gegen die Seite der Kajüte.

Der Mann war dürr, aber er hatte eine eiserne Brechstange in der Hand, die er präzise schwang und mir damit in den Unterarm rammte, sodass mein Arm taub wurde. „*Cabrón*", knurrte ich und rammte mich in ihn, wodurch er so aus dem Gleichgewicht geriet, dass er die Brechstange mit einem klirrenden Geräusch fallen ließ.

Der Mann zappelte unter mir und schlug nach mir, aber ich drückte meinen tauben Arm in seine Kehle und hielt ihn fest. Sein Gesicht färbte sich tiefrot, und ich sah, wie Panik in seinen Augen aufflammte, als er merkte, dass er keine Luft mehr bekam. Er bäumte sich auf und versuchte, sein Knie hochzuziehen, aber trotz all seines Trainings – wenn er überhaupt eines hatte – ließ ich keinen Moment locker.

Er verlor das Bewusstsein und ich stieg von ihm herunter, um die Brechstange zu greifen. Ich schlug sie immer wieder auf seinen Kopf, bis der Boden des Bootes mit Blut bedeckt war, das so dunkel war, dass es schwarz aussah.

Ich sank schwer atmend zu Boden, während meine Sicht verschwamm. Kleine Punkte flackerten vor meinen Augen. Ich griff nach oben und berührte meinen Hinterkopf; meine Finger waren voller Blut. *Scheiße, ich habe eine Gehirnerschütterung.* Ich musste das Boot wieder auf Kurs bringen; ich würde wahrscheinlich genäht werden müssen und jemanden brauchen, der auf mich aufpasste, damit ich nicht im Schlaf starb.

Es kostete mich mehr Mühe, als ich zugeben wollte, bis ich das Steuerrad erreichte, und noch länger, bis ich das Navigationssystem lesen konnte. Meine Sicht verschwamm immer mehr und mir wurde speiübel. Ich durfte auf dem Boot nicht ohnmächtig werden. Ich *würde* auf dem Boot *nicht* ohnmächtig werden.

Ich musste nur irgendwie dafür sorgen, dass das verdammte Boot schneller fuhr.

∼

Lyse

„Du solltest schlafen, *mi amor*", sagte Helena zum zwanzigsten Mal. „*El jefe* wird bald zurück sein. Er kann dich wecken, wenn du das willst."

Wir saßen auf der Veranda in zwei Schaukelstühlen, die aussahen, als hätte noch nie jemand darin gesessen. Ich hatte fast den ganzen Tag gemalt, aber Helena erklärte, dass ich genug Dämpfe eingeatmet hätte, und drängte mich nach draußen, um den Mond zu sehen und die frische Luft einzuatmen.

„Ich warte noch ein bisschen", sagte ich, „aber wenn du müde bist, kannst du gehen."

Helena streckte die Hand aus und tätschelte meinen Arm. „Ich bleibe bei dir", sagte sie. „Außerdem mag ich Abende wie diesen."

„Ruhige?", fragte ich.

Ihr Gesicht verzog sich. „Oh, *mi amor*, du hast uns gerade verhext."

„Hä?"

„Man kann nicht sagen, dass es eine ruhige Nacht wird, wenn man mit den Castillos zusammen ist", sagte Helena völlig ernsthaft. „Das ist fast eine Garantie dafür, dass es schlecht ausgeht!"

Sie ist so süß. „Ich bin nicht abergläubisch."

Die ältere Frau schnappte nach Luft, übertrieben dramatisch. „Nicht abergläubisch? Mein Gott."

„Ich glaube, du bist –"

Ein Motorengeräusch drang zu uns herüber, und ich sah in die Dunkelheit hinaus, in der Hoffnung, einen Blick auf Omar zu erhaschen, der das Boot anlegte. Aber es wurde schnell klar, dass das Boot viel zu schnell fuhr. Ich stand auf. „Was macht er denn da?"

Helena stand ebenfalls auf. „Er muss langsamer machen."

Es dauerte eine weitere Sekunde, bis mir klar wurde, dass er nicht langsamer werden würde, dass etwas *ganz und gar* nicht stimmte, aber dann rannte ich so schnell ich konnte zum Strand. „Hol Efrain und Pascal!", rief ich über meine Schulter. Ich musste Helena nicht sehen, um zu wissen, dass sie tat, worum ich sie bat.

Das Schnellboot krachte mit voller Wucht auf das Dock, das in einem Haufen aus zerbrochenem, verformtem Holz zerbarst, und etwas, das vage menschlich geformt war, wurde aus den Trümmern geschleudert. Ich zwang mich, noch schneller zu gehen; meine Füße versanken im Sand. Ich spürte kaum, wie es schmerzte, auf Bruchstücke zerbrochener Muscheln zu treten. Darüber konnte ich mir später Gedanken machen.

Ich landete im nassen Sand und ging weiter; meine Augen waren auf die Person gerichtet, die im Wasser trieb, direkt hinter der Stelle, an der das Boot sie hinausgeschleudert hatte. *Du kannst nicht schwimmen*, erinnerte ich mich, aber das Wasser wurde erst in einer bestimmten Tiefe steil abfallend. Omar war nah genug. Ich konnte es schaffen. Ich *würde* es schaffen.

Ich hörte hinter mir Platschen und hätte vor Freude fast gejubelt: Hilfe war da. Ich erreichte Omar zuerst und obwohl die Flut mich in die endlose Vergessenheit zu ziehen drohte, packte ich ihn und drehte ihn so, dass sein Gesicht oberhalb der Wasseroberfläche blieb.

Selbst im Wasser war Omar fest und schwer, und mit der Flut war es schwer, ihn festzuhalten. Zum Glück dauerte es nur Sekunden, bis

Efrain neben mir war und mir half. Gemeinsam brachten wir ihn ans Ufer und legten ihn in den Sand.

Pascal war mit einer Taschenlampe da, und wir fluchten alle, als er sah, wie grau er war. Omar sah aus, als hätte er eine Tracht Prügel bezogen. „Das kann nicht alles vom Unfall stammen", sagte ich und sah zum Wrack hinüber. „Pascal, kannst du an das Ding herankommen? Sehen, ob noch jemand an Bord war?"

Ehrlich gesagt hatte ich mit Widerstand gerechnet. Wenn ich *jemals* einem der Männer meines Vaters einen solchen Befehl erteilt hätte, hätte ich mich mindestens eine Woche lang in meinem Zimmer eingeschlossen und wäre voller blauer Flecken gewesen. Stattdessen nickte der Mann, reichte Efrain die Taschenlampe und rannte los. Es war fast ... unheimlich, dass ein Mann so reagierte.

Ich kniete mich neben Omar und knöpfte mit zitternden Händen sein Hemd auf. Ich konnte keine größeren Wunden erkennen. Er hatte hauptsächlich Beulen und blaue Flecken. Aber an seinem Unterarm war ein beunruhigender Bluterguss, der sich lila und blau färbte. Ich sah Efrain an, der seine Augenbrauen sorgenvoll zusammenzog. „Glaubst du, dass er ..." Ich hielt meine Hand hoch, als wollte ich mich schützen. „Als hätte jemand versucht, ihn mit etwas zu schlagen?"

Efrain nickte. „Es scheint so." Er blickte in die Richtung, in die Pascal gerannt war. Der Mann tastete sich so vorsichtig wie möglich über den kaputten Steg. „Jemand hat sich an Bord geschlichen und ihn mitten auf der Überfahrt angegriffen. Das ist das Einzige, was Sinn ergibt."

„Warum?"

Efrain sah mich an. „Wenn er in Miami angegriffen worden wäre, hätte Omar die gesamte Castillo-Familie hinter sich gehabt. Selbst wenn er betrunken gewesen wäre, hätte eine Textnachricht die Familie herbeigerufen."

Mein Vater hatte eine Handvoll derart loyaler Männer – Männer, die herbeieilten, wenn man sie rief –, aber diese Zahl schien von Jahr zu Jahr zu schrumpfen. Er flößte nicht die Art von ... Ehrfurcht ein, wie es die Männer der Castillos taten. *Apá ist launisch*, dachte ich. Das war keine Motivation für die Männer, ihm weiter zu folgen.

Meine Finger fanden bei ihrer vorsichtigen Suche eine feuchte Stelle an Omars Hinterkopf, und als ich sie zurückzog, leuchtete hellrotes Blut im Licht. „*Mierda*", fluchte Efrain. „Ich trage ihn zum Haus. Er muss dort gesäubert werden ... und wahrscheinlich genäht werden."

Efrain tat sein Bestes, um Omar hochzuheben, und ich schlang meine Arme um seine Mitte und tat, was ich konnte, um ebenfalls zu helfen, aber der Mann war ein totes Gewicht zwischen uns, und es ging nur langsam voran. „Wage es nicht zu sterben", murmelte ich ihm zu. „Du hast mir versprochen, dass ich dich bei Sonnenaufgang sehen würde. Daran halte ich dich fest."

Omar stöhnte leicht, aber er öffnete seine Augen nicht. „Sprich mit ihm, sagte Efrain. Schau, ob er zu sich kommt."

Ich verstärkte meinen Griff um Omar. „Mein Vater hat dir das angetan", sagte ich. „Ich bin mir sicher ... aber wir holen ihn uns zurück, okay? Du wirst deine Augen öffnen und ich werde dir helfen, einen Plan gegen ihn zu schmieden. Du musst nur deine Augen aufmachen, verdammt!"

KAPITEL 21

Lyse

„Du wirst mir helfen, *mi amor*", sagte Helena, als Omar in sein Zimmer getragen wurde.

Ich nickte. Ich hatte meinem Vater und meinem Bruder im Laufe der Jahre genug Erste Hilfe geleistet. Es war so etwas wie eine zweite Natur ... obwohl ich nur die Grundlagen kannte. Wenn seine Kopfverletzung schlimmer war, als dass eine einfache Naht sie beheben könnte, wäre ich so gut wie nutzlos.

Ich hatte das Gefühl, dass es Helena genauso ging, aber sie gab sich viel ruhiger, als ich es konnte.

„Holst du den Erste-Hilfe-Kasten?", bat sie mich. „Es müsste ein großer in der Vorratskammer sein.

Ich nickte und eilte los, um ihr zu holen, was sie brauchte, und erst als ich durch seine Tür zurückkam, wurde mir klar, dass ich noch nie in seinem Zimmer gewesen war. Omar war unglaublich privat, was das anging. Ich konnte nicht wirklich verstehen, warum. Es war etwas besser eingerichtet als das Zimmer, das ich oben benutzt hatte, und das Schloss zeigte nach innen statt nach außen, aber eigentlich gab es dort nichts, was ich nicht auch oben hatte. Es sah nicht einmal besonders persönlich aus, eher wie ein Hotelzimmer, in dem nur gelegentlich ein Besucher übernachtete.

Ich setzte mich vorsichtig neben Omar, während Helena den Verbandskasten durchsuchte und verschiedene Dinge herausnahm, die wir zur Versorgung der Wunde an seinem Kopf benötigten. „Die Blutung hat bereits nachgelassen", sagte ich und schob ihm sanft die Haare aus dem Gesicht, damit ich mir die Platzwunde an seinem Schädel ansehen konnte. „Das ist doch gut, oder?"

Sie nickte, um mich zu ermutigen, da bin ich mir sicher, aber ihr Gesicht verzog sich zu einem schmerzerfüllten Ausdruck. „Solange er keine Hirnschwellung hat, denke ich, dass er wieder gesund wird."

„Hirnschwellung?! Wie können wir das feststellen?"

Helenas Lippen verschwanden fast, als sie sie zu einer Linie spitzte. „Wir stellen das nicht fest", sagte sie. „Wir warten einfach."

„Worauf?"

„Den Tod, *conejita*."

Omars heisere Stimme schreckte mich auf, als er stöhnte, und ich fing seinen flatternden Blick auf, Erleichterung durchströmte mich. Ich wollte jeden Zentimeter seines zerschundenen und blutigen Gesichts küssen. „Du stirbst heute nicht", sagte ich ihm und strich ihm so zärtlich wie möglich etwas von seinem Haar aus der Stirn.

„Ich habe schon viel Schlimmeres überlebt", versicherte er mir und suchte blind nach meiner Hand. „Glaub mir."

Ich unterdrückte ein Zittern. Dieses kehlige „*Glaub mir*" war mir erst am Tag zuvor in einem ganz anderen Zusammenhang entgegengeschleudert worden ... und es hatte mich den ganzen Tag beschäftigt.

Er hatte mich den ganzen Tag beschäftigt. Ich strich mit meinem

Daumen über seine Fingerknöchel, und er lächelte sanft. „Ich habe dich vermisst", sagte er.

Ich wollte mit den Augen rollen und die Unnahbare spielen – das war der Plan, nachdem er mich so lange allein gelassen hatte – aber ich konnte mich nicht dazu durchringen, ihn zu necken. „Ich habe dich auch vermisst."

Omar hätte nicht überraschter sein können, wenn ich ihn tatsächlich mit etwas geschlagen hätte. „Ich hatte nicht erwartet, das von dir zu hören", gab er zu.

„Ich hatte nicht vor, das zu sagen." Ich zuckte mit den Schultern. „Ich habe gesehen, wie du vom Boot geflogen bist, nachdem du mit voller Geschwindigkeit auf den Anleger aufgefahren bist. Meine Prioritäten haben sich ein wenig geändert."

Dieser ehrfürchtige Gesichtsausdruck wich nicht von seinem Gesicht. „Ich bin eine Priorität?"

Natürlich nicht. Ich befahl meinen Lippen, die Worte zu sagen, aber sie verweigerten die Zusammenarbeit. „Sie sagten, ich gehöre Ihnen."

So verletzt er auch war, ein düsterer Ausdruck huschte über seine Augen, und er führte meine Hand zu seinen Lippen. „Das tun Sie."

Helena räusperte sich. Kannst du dich aufsetzen?", fragte sie Omar. Ich muss mir deinen Kopf genauer ansehen, und das ist schwierig, wenn du so daliegst." Omar bemühte sich, sich aufzurichten. Er war zu groß, als dass ich ihn von der Seite stützen konnte. Ich hockte mich hinter ihn, damit er sich an mich lehnen und aufrecht bleiben konnte. Halte ihn fest", befahl Helena.

„Ich lasse ihn nicht los", versprach ich.

„Schmusen kannst du später, *mi amor*", tadelte sie mich, und ich verstummte. Es war das erste Mal, dass sie mich zurechtwies. Helena summte und murrte, während sie sich um die Wunde kümmerte, die aus meiner Sicht nicht annähernd so schlimm aussah, wie ich dachte.

Die Blutung hatte fast aufgehört, und er redete und verhielt sich wie er selbst. „Steri-Strips werden das zusammenhalten", erklärte sie, „und er muss für die nächsten achtundvierzig Stunden oder so wegen einer Gehirnerschütterung überwacht werden."

„Ich kann beides übernehmen", sagte ich. „Warum legst du dich nicht etwas schlafen, Helena? Ich komme ab hier klar."

Sie musterte mich. „Bist du sicher, dass du das kannst?"

„Ich habe schon ein- oder zweimal Steri-Strips verwendet", sagte ich und bemühte mich *sehr*, nicht herablassend zu klingen. Helena arbeitete vielleicht für eine Kartellfamilie, aber ich war in eine hineingeboren worden. Unsere Leben waren in Bezug auf die Erfahrung bei Weitem nicht gleich. „Ich habe alles im Griff."

Helena runzelte die Stirn, reichte mir aber den Verbandskasten, damit ich nicht aufstehen musste. „Keine Dummheiten, ihr beiden", sagte sie. „Er muss genesen, bevor er sich *anstrengt*."

Sie ging, und wir brachen in Gelächter aus, das jedoch durch sein Stöhnen unterbrochen wurde. „Ich glaube nicht, dass ich jemals zuvor eine Standpauke über Sex bekommen habe", sagte ich kichernd. „Meine Eltern hatten den Eindruck, dass ich erst Sex haben würde, wenn ich mit Felix verheiratet bin, abgesehen von der Drohung, niemals einen Jungen anzuschauen, den meine Eltern nicht gutheißen."

Omar wurde bei der Erwähnung von Felix angespannt, aber während ich das Nötige zum Verschließen der Wunde herausholte, zusammen mit einem Desinfektionsmittel, das zwar definitiv brennen, aber hoffentlich eine Infektion verhindern würde, tat ich mein Bestes, die peinliche Situation zu ignorieren.

„Genau diese Rede habe ich auch schon bekommen", sagte er nach einer Minute und schien mit meinem Schweigen zufrieden zu sein.

„Wie oft wirst du verletzt?" Ich öffnete das Desinfektionsmittel und spritzte es auf ein Mulltupfer.

„Puta madre", fluchte Omar, als ich es an seinem Kopf anlegte. „Das tut weh!"

„Ich muss die Wunde reinigen. Sie ist voller Sand und was auch immer für verdammte Bakterien in diesem Wasser sind."

„Es ist in okay." Er wand sich gegen mich, als ich erneut auf die Wunde tupfte. „Lyse, hör auf damit."

Ich klopfte ihm mit einem zufriedenen Knall auf das Ohr, woraufhin er knurrte und seine Kopfseite umfasste. Das war eine der schnellsten Methoden, um Matteos Aufmerksamkeit zu erregen. Es war gut zu wissen, dass das nicht nur bei meinem jüngeren Bruder funktionierte. „Wenn du stillhältst, ist es gleich vorbei. Hör auf, dich wie ein Baby aufzuführen."

Er schimpfte, ließ mich aber die Wunde von Sand und Kies reinigen. Dann klebte ich die Randbereiche mit Steri-Strips zusammen. Um ganz sicher zu gehen, wickelte ich seinen Kopf in Mullbinde, sodass er bedeckt war. „Du hast schon einmal Erste Hilfe geleistet."

Ich wand mich hinter ihm hervor und half ihm, sich hinzulegen. „Wer in unseren Familien hat das nicht?" Ich ließ mich neben ihm nieder und war überrascht, als er mich zu sich zog, sodass ich in seinen Armen lag. Wir hatten nach dem Sex nicht wirklich ... gekuschelt. Stattdessen waren wir nebeneinander in meinem Bett eingeschlafen, und ich erinnerte mich, dass ich mich irgendwann an ihn geschmiegt hatte. Aber so richtig schmusen? Das war eine weitere neue Erfahrung, die ich mit Omar Castillo teilte.

Eine bleischwere Stille legte sich zwischen uns, und ich tat mein Bestes, sie nicht mit Geplauder zu füllen. Es war einfach, nicht mit ihm zu reden, als ich ihn hasste, aber jetzt, wo wir miteinander verbunden waren, wollte ich reden und nicht mehr aufhören. Vielleicht war es das Stockholm-Syndrom, vielleicht war ich dabei, mich zu verlieben, aber ich wollte jedes bisschen seiner Gegenwart aufsaugen.

Vor allem, weil er nach Miami gegangen war, um meine Freilassung auszuhandeln.

Ich wollte mir gar nicht erst vorstellen, wie es wäre, zu Felix zurückzukehren. Ich hatte Angst, dass er mich ansehen und wissen würde, was Omar und ich getan hatten ... aber es gab auch eine Ebene des Ekels, die schon immer da gewesen war, die jetzt aber viel stärker ausgeprägt war. Ich konnte nicht wieder zu dem naiven Mädchen werden, das ich einmal gewesen war, und ich konnte nicht so tun, als würde ich Felix' Berührungen mögen. Nicht, nachdem ich jemanden berührt hatte und von jemandem berührt worden war, den ich so sehr wollte, dass mein Körper schmerzte. Zwischen Felix und mir würde es nie diese Art von Feuer geben, und der Gedanke, mein Leben damit zu verbringen, so zu tun, als ob, verursachte mir Übelkeit.

„Wie geht es Angel?", fragte ich, als ich die Stille nicht mehr ertragen konnte.

„Er lebt", sagte Omar und ich dachte, das wäre es. Aber dann: „Soweit wir das beurteilen können, hat er keine bleibenden Hirnschäden. Er wird Zeit brauchen, um sich auszuruhen und zu erholen, aber ich werde nicht so bald als Oberhaupt einspringen müssen."

Es war eine seltsame Art, es auszudrücken. „Ärgert dich ... das?", fragte ich.

Omar brach in ein lautes Lachen aus und bereute es sofort, als er vor Schmerz keuchte. Ich rieb ihm mit den Händen über die Brust, um ihn zu beruhigen. Er legte seine Hand auf meine und drückte sie nach unten, um meine Bewegungen zu stoppen. „Mach mich nicht heiß."

Ich sah ihn ungläubig an. „*Das* hätte dich heißgemacht? Das hätte bei mir gar nichts bewirkt, und ich bin ganz neu in dieser Sache."

Er warf mir einen geradezu unmoralischen Blick zu. „Ich möchte dich daran erinnern, wie sehr du gebettelt und geweint hast, als ich mit deinen Brustwarzen gespielt habe, *conejita*." Ich schnappte nach Luft und versuchte, ihm eine zu scheuern, aber er hielt meine Hand fest und grinste jetzt. „Hör auf, so süß zu sein. Das ist es, was aufregend ist."

Ich drückte meinen Kopf so fest gegen seine Brust, dass er ein leises Ächzen von sich gab. „Also, bist du froh, dass dein Bruder wieder ganz gesund wird?"

„Natürlich", sagte Omar. „Ich möchte nicht, dass meinem Bruder etwas zustößt, *conejita*."

Ich summte leise. „Ich stehe Matteo auch nahe. Ich verstehe das."

„Du stehst diesem Idioten nahe?"

„Hey!" Diesmal versetzte ich ihm einen Klaps. „Matteo ist jung und tut alles, um meinen Vater zu beeindrucken ... Außerdem hat mein Bruder ein fotografisches Gedächtnis. Er muss sich etwas nicht einmal *genau* ansehen, um es sich zu merken. Er war für Apá wirklich nützlich."

„Das macht ihn nicht schlau."

Wut begann in meinem Bauch zu brodeln. „Als ob du und Angel nicht im Schatten eures Vaters aufgewachsen seid?", fragte ich. „Darauf wartend, dass er euch ein freundliches Wort schenkt? Ist das nicht das Schicksal von Männern wie euch und meinem Bruder?"

Ich spürte, wie die Energie in ihm schwand, und er strich mir mit den Händen über den Rücken. „Es tut mir leid", sagte er. „Ich will nicht streiten. Bitte." Er seufzte. „Ich muss dir etwas über das Treffen erzählen, das ich mit deinem Vater und Felix hatte."

Er klang nervös, und das schürte sofort das Feuer meiner eigenen Angst. *Bitte schick mich nicht nach Hause*, flehte ich das Universum an. *Nicht jetzt.*

KAPITEL 22

Omar

Ich war mir nicht sicher, wie sie auf die Nachricht reagieren würde, dass ihr Vater und ihr Verlobter sie dem Tod überlassen hatten ... aber so war es nicht. Lyse saß neben mir und starrte auf die Bettdecke unter ihren Fingern. „*Conejita?*" Sie rührte sich kaum. „Lyse, sprich mit mir."

„Was soll ich sagen, Omar?", fragte sie, und ihre Stimme klang weit weg.

Ich wollte mich aufsetzen, sie in den Arm nehmen, aber jedes Mal, wenn ich es versuchte, wurde mir schwindelig und sie drückte mich wieder zurück. „Bist du traurig?", fragte ich. „Wütend? Es ist okay, das zu fühlen, was auch immer du gerade fühlst."

Einen Moment lang war sie still. „Was wirst du jetzt tun, wo du dein Faustpfand verloren hast?"

Sie fragt, ob ich sie umbringen werde, dachte ich dumm. „Eigentlich weißt du, was ich tun sollte."

Ihr Atem stockte. „Wirst du es tun?"

Ich biss die Zähne zusammen, zwang mich auf und kämpfte gegen meine verschwommene Sicht an.

Sie stieß einen kleinen Schrei aus. „Leg dich hin! Was machst du?"

Ich umfasste ihr Gesicht und strich mit meinem Daumen über ihre Wange. „Wem gehörst du, *conejita*?", fragte ich. Lyse sah mir in die Augen. Tränen schimmerten in ihren dunklen Augen. „Wem gehörst du?"

„Dir", sagte sie.

Ich zog sie an mich und küsste sie. Es war nicht sittsam, es war nicht zärtlich. Ich zwang ihre Lippen mit meiner Zunge auf und nahm sie in Besitz, bis sie wimmerte und sich meiner Berührung hingab. „Du gehörst mir, Lyse", sagte ich an ihren Mund gepresst. „Ich zerstöre nicht, was mir gehört. Verstehst du?"

Lyse schniefte. „Tust du nicht?"

„Niemals", schwor ich. „Ich beschütze, was mir gehört."

Sie küsste mich, sanft, aber mit Nachdruck, und wir legten uns wieder zusammen, sodass sie wieder in meinen Armen lag. Wir schwiegen eine ganze Weile. „Ich wusste, dass meine Familie mich als Geschäftstransaktion betrachtete", sagte sie. Ihre Stimme war schwach. „Das ist bei uns normal, oder? Aber..." Sie schniefte. „Ich dachte, sie würden *etwas* für mich empfinden." Sie sah zu mir auf. „Familien sollten doch eine Art Zuneigung füreinander empfinden, oder?"

„Ich weiß es nicht", gab ich zu. Ich konnte nicht wirklich sagen, dass ich jemanden außerhalb meiner Geschwister liebte. „Matteo setzt sich für dich ein, oder?"

Sie zuckte mit den Schultern. „Er und ich haben eine gute Beziehung, aber er würde sich nie gegen Apás Wünsche stellen." Lyse wischte sich über die Augen. Tränen benetzten mein Hemd. „Er würde mich nie vor ihm beschützen."

„Das werde ich", erklärte ich und fühlte mich fast animalisch. „Ich werde dich vor allem beschützen."

„Vor deiner Familie?", fragte sie.

„Das wird nicht passieren."

Sie lächelte spöttisch. „Ich bin eine Rojas, auch wenn ich verstoßen wurde", sagte sie. „Sie werden mich nie akzeptieren."

Ich drückte sie fester an mich, bis meine Muskeln von der Anstrengung ächzten. „Das werden sie", versprach ich. „Dafür werde ich sorgen."

„Aber wenn nicht?"

„Dann lassen wir uns etwas einfallen." Ich drückte meine Lippen auf ihre Stirn. „Ich würde alles für dich tun." Es war eine gewagte Erklärung, und ich war mir nicht einmal sicher, warum ich sie aussprach ... aber ich wusste, dass ich es tun würde. War das Liebe? Ich war mir nicht sicher, aber ich hatte noch nie zuvor so empfunden.

„Alles?", fragte Lyse, und ihre Stimme klang jetzt schelmisch.

„Alles", sagte ich. „Du willst den Kopf deines Vaters auf einem Tablett? Ich werde ihn dir persönlich bringen."

Das ging vielleicht einen Schritt zu weit, aber Lyse lachte und schmiegte ihr Gesicht an meine Brust. Das Geräusch ihres Lachens berauschte mich; ich konnte mir nicht vorstellen, dass ich mich jemals daran satthören würde. „Ich glaube nicht, dass Menschen, die Vatermord begehen, in unseren Kreisen lange leben", sagte sie leichthin, aber es fühlte sich an, als hätte man mir einen Eimer Eiswasser über den Kopf geschüttet.

„Manchmal ist es notwendig", sagte ich. Mein Kopf fühlte sich an, als sei er voller Watte.

„Was meinst du?"

Ich holte tief Luft. Wenn ich ihr das erzählte, würde es uns wirklich zusammenschweißen. „Mein Padre ist tot", sagte ich.

Lyse war nicht überrascht. „Mein Vater sagte, er sei krank. Sie hatten Besprechungen im Hospiz, in dem er untergebracht war."

Nun ... das ist interessant. Ich speicherte diese Information für später ab; es spielt vielleicht keine Rolle, dass Luis Padre nahestand, aber Angel wollte vielleicht wissen, wie nahe unsere Väter sich standen. „Ich habe ihn getötet."

Lyse setzte sich erschrocken auf. „Du hast was getan?"

Ich wollte sie in meine Arme ziehen, tat es aber nicht. Ich würde sie nicht in meine Arme zwingen, wenn sie nicht dort sein wollte. „In der Nacht, in der ich dein Verlobungsessen angegriffen habe", sagte ich, während mein Herz anfing, in meiner Brust zu pochen, „wurde Angel wegen einer Blutung erneut operiert. Meine Schwägerin schrie, alles war chaotisch ... und jemand musste dafür bezahlen. Ich wusste, dass Angel in der Nacht, in der er angegriffen wurde, ins Pflegeheim gegangen war, um Padre zu besuchen. Angel hat uns nie verraten, wo er ihn versteckt hatte, aber es war nicht schwer, den Ort in seinem Büro zu finden. Ich wusste nicht, ob er tot war oder nicht, aber ich musste nachsehen. Als ich dort ankam, war er noch am Leben, und als er mich sah, fing er an zu lachen und gratulierte mir, dass ich Angel endlich „für mich gewonnen" hatte, und ich wusste, dass Padre alles geplant hatte." Ich grinste hämisch. „Als ob ich jemals die Kontrolle haben wollte. Als ob ich jemals Angels Tod wollte.

Lyse begann, meinen Arm zu streicheln, und nach einem Moment des Zögerns legte sie sich wieder in meine Arme und hielt mich fest. Ich hob ihren Kopf an und küsste sie; ich wollte ihr so nah sein, wie ich nur konnte. „Er war ein grausamer Mann", murmelte sie.

Ich nickte. „Fast hätte ich es nicht tun können". Scham überkam mich. Ich war mir nicht sicher, ob ich mich für das schämte, was ich getan hatte, oder für die Tatsache, dass ich meinen Vater nicht unmittelbar töten *konnte*. „Ich drückte ihm ein Kissen aufs Gesicht. Er war zu schwach, um sich zu wehren. Es dauerte nicht..." Ich holte tief Luft. „Es dauerte nicht lange."

Die Nulllinie des Monitors hatte die Krankenschwestern herbeigerufen, während ich es schaffte, unentdeckt hinauszuschlüpfen. Ich hatte zu diesem Zeitpunkt so viele Männer getötet, aber dies war der einzige Mord, an den ich dachte. Von dem ich Albträume hatte.

Aber das bedeutete nicht, dass ich meine Entscheidung bereute. Mein Padre musste sterben, genau wie die Rojas sterben mussten. Es war das Einzige, was das Geschehene in Ordnung bringen würde. Mit den Albträumen konnte ich umgehen. Ich konnte Angel das verständlich machen, als ich es ihm erzählte, denke ich. Er würde mich so gut wie möglich beschützen, wenn bekannt würde, dass ich die schwerste aller Sünden begangen hatte. Ich war mir dessen fast sicher.

Lyse lag eine ganze Weile an mir. „Ich wünschte, du hättest auch Apá erwischt", gab sie leise zu. „Er verdient es zu sterben."

„Sag mir, wann", sagte ich, „und ich lasse es geschehen."

∼

Lyse

Was ich gesagt hatte, war böse. Auf den Tod meines Vaters zu hoffen, war böse, aber je länger Omar mich ansah, desto mehr zitterte ich in einer Mischung aus Schrecken und Verlangen. „Omar", seufzte ich. Warum will ich ihn? Er war verletzt; er hatte im Grunde versprochen, meine Familie zu ermorden ... und doch glaube ich nicht, dass ich ihn jemals mehr gewollt habe als in diesem Moment.

Er bemerkte es sofort und ein selbstgefälliges Lächeln breitete sich auf seinem Gesicht aus. „Was brauchst du, *conejita*?"

„Du bist verletzt."

„Danach habe ich nicht gefragt."

„Omar." Er nahm meine Hand, küsste meine Finger und legte sie dann auf den Reißverschluss seiner dunklen Jeans. Ich röchelte: Er war hart. Wie? „Das ist eine schlechte Idee", sagte ich ihm. „Wir können nicht –"

„Was brauchst du, Lyse? Du kannst es haben." Er drückte unsere Hände gegen sich. „Ich kann es dir geben."

Mein Schoß verkrampfte sich vor Verlangen. „Wie würde das funktionieren?"

„Reite mich."

Was? „Wie ... ich oben?"

Er wackelte mit den Augenbrauen. „Bist du der Herausforderung gewachsen, *conejita*?"

Als könnte ich jemals vor einer solchen Herausforderung zurückschrecken. „Sag mir, was ich tun soll", sagte ich und setzte mich auf.

Omar griff nach unten, öffnete den Reißverschluss seiner Jeans und holte sein Glied heraus. Wenn ich zu lange über die letzten Stunden nachdachte, würde ich anfangen zu lachen und nicht mehr aufhören, bis ich weinte. Omar lag da, verdreckt und durchnässt und verletzt, aber er war stahlhart.

„Schwing dein Bein rüber", sagte er.

Ich stand gerade lange genug auf, um meine Hose über die Hüften zu schieben, und zog sie aus, bevor ich mich auf ihn setzte, wie er es mir gezeigt hatte. Ich zitterte, als ich mich an ihn presste. „Was jetzt?", fragte ich atemlos.

„Beug dich nach vorne", sagte er und zog mich zu sich, sodass wir Brust an Brust waren. Er beugte sich nach unten und richtete sich an der Stelle auf, an der ich feucht war und auf ihn wartete. Mit einem sanften Stoß war er in mir, und ich stieß einen langen Seufzer aus. „Jetzt setz dich auf."

Ich runzelte die Stirn. „Wird dir das nicht wehtun?"

Er schüttelte lachend den Kopf. „Ganz im Gegenteil, *conejita*."

Zitternd drückte ich mich so, dass ich auf seinem Schoß saß. „Oh", seufzte ich. Ich hatte mich noch nie so voll gefühlt. „Ich muss-" Meine Hüften zuckten und Omar stöhnte.

„So ist es gut, Lyse."

Seine Hände umfassten meine Hüften und halfen mir, mich auf ihm zu bewegen. Als ich mich an ihm rieb, schoss ein Blitz durch meinen Körper, aber wenn ich mich mit den Knien abstützte, stieß Omar ein köstliches Geräusch aus der Tiefe seiner Brust aus.

Wir fanden einen Rhythmus, der mich atemlos machte, und ich neigte meinen Kopf nach oben und verlor mich in dem Genuss, der mich durchströmte. Ich erschrak, als ich seinen Daumen an meiner Klitoris spürte, und dieses graduelle Gefühl wurde plötzlich scharf und unmittelbar und fast zu viel. Trotz des Brennens in meinen Schenkeln bewegte ich mich stärker gegen ihn, und die Hälfte der Geräusche, die er machte, waren Schmerzenslaute, aber das war mir egal.

Und ihm auch.

„Du nimmst mich so gut", grunzte Omar und umklammerte meine Hüften fester. „Du bist dafür gemacht, mich so zu nehmen, nicht wahr, *conejita*?"

Ich nickte, hörte kaum, was er sagte, aber ich wusste, dass es mich immer näher an diesen einzigartigen Zustand brachte. „Ich will, dass du kommst", sagte ich und beugte mich vor, um ihn zu küssen. Ich musste seinen Mund auf meinem spüren.

Omar küsste mich, lang und tief, und er drückte seine Lenden gegen meine. Ich stieß einen Schrei aus, und er keuchte vor Schmerz, aber er drückte mich gegen sich und stieß weiter nach oben, bis wir beide atemlos waren. „Komm für mich", keuchte er gegen meinen Mund.

Das tat ich. Ich hätte mich nicht beherrschen können, selbst wenn ich es versucht hätte. Ich presste mich an ihn, jagte diesem Vergnügen nach, und ich hörte ihn stöhnen, als auch er die Kontrolle verlor. Er lehnte sich erschöpft zurück, und ich lag keuchend an ihn gepresst. Ist alles in Ordnung?", fragte ich.

Er lachte. „Es ging mir noch nie besser."

KAPITEL 23

Lyse

„Hermano, wenn du nur zuhören würdest –"
Omars leises, eindringliches Flüstern holte mich in die Welt zurück, aber ich versuchte mein Bestes, um gleichmäßig weiterzuatmen. Er wäre wahrscheinlich verärgert, wenn er mitbekäme, dass ich vorgab zu schlafen, um sein Telefongespräch mitzuhören ... aber es war seine eigene Schuld. Omar hatte mich gestern Abend gebeten, in seinem Bett zu bleiben, und mich geweckt.

„Angel, ich komme nach Hause. Ich musste nur noch ein paar Dinge auf der Insel regeln! Ich bin sofort aufs Festland zurückgeeilt, um sicherzugehen, dass du nicht hirntot bist, dabei habe ich einiges liegengelassen."

Ich konnte Angels Antwort nicht hören, aber sein Tonfall ließ darauf schließen, dass er schrie. „Gib mir nur zwei Tage, Hermano, und ich erkläre dir alles, ich schwöre es." Mehr Geschrei, und Omar beendete den Anruf verärgert. Wir lagen einen Moment lang da, und dann stieß Omar ein dunkles Lachen aus. „Hast du etwas besonders Interessantes gehört, *conejita*?", fragte er.

Ich erstarrte für einen Moment und entspannte mich dann wieder. Ich konnte nicht so tun, als hätte er mich nicht durchschaut, also warum sollte ich es versuchen? „Angel klang wütend", sagte ich stattdessen und stützte mich auf meinen Ellbogen, um ihn ansehen zu können.

Omar sah an diesem Morgen etwas mitgenommen aus. Seine Prellungen waren lila und schwarz, und seine Wange war geschwollen, wahrscheinlich von einem Schnitt in seinem Mund. Er sah aus wie das wilde Tier, das die Leute behaupteten, dass er es sei ... und ich wollte ihn. Zerzaust, wie wir beide waren, nach einer Nacht mit unruhigem Schlaf, unterbrochen von meinem Wecker, der alle zwei Stunden klingelte, halb totgeschlagen, und er war immer noch der schönste Mann, den ich je gesehen hatte.

„Ich hätte gestern Abend eigentlich zu Hause sein sollen", sagte er, „aber stattdessen bin ich hierher gekommen. Angel will wissen, warum."

Ich begann zu verstehen. „Aber du kannst ihm noch nichts von mir erzählen, oder?"

Omar runzelte die Stirn. „Ich überlege mir schon etwas."

Was auch immer das heißt, dachte ich und setzte mich auf. Vielleicht könnte ich malen, während Omar heute seinen Mittagsschlaf hielt.

Mit einem Knurren warf mich Omar auf den Rücken, sodass er, nackt wie er war, an mich gepresst war. „Omar, dein Kopf! Du hattest vor weniger als zwölf Stunden einen Unfall."

Die Verspieltheit wich aus seinem Gesichtsausdruck. „Es war kein Unfall. Dein Vater hat jemanden auf mich angesetzt, und wenn er seinen Job besser gemacht hätte, wäre ich nicht hier."

Ein Schauer lief mir über den Rücken. „Du hast ihn getötet, oder? Vor dem Unfall?"

„Ich weiß, dass er dein *primo* war."

Glaubt er, dass mich das kümmert? Vielleicht sollte es mich kümmern, dass ein weiterer meiner Cousins wegen Omar tot war ... aber ich war nicht in der Lage, Anteilnahme zu empfinden. Es war genau das Gegenteil. Ich war froh, dass Omar ihn losgeworden war. Ich streckte die Hand aus und berührte sanft seine Wange. „Er hat dir wehgetan", sagte ich.

Omar schien zu verstehen, was ich ihn fragte, und er senkte den Kopf und küsste mich. „Ja, *conejita*, ich habe ihn getötet, bevor ich mit dem Anleger kollidierte." Er flüsterte die Worte an meinen Mund.

„Gut." Es klang herzlos, aber meine Familie hatte mich bereits aufgegeben. So sehr ich mich auch davon distanzieren wollte, es tat immer noch unendlich weh, dass mein eigener Vater mich einfach ... fallen ließ. Vor allem nach der Hölle, die er mir bereitet hatte, als ich in seinem Haushalt aufwuchs. Er hatte alles in seiner Macht Stehende getan, um mich zur perfekten Tochter zu formen, und jetzt, da Felix der Meinung war, dass wir doch kein gutes Paar abgeben würden, war er bereit, Omar mit mir machen zu lassen, was er wollte?

Wenn die Rojas-Familie mich so einfach loswerden konnte, dann hatte ich keinen Grund mehr, mich schuldig zu fühlen. Ich wollte Omar ... ich war vielleicht dabei, mich in ihn zu verlieben. Was hielt mich davon ab, diesem Gefühl nachzugeben?

„Ich bin froh, dass du zu mir zurückgekommen bist", gab ich leise zu. „Das war alles, woran ich denken konnte, während du weg warst."

Omar sah aus, als hätte ich ihm einen Kinnhaken verpasst. „Ach ja?" Er versuchte zwar zu scherzen, aber seine Stimme klang belegt. Er beugte sich zu einem Kuss hinunter.

„Helena hat gesagt, keine anstrengenden Aktivitäten", erinnerte ich ihn, während ich meine Beine spreizte, um ihn noch näher zu mir zu bringen. Ich hatte am Abend zuvor eines seiner riesigen T-Shirts angezogen, aber auf alles andere verzichtet.

Omar schnaubte. „Ich glaube, das haben wir bereits getestet, *conejita*."

Ich spürte, wie mir das Blut ins Gesicht schoss. „Du hast aber nicht viel gemacht." Er machte ein beleidigtes Gesicht, und ich musste kichern. „Du weißt, was ich meine."

Omar vergrub sein Gesicht an meinem Hals und saugte und knabberte daran, bis ich zitternd an ihm hing. „Hat es dir gefallen, die Kontrolle zu haben, Lyse?", flüsterte er mir ins Ohr. „Dir selbst Vergnügen zu bereiten?"

Ich hatte das Gefühl genossen, Omar unter mir zu spüren. Es hatte Macht bedeutet, mir von ihm zu holen, was ich wollte. „Hat es dir gefallen?", fragte ich, und ich hasste es, wie ... schwach es klang, dass ich das fragte. Als würde ich um seine Anerkennung betteln oder so.

Omar hatte ein belustigtes Funkeln in den Augen, aber er neckte mich nicht. Stattdessen beugte er sich vor, legte eine Hand um meinen Oberschenkel und spreizte meine Beine noch weiter, sodass er direkt an mir anliegen konnte. Er war hart, voller Verlangen. „Ich werde es immer genießen, in dir zu sein."

Ich klopfte ihm leicht auf die Schulter. „Das ist so eine typische *Männerantwort*."

Omar betrachtete mich einen Moment lang. Dann, mit einer kleinen Bewegung, drückte er sich in mich hinein und entlockte mir ein Stöhnen. „Ich habe dich nicht einmal berührt und du bist feucht für mich", sagte er. „Das ist das beste Gefühl der Welt."

Seine Lenden pressten sich langsam, aber kraftvoll gegen meine, und ich klammerte mich an seine Schultern, überwältigt von dem Gefühl, wie er mich dehnte, und den Worten, die er mir ins Ohr flüsterte.

„Omar."

„Ist es das, was du hören wolltest, *conejita?*", grunzte er, während er einen gleichmäßigen, dumpfen Rhythmus vorgab. „Dass du so süß und eng um mich herum bist, dass ich das Gefühl habe, ich würde den Verstand verlieren?" Er knabberte an meinem Ohr, und ich keuchte, als ich mich an diesen verschwommenen, angenehmen Ort begab, an den er allein mich zu bringen schien. „Möchtest du, dass ich dir sage, wie sehr ich dir Lust bereiten will?"

Ich stöhnte. „Bitte." Ich hatte keine Ahnung, worum ich genau bat, aber Omar schien es immer zu wissen. Ganz sanft zog er sich zurück, beruhigte mich leise, als ich aufschrie, und drehte mich auf den Bauch.

„Zieh die Knie an", sagte er und half mir, mich so zu positionieren, dass meine Brust gegen die Matratze gedrückt wurde und mein Hintern in der Luft war. Es war eine, gelinde gesagt, unwürdige Position, aber in dem Moment, als ich spürte, wie Omar mich berührte, verflog alle Scham.

Er stieß in mich hinein und fühlte sich so noch größer an. Ich schrie vor Vergnügen und Schmerz, die mich durchfuhren. „Oh mein Gott", wimmerte ich und krallte mich mit den Händen an den Laken fest.

„Fühlt sich gut an, *conejita?*" Sein Körper klatschte gegen meinen, als er schneller wurde.

„Ja." Hitze stieg in meiner Hüfte auf und alle meine Muskeln spannten sich angesichts des Vergnügens an, das auf mich einströmte. „Ich habe noch nie..." keuchte ich, als er herumgriff und mit seinen Fingern meinen Kitzler fand.

„Noch nie was?", wimmerte ich, unfähig, die Empfindungen zu verarbeiten, die sich in mir aufbauten. „Ich habe mich noch nie so gut gefühlt."

Omars Lippen streiften meine Schultern und meinen Nacken, und ich schrie auf, als er seine Zähne in meine Schulter bohrte. Nicht so fest, dass es wehtat, aber fest genug, dass ich fast gewaltsam in meinen Orgasmus stürzte. Ich hörte ein tiefes Stöhnen, als seine Lenden sich an mich pressten, als er kam.

Vorsichtig glitt Omar von mir herunter und landete auf dem Rücken. Ich beugte mich über ihn und gab ihm einen Kuss auf die Lippen. „Du wirst dir noch wehtun, wenn du so weitermachst", sagte ich.

Omar grinste mich an und für einen Moment sah ich, wie er als Junge ausgesehen haben könnte, sorglos und fröhlich, bevor sein Vater ihn zu einer Tötungsmaschine ausgebildet hatte. „Ich habe nicht vor, jemals aufzuhören, *conejita*", konterte er und sah dabei so selbstgefällig aus, dass ich nichts anderes tun konnte, als ihn erneut zu küssen.

Es war falsch, das mit ihm zu genießen. Es gab so viele Dinge, die wir besprechen und klären mussten, aber hier, jetzt, hatte sich die Welt auf uns beide beschränkt. „Es ist seltsam", grübelte ich.

„Was?"

„Ich glaube nicht, dass ich jemals zuvor so glücklich war", gab ich zu, „und es sollte sich falsch anfühlen. *Du* solltest dich falsch fühlen."

Das leichte Lächeln auf seinem Gesicht verwandelte sich in etwas viel Ernsteres. Sein Blick wurde noch eindringlicher. „Fühlt es sich falsch an?"

Ich schüttelte den Kopf und wünschte mir nichts sehnlicher, als meinen Kopf an seiner Brust zu vergraben, aber ich wusste, dass ich das nicht konnte. Dass dieses Gespräch wichtig war. „Nein, es fühlt sich nicht falsch an."

Er streckte die Hand aus und berührte meinen Arm. Die Fingerkuppen fühlten sich rau auf meiner Haut an und ich erschauerte. „Du klingst aufgewühlt."

„Bin ich nicht", beharrte ich. „Ich sollte aufgewühlt sein. Ich sollte wütend sein, dass du mich noch nicht nach Hause gebracht hast, aber ich habe mehr Angst, dass du dazu gezwungen wirst und das alles ein Ende hat."

Omar zog mich in seine Arme, als könnte er es nicht ertragen, dass ich nur drei Zentimeter von ihm entfernt war. „Es wird kein Ende haben."

Ich schüttelte den Kopf. „Das kannst du nicht versprechen. Irgendwann-"

„Irgendwann, was?", blaffte er. Die ersten Anzeichen von Wut waren in seiner Stimme zu hören.

„Deine Familie hat dich für tot erklärt, erinnerst du dich? Du kannst nicht dorthin zurück."

„Deine Familie will meinen Tod, erinnerst du dich?", plapperte ich nach und stieß mich ab, um mich wieder aufzusetzen. Diese perfekte, strahlende Blase war geplatzt, und ich wünschte, ich hätte gar nichts gesagt ... aber ich lag nicht falsch. Omar und ich waren Träumer, wenn wir dachten, wir könnten das, was auch immer das war, länger als die nächsten Tage aufrechterhalten. „Du kannst mich nicht zum Castillo-Anwesen bringen und einfach erwarten, dass sie mich akzeptieren. Was genau wird nicht enden? *Tenemos que despertarnos.*"

Omar starrte mich finster an; sein Mundwinkel verzog sich zu einem trotzigen Grinsen. Ich wollte in seinen Armen liegen, ihn trösten und mich von ihm trösten lassen, aber nicht nur meine *Bestia* konnte stur sein. Als ich seinem Blick nicht nachgab, wie er es wahrscheinlich erwartet hatte, packte Omar meine Arme, gerade so fest, dass es nicht zu fest war, und zog mich wieder zu sich heran. Sein Mund war auf meinem, bevor ich etwas sagen konnte.

Seine Lippen und seine Zunge waren beharrlich, und mein Entschluss, ihn nicht zurückzuküssen, bröckelte relativ schnell. Ich gab mit einem Seufzer nach und begegnete seiner Zunge mit meiner eigenen, jetzt selbstbewusster beim Küssen als noch vor ein paar Tagen.

„Wir werden das schon hinbekommen", sagte Omar mit so viel Entschlossenheit, dass es schwer war, ihm nicht zu glauben. „Ich lasse dich nicht gehen."

„Weil ich dir gehöre?"

Er lächelte strahlend. „Genau."

KAPITEL 24

Omar

„Wenn du nicht in *zwanzig Minuten* auf einem Boot nach Hause bist, schicke ich jemanden, der dich holt", knurrte Angel. „Das wird nicht gut für dich ausgehen."

Mierda. Mir fielen keine Ausreden mehr ein, warum ich nicht nach Hause kommen konnte. Ich erzählte ihm von dem Angriff bei meiner Rückkehr auf die Insel und dem Unfall, ließ aber alles aus, was mit Lyse zu tun hatte, aber meine blauen Flecken waren bereits verblasst, und wir wussten beide, dass noch ein weiteres Schnellboot im Trockendock lag.

„Angel, vertrau mir, *por favor*. Ich brauche mehr Zeit."

Mein Bruder stieß einen verärgerten Laut aus. „Erklär mir, warum du nicht hier bist", sagte er, „und ich denke darüber nach."

Aber was sollte ich sagen? Ich habe Luis Rojas' Tochter hier und bin mir ziemlich sicher, dass ich mich in sie verliebt habe? Bitte, bitte lass sie nicht ermorden? Das war bestenfalls lächerlich, schlimmstenfalls ein Todesurteil für uns beide.

Ich seufzte. „Ich brauche nur Zeit, *hermano*. Ich verspreche, ich werde es dir so schnell wie möglich erklären." Ich legte auf, bevor Angel noch etwas sagen konnte. Er rief nicht noch einmal an. *Die Chancen, dass er tatsächlich jemanden schicken würde, um mich zu holen, lagen bei gut ... achtzig Prozent,* dachte ich. *Was für eine verdammte Scheiße.*

Als ich aus dem Büro trat, hörte ich Musik aus der Küche. Es war nicht völlig ungewöhnlich, dass Helena etwas auflegte, zu dem sie sich beim Kochen wiegen konnte, aber heute verdarb mir der fröhliche Beat die Stimmung noch mehr.

Ich stürmte in die Küche und schaltete das Radio aus, das sie auf der Arbeitsplatte stehen hatte. Sie und Lyse schauten mich finster an: Anscheinend hatte ich sie mitten beim Kochen erwischt. Helena brachte Lyse gerade bei, wie man Cachitos macht. Der Teig für das Gebäck ruhte gerade und sie rieben gerade den Käse, der hineingebacken werden sollte.

„Omar?", fragte Lyse, und ich knirschte mit den Zähnen. Sie war wunderschön, voller Mehl, und es war *unmöglich*, bei dieser häuslichen Tätigkeit nicht in gute Laune zu verfallen. Es brachte mich auf allzu viele Ideen für die Zukunft. „Alles in Ordnung?"

„Ich habe Kopfschmerzen", log ich. „Könntet ihr zwei das Frühstück machen, *ohne* dass das Konzert weiterläuft?"

Helenas Stirnrunzeln verriet mir, dass sie mir kein Wort glaubte, aber das war mir egal. Sie musste mir nicht glauben. Sie musste nur das verdammte Radio ausmachen, damit ich es nicht gegen die Wand warf. „Musst du dich hinlegen?", fragte Lyse. „Ich kann dir ..."

„Ich bin kein Kind", fuhr ich sie an und hasste mich selbst dafür. Sie war so wunderbar; sie hatte es nicht verdient, die Hauptlast meiner miesen Laune zu tragen. „Du brauchst mich nicht zu verhätscheln, okay?"

Lyse blinzelte. „Ich behandle dich, wie es mir passt, *pendejo*", zischte sie und richtete sich zu ihrer vollen Größe auf ... die im Vergleich zu mir immer noch erschreckend klein war. „Helena und ich hatten Spaß. Wenn du damit ein Problem hast, dann verschwinde aus der Küche. Wenn du dich nicht gut fühlst, leg dich ein bisschen hin. Aber komm nicht hierher und nörgle an uns herum, weil du Aufmerksamkeit brauchst oder was auch immer."

Es war unfair, wie scharf Lyse war, wenn sie sich zur Wehr setzte. Es sollte nicht möglich sein, gleichzeitig sauer und angetörnt von derselben Person zu sein, aber ich wollte sie sowohl für ihre Unverschämtheit durchschütteln als auch dafür ins Schlafzimmer zerren.

Ich musste etwas kaputtmachen. Das half immer, wenn ich in so einer Stimmung war. Ob das bedeutete, auf den Schießstand zu gehen und Ziele zu zerfetzen oder eine Frau zu finden, der es nichts ausmachte, wenn ich grob zu ihr war, spielte keine Rolle.

Ich fuhr mir mit den Händen durch die Haare. „Es tut mir leid", sagte ich zähneknirschend. Lyse zuliebe wollte ich mich bessern. Ich wollte mehr sein als nur der Typ, der Dinge zerstören musste. Also ließ ich sie in der Küche stehen, wo sie alle denselben Ausdruck der Fassungslosigkeit im Gesicht hatten.

Es widerstrebte mir zwar, in mein Büro zurückzukehren, aber es war der einzige Ort, an dem mich niemand stören würde ... außer Lili, die mich mindestens ein Dutzend Mal auf dem Handy angerufen hatte. „*Puta madre*", murmelte ich und rief sie zurück. Es war nie eine gute Idee, Angel warten zu lassen, aber bei Lili war es noch schlimmer. Wenn sie einen Rückruf forderte, musste man ihn tätigen, sonst musste man mit den Konsequenzen rechnen ... und meine Schwester konnte *sehr* kreativ sein.

„Wo bist du?", schrie Lili am Telefon, und ich zuckte zusammen.

„Auf der Insel", sagte ich, als ob sie es nicht wüsste. „Ich bin bald zu Hause."

„Heute Abend", sagte Lili. „Es muss heute Abend sein."

Meine Hand ballte sich zur Faust. Würde ich mich besser oder schlechter fühlen, wenn ich sie durch die Wand rammte? „Warum muss es heute Abend sein, *mija*?"

„Angel wird aus dem Krankenhaus entlassen. Du musst hier sein, wenn er nach Hause kommt."

Es sollte eine Freudenbotschaft sein, dass Angel nach zwei Wochen im Koma nach Hause kommen konnte, um seine Genesung abzuschließen. Es war eine gute Sache ... und doch zog sich etwas in meinem Magen zusammen. „Ich komme nach Hause, sobald ich kann", sagte ich.

Lili war einen Moment lang still. „Das war nicht dein Versprechen, hier zu sein, *idiota*. Ich kenne den Unterschied."

Verdammt. „Ich komme nach Hause, sobald ich kann", wiederholte ich.

„Wenn Angel dich umbringt, ist das nicht meine Schuld." Sie meinte es als Scherz, aber es kam bei mir nicht so an. Bis zu diesem Zeitpunkt hatte ich mir nie Gedanken darüber gemacht, dass ich mir ernsthafte Sorgen um meinen Bruder machen müsste ... aber wenn ich Lyse auf das Gelände brachte, bestand durchaus die Möglichkeit, dass sich das ändern würde.

Ich kam schnell an einen metaphorischen Scheideweg – einen, den ich nie hatte kommen sehen. Meine Familie war mir immer das Wichtigste auf der Welt gewesen ... aber der Gedanke, Lyse zu verlieren, ließ mich Dinge mit bloßen Händen zerschmettern wollen.

„–Omar? Omar! *Idiota*, was zum Teufel machst du da?"

Ich schreckte aus meinen Gedanken hoch. „Ich bin hier", versicherte ich ihr. „Ich habe nicht aufgelegt."

Sie seufzte. „Was ist los mit dir? Ich weiß, dass es eine Zeit lang schlecht für dich lief, aber die Polizei hat sich zurückgezogen und Angel wird wieder gesund! Warum bist du so komisch?"

Weil ich meinen Vater getötet habe und dann auf einen mörderischen Amoklauf gegangen bin und die Frau entführt habe, die vielleicht die Liebe meines Lebens ist. Aber ich konnte ihr das alles nicht sagen, ohne völlig verrückt zu klingen. Ich war der Vollstrecker der Castillos. Tod und Gewalt gehörten dazu, und meine Loyalität war unerschütterlich. Eine Frau sollte mich nicht auf diese Weise auf die Probe stellen. „Hast du das alles jemals satt?", fragte ich.

„Was meinst du?"

Ich kniff mir in die Nase. Vielleicht wäre es gar keine so schlechte Idee, wenn Efrain mir eine Schießanlage zum Üben einrichten würde. „Nichts", sagte ich. „Ich glaube, diese Gehirnerschütterung hat mein Gehirn ein wenig durcheinandergebracht. Ich werde Vorbereitungen treffen, um nach Hause zu kommen, okay? Mach dir keine Sorgen. Ich bin nicht abgehauen.

„Außer, dass du das bist", flüsterte mir mein Gehirn zu. „Okay." Lili klang nicht ganz überzeugt, aber das konnte ich ihr wohl nicht übelnehmen. „Dann bis bald."

„Bis bald", versprach ich.

Ich musste mich zurückhalten, das Telefon nicht an die Wand zu schleudern, nachdem ich aufgelegt hatte. Es hätte mir Befriedigung verschafft, es in winzige Stücke zersplittern zu sehen, aber das hätte das dunkle Gefühl, das mich von innen heraus auffraß, nicht gemildert.

Dieser rote, vernebelte *Zorn* baute sich wieder auf, aber diesmal hatte er kein Ziel. Ich war wütend auf mich *selbst*, und ich war eigentlich nie der Typ für Selbstzerstörung gewesen. Stattdessen ließ ich es an jemandem aus, der eine Strafe verdiente, oder an Möbeln oder am Schießstand.

Als meine Bürotür aufschwang, war das das *Letzte*, was ich gebrauchen konnte. „Die Cachitos sind fertig!", verkündete Lyse und kam mit einem Teller der gefüllten Schinken-Käse-Teigtaschen ins Büro, den sie für mich hochhielt. „Ich wollte ..."

Ich sah sie an und die Welt um mich herum verblasste. „Du darfst hier nicht rein." Die Worte kamen mit tödlicher Ruhe und Lyse zuckte bei dem Ton zusammen. „Das habe ich dir schon unzählige Male gesagt. Nicht in meinem Büro."

Ihr Mund verzog sich missbilligend. „Du hast mir auch gesagt, dass ich nicht in deinem Schlafzimmer sein soll, aber dort habe ich letzte Nacht geschlafen."

„Ich ficke dich hier drin nicht. Raus."

Sie stellte den Teller hart auf meinem Schreibtisch ab. Das Porzellan des Tellers klapperte auf dem Hartholz und die Cachitos hüpften. „Wenn du weiter so mit mir sprichst, wirst du mich nirgendwo ficken."

Es war falsch, das zu sagen. Ich riss den Teller vom Schreibtisch und warf ihn an ihr vorbei, sodass er in einer Explosion aus Porzellan zersprang. Lyse schrie auf und schrumpfte zusammen, um sich kleiner zu machen. „Verschwinde. Raus."

„Omar!"

„Verschwinde!" Die Worte waren ein Schrei, und als Lyse sich umdrehte und floh, folgte ich ihr. „Du kannst nicht tun, was du willst", schleuderte ich ihr die Worte hinterher. „Du kannst nicht einfach in mein Büro stürmen, voller Dokumente, die für die Castillos wichtig sind, wenn ich dir *ausdrücklich* gesagt habe, dass es tabu ist. Willst du sterben? Wenn Angel herausfände, dass ich dich in die Nähe von irgendetwas davon lasse, würde er dich bei lebendigem Leib häuten! Verstehst du das?"

Ich jagte ihr die Treppe hinauf und den langen Korridor hinunter, bis sie sich in ihr Zimmer stürzte und mir die Tür vor der Nase zuschlug. Sie war natürlich von außen abschließbar, sodass sie mich nicht wirklich aussperren konnte. Aber das Geräusch der zuschlagenden Tür zwang mich, wieder klar zu denken. Der Nebel lichtete sich.

Was habe ich getan?

Ich holte tief Luft und klopfte vorsichtig an die Tür. „Lyse? Es tut mir so leid."

„Was in Gottes Namen machst du da?" Helena kam den Flur entlang auf mich zugerannt. Ihre kräftigen Hände stießen mich in die Schulter, und ich zuckte vor dem aufsteigenden Schmerz zusammen. Die blauen Flecken von dem Angriff und dem Unfall verblassten zu einem melierten Gelb, aber das bedeutete nicht, dass es nicht wehtat, wenn eine erwachsene Frau in mich hineinrannte. „Dich so zu benehmen?" Ihre Stimme war schrill, davon bekam ich Kopfschmerzen. „Du benimmst dich wie ein Kind.

„Ich bin –" Ich schluckte. „Sie –"

„Sie hat dir Frühstück gebracht und nicht versucht, die Geschäftsgeheimnisse der Castillos auszuspähen, und das weißt du."

Das wusste ich. Lyse hätte nicht deutlicher machen können, wie wenig sie sich für die geschäftlichen Angelegenheiten der beiden Familien interessierte. „Es tut mir leid."

Helena schnaubte. „Bei mir solltest du dich nicht entschuldigen."

Ich deutete auf die geschlossene Tür. „Was dachtest du, was ich getan habe, als du in mich hineingerannt bist?"

„Sie hierher zu jagen und deine Meinung in letzter Sekunde zu ändern, ist nicht der richtige Zeitpunkt für eine aufrichtige Entschuldigung." Sie schlug mich erneut. „Ehrlich! ¿*Que te crio?*"

„Helena."

Ihre Augen wurden schmal. „Versuch jetzt nicht, mich einzuschüchtern, *jefe*. Du weißt, dass du im Unrecht bist, also gehst du in die Defensive, aber diesen Unsinn lasse ich mir nicht bieten."Sie zeigte mit dem Finger auf mein Gesicht: ein mutiger Akt, selbst für sie. „Du findest einen Weg, es wieder gut zu machen, hast du mich verstanden?"

Ich sollte sie nicht so mit mir reden lassen. Aber anstatt etwas zu sagen, nickte ich nur. „Das werde ich." Sie schob mich den Flur entlang, weg von ihrer Tür. „Was machst du? Wie soll ich mich entschuldigen?"

„Zuerst räumst du das Chaos auf, das du in deinem Büro angerichtet hast", sagte sie. „Das gibt dir Zeit zum Nachdenken, bevor du noch etwas so Dummes sagst oder tust." Sie seufzte leise. „Du bist besser als das, Omar." Helena klang so enttäuscht, dass es tatsächlich schmerzte.

Aber ich war nicht besser als das. Groß und gewalttätig war alles, was ich je sein würde.

KAPITEL 25

Lyse

Meine Lungen verweigerten die Sauerstoffaufnahme. Ich lehnte mich gegen die Tür und zwang mich, so tief wie möglich einzuatmen, aber mein Brustkorb war unter dem Gewicht meiner Panik gefangen. *Das hatten wir doch hinter uns*, dachte ich. *Oder nicht?*

Omar hatte mir versprochen, dass er sich um das kümmern würde, was ihm gehörte ... aber der Blick, den ich in seinen Augen gesehen hatte, ehe ich aus seinem Büro gerannt war, war nicht der eines Mannes gewesen, der sein Lächeln und sein Bett mit mir geteilt hatte. Sie konnten nicht dieselbe Person sein.

Aber ich wusste, dass sie es waren. Das hatte ich schon immer gewusst: Omar wurde nicht aus irgendeinem Missverständnis oder einer Übertreibung *La Bestia* genannt. Er war zu einem Blutbad fähig, und das hatte er immer wieder unter Beweis gestellt.

Ich zitterte und wischte mir die Tränen vom Gesicht. Ich hatte Helena draußen im Flur gehört und auch ihre Schritte, wie sie sich entfernten. Das war gut so: Ich konnte nicht noch einmal in diesem Raum gefangen sein. Ich würde vorher den Verstand verlieren. Ich drehte mich um, griff nach dem Türknauf und für einen Moment hatte ich wirklich Angst, dass er die Tür abgeschlossen hatte, ohne dass ich es bemerkt hatte.

Aber die Tür ließ sich problemlos öffnen und ich trat in den leeren Flur hinaus. Ich fühlte mich, als wäre ich wieder am Anfang und lief herum, halb verängstigt, dass Omar herausspringen und mich packen würde. Ich straffte meine Schultern, ging die Treppe hinunter und fand Helena in der Küche, die einen der Cachitos aß, die wir gemacht hatten. „Komm und setz dich", rief sie, sobald sie mich sah.

„Ist Omar nicht hier?"

„Er soll sein Büro aufräumen und dann bis mindestens zum Mittagessen ins Freie gehen."

Ich stieß einen erleichterten Seufzer aus und nahm ihr dankbar eines der kleinen Gebäckstücke ab. Es war knusprig und roch köstlich; es war etwas, das ich vielleicht mit Madre gemacht hätte, als ich noch sehr jung war, bevor sich mein ganzes Leben in meine „Pflicht" verwandelte.

„Du musst ihm nicht verzeihen", sagte Helena, nachdem die Stille zwischen uns viel zu lange gedauert hatte.

„Aber?"

Die ältere Frau schenkte mir ein müdes Lächeln. Sie streckte die Hand aus und tätschelte mir liebevoll meine Wange. *Warum konntest du nicht meine Mutter sein?* Helena hatte mir nicht gesagt, ob sie verheiratet war oder Kinder hatte, aber wenn sie keine hatte, war das eine Schande. „Aber so ist er nicht, weißt du? Er ist immer ein bisschen heißblütiger als die meisten, ja, aber er ist der loyalste Mensch, den du je kennenlernen wirst."

„Loyal gegenüber seiner Familie", betonte ich. „Was ich nicht bin."

Helena schüttelte den Kopf. „Nein, du gehörst nicht zur Familie, wie man es durch Blutsverwandtschaft tut, aber du musst wissen, dass er dich mag."

Ich zuckte mit den Schultern. Ich *dachte*, dass er das vielleicht tun würde, aber dieser kalte, wütende Blick sagte mir, dass ich immer noch der Feind war, und ich wusste, was Omar mit seinen Feinden machte. „Ich werde nie ein Castillo sein."

Helena summte leise. „Das ist nichts Schlechtes, *mi amor*", sagte sie. „Omar verdient es, etwas Gutes in seinem Leben zu haben, etwas, das nicht von ihm verlangt, ein Monster zu sein." *Aber er ist ein Monster.* Ich musste es nicht aussprechen, denn Helenas trauriger Seufzer sagte mir, dass sie bereits wusste, was ich dachte. „Wusstest du, dass Omar mit dreizehn zum ersten Mal einen Mann getötet hat?"

Ich konnte meinen Schreck nur schwer verbergen. Selbst Apá hatte gewartet, bis Matteo zwanzig war, bevor er überhaupt eine Waffe auf jemanden richtete. „Warum so jung?"

„Gustavo wollte, dass seine Söhne knallhart sind", sagte Helena. „Angel war sein Erbe: Er musste skrupellos sein, ja, aber auch klug und charmant. Omar hingegen musste furchteinflößend sein. Was ist furchteinflößender als ein kaltblütiger Mörder?" Ihr Gesichtsausdruck wurde noch trauriger. „Als sich die Gelegenheit bot, drückte Gustavo Omar die Waffe in die Hand und forderte ihn auf zu schießen, und weil er seinen Vater nicht enttäuschen wollte, tat er es." Sie zuckte mit den Schultern, und es war eine Bewegung, die alles Mögliche bedeuten konnte. „Seitdem ist er so."

Ich versuchte, mir vorzustellen, wie ein vorpubertärer Omar auf Befehl seines Vaters jemanden hinrichtet, und der Gedanke war so schrecklich, dass ich ihn mir nicht ausmalen konnte. Welcher Vater tut seinem eigenen Sohn so etwas an? Apá mag Matteo darauf vorbereiten, dasselbe zu tun, aber zumindest hatte er damit gewartet, bis Matteo ein Mann war.

„Glaubst du ..." Ich schluckte schwer. „Glaubst du, dass jemand, der so aufgewachsen ist, jemals wirklich jemanden lieben kann? Oder sind sie unheilbar zerstört?"

Helena schwieg eine ganze Weile. Sie biss in ihr Gebäck und kaute langsam darauf herum: Ich wusste es zu schätzen, dass sie über meine Frage nachdachte. Ich wusste es zu schätzen, dass die ältere Frau weder ein Blatt vor den Mund nahm noch beschwichtigte. Sie meinte, was sie sagte. „Ich denke, wer Omars Herz erobert, ist wirklich gesegnet. Diese Person wird sich nie Sorgen um Verrat machen müssen: Omar würde sich lieber ein Körperteil abhacken, als denjenigen wehzutun, die er liebt."

Aber er hatte mich verletzt und mir Angst gemacht, und ich wusste nie, mit wem ich es Tag für Tag zu tun haben würde, und ich glaubte nicht, dass ich damit umgehen könnte. „Zwischen uns kann es nicht funktionieren."

„Alles kann funktionieren, wenn man es will." Das klang überhaupt nicht überzeugend. „Gib ihm einfach ein wenig Zeit, und ich wette, er wird dich suchen kommen."

Bei diesem Gedanken schauderte es mich. „Was, wenn ich nicht will, dass er mich findet?"

Helena starrte mich eine ganze Weile an. „Dann musst du das selbst herausfinden."

Nachdem ich Helena beim Abwasch geholfen hatte, überlegte ich, in mein Atelier zu gehen, aber ich konnte mich nicht dazu überwinden, die Treppe hinaufzusteigen. Stattdessen ging ich zur Haustür hinaus und hinunter zum Strand. Ich hatte hier draußen nicht viel Zeit verbracht, seit Omars Boot gegen die Anlegestelle gekracht war.

Efrain und Pascal hatten sie größtenteils wieder aufgebaut: Sie war nicht annähernd so schön, aber sie war funktionstüchtig, und es gab ein weiteres Boot, das zu Wasser gelassen worden war. Es war bereit und wartete darauf, dass Omar beschloss, nach Miami zurückzukehren.

Bei dem Gedanken, dass er gehen würde, klopfte mir das Herz bis zum Hals, und ich ließ mich in den Sand sinken, während meine Gedanken wirr durcheinanderwirbelten. Ich wollte nicht, dass er mich fand. Ich wollte ihn nicht einmal ansehen. Gleichzeitig konnte ich den Gedanken nicht ertragen, dass er mich hier zurücklassen würde.

Zum ersten Mal seit ich den verschlossenen Raum verlassen hatte, fühlte ich mich gefangen. Die Insel war gerade groß genug, um mich glauben zu lassen, dass ich Freiheit besaß. Es gab zwar niemanden, der jede meiner Bewegungen beobachtete, aber andererseits konnte ich auch nirgendwo hingehen. Das Haus hatte ein Fenster, durch das man die ganze Insel überblicken konnte, und selbst wenn man drei Kilometer weit um die Insel herumlaufen musste, war sie doch klein. Mit endlosem Meer auf allen Seiten, das es für jemanden, der nicht schwimmen konnte, unmöglich machte, die Insel zu verlassen.

Ich war in einem Zustand, in dem ich gleichzeitig lachen und weinen wollte: Ich hatte mich von meiner Familie befreit, wie ich es mir immer gewünscht hatte, nur um mit einem Tier gefangen zu sein, das sich eines Tages gegen mich wenden könnte oder auch nicht. Es war verrückt. Was sollte ich tun?

„Lyse!"

Ich zuckte zusammen. *Helena hatte gesagt, er würde nach mir suchen*, dachte ich. Aber als ich mich umdrehte, um nach Omar zu suchen, sah ich, wie mein Cousin Jesus ein kleines Schlauchboot auf die Insel zog. Ich blinzelte. Das musste eine Fata Morgana sein. Was in aller Welt machte er hier?

Er rannte auf mich zu. „Lyse! *Prima*, es ist schön, dich zu sehen!"

Ich stand auf und er umarmte mich, fast schon zu fest. Jesus und ich standen uns nicht besonders nahe; ich konnte mich nicht mehr spontan daran erinnern, worum es in unserem letzten Gespräch ging. Aber ich umarmte ihn zurück; er war das erste Familienmitglied, das ich seit Wochen gesehen hatte. „Wie bist du hierher gekommen?", fragte ich. „Wie geht es Matteo und Apá?"

Jesus lächelte. Ich hatte sein Lächeln schon immer gemocht: Sein Mund verzog sich zu einem breiten Grinsen und er sah so richtig glücklich aus. „Es geht ihnen gut", sagte er. „Sie arbeiten an einem Plan, um die Castillos ein für alle Mal auszulöschen."

Mein Herz setzte einen Schlag aus. „Sie auslöschen? Ist das nicht der Grund, warum wir überhaupt in diesem Schlamassel stecken?"

Jesus packte mein Handgelenk und begann, mich den Strand entlang zum Boot zu ziehen. Ich stemmte mich mit den Fersen ein wenig dagegen, um uns zu verlangsamen. *Ich will nicht mit ihm gehen.* „*La Bestia* hat zu viele von uns getötet. Dein Apá kann das nicht ignorieren, er würde sein Gesicht verlieren!" Er sah mich an, und sein Lächeln war jetzt hysterisch, seine Augen weit aufgerissen und wild. „Du willst doch nicht, dass dein Vater wie ein Feigling aussieht, oder?"

„Nun, nein, natürlich nicht." Ich grub meine Fersen noch ein wenig tiefer in den Boden. „Wie hast du mich gefunden? Genau? "Omar hatte mir erzählt, dass mein Vater mich dem Tod überlassen hatte. Das, gepaart mit Jesus seltsamem, irrem Lächeln, ließ mir das Blut in den Adern gefrieren.

„Javier hat sich nie wie erwartet gemeldet", sagte Jesus, „also haben wir nach seinem letzten Standort gesucht. Danach war es ziemlich einfach, die Insel zu finden ... und hier warst du schon am Strand, und wartetest nur darauf, gerettet zu werden." Er zog eine Augenbraue hoch. „Wie kannst du einfach so ... draußen sein?"

„Wo sollte ich schon hin?", konterte ich.

Jesus nickte. „Nun, du hast es mir sehr leicht gemacht, also danke."

Er zog mich wieder an sich. „Gehen wir, Lyse. Dein Vater will dich sehen, und Matteo auch."

„Apá hat Omar gesagt, er soll mit mir machen, was er will", argumentierte ich und wehrte mich. War ich total verrückt? Das war mein Cousin; der Mann hatte wirklich keinen Grund, mir wehzutun, aber je näher ich dem Schlauchboot kam, desto tiefer grub ich meine Füße in den Sand und verlagerte mein Gewicht auf die Fersen.

Jesus blieb stehen und drehte sich um. Sein Gesicht war jetzt kalt, als sei ein Licht ausgeknipst worden, und alle Emotionen waren aus seinem Gesichtsausdruck gewichen. „Dumme *Puta*", knurrte er und versetzte mir eine Ohrfeige mit dem Handrücken. Ich schlug mit einem dumpfen Geräusch auf dem Sand auf.

Schmerz durchzuckte meine Wange und meine Hand griff automatisch nach meinem Gesicht. Es war nass: Er hatte meine Haut aufgerissen. *Wenn Omar das sieht, ist er tot.* Der Gedanke war seltsam beruhigend. „Apá hat dich auf mich angesetzt? Um mich umzubringen?"

Jesus grinste hämisch. „Ich räume nur auf", sagte er. Er griff hinter sich und zog eine Pistole aus einem Halfter in seinem Kreuz. Er hielt sie hoch und zeigte sie mir, er verhöhnte mich, indem er sie herumwedelte. „Ich sollte dich zurück nach Miami bringen und dich irgendwo in ihrem Territorium entsorgen. In einer Gegend, die gerade öffentlich genug ist, dass man dich leicht finden kann. Felix würde helfen, es den Castillos anzuhängen, und dieser Cabrón Angel würde für immer verschwinden."

Ich wollte schreien, in Richtung des Hauses winken, aber wenn ich das tat, war ich so gut wie tot. Ich konnte nur hoffen, dass jemand mitbekam, was vor sich ging. „Mein Vater wird einen Krieg anzetteln. Die Polizei wird Angel Castillo nicht wegen eines toten Mädchens abführen, nicht, wenn sein Bruder mit dem Mord an 20

Menschen davongekommen ist. Apá *denkt* nicht nach ... warum hört ihr nur auf ihn?"

„Du hast keine Ahnung, wovon du redest." Er entsicherte die Waffe. „Aber das ist egal. Dich hier zu töten, sollte nicht allzu viel durcheinanderbringen, wenn ich dich nach meiner Rückkehr erst einmal richtig blutig schlage.

Er richtete die Waffe auf meine Stirn. Meine Brust zog sich zusammen, Angst durchströmte mich, aber anstatt um mein Leben zu betteln, kam mir nur ein Gedanke in den Sinn:

Ich konnte Omar nicht sagen, dass ich ihn liebe.

KAPITEL 26

Omar

R*UMMS!* Die Holzverkleidung des Trockendocks zersplitterte und ich fiel zu Boden, direkt in die Tür hinein. Wer auch immer auf mich geschossen hatte, hatte sein Ziel verfehlt und sich verraten. *Pech für ihn*, dachte ich, und ein grausames Lächeln breitete sich auf meinem Gesicht aus.

Das war genau das, was ich heute brauchte. Jemanden, den ich mit meinen verdammten bloßen Händen zerreißen konnte.

Ich griff in das Trockendock und nahm einen großen Schraubenschlüssel aus Stahl von der Werkbank. Am liebsten hätte ich eine der Kisten geöffnet, die dort gestapelt waren. Als ich durch die Tür spähte, sah ich zwei Männer. Einer hatte eine Waffe in der Hand, der andere nicht. *Pendejo.* Das waren nicht die Männer meines Bruders. Angel hatte sein Versprechen, mir Männer hinterher zu schicken, noch nicht eingelöst, obwohl ich bezweifelte, dass er jemanden schicken würde, um mich zu *erschießen*. Das bedeutete also, dass sie von Luis Rojas geschickt wurden.

Ich nutzte den Türrahmen als Deckung, zielte zuerst auf den bewaffneten Schergen und ließ den Schraubenschlüssel fliegen. Er traf ihn an der Stirn und er ging zu Boden. Bevor der andere reagieren konnte, stürmte ich durch die Tür und warf ihn zu Boden. Ich griff nach dem Schraubenschlüssel, der neben ihm gelandet war, und schlug damit immer wieder auf ihn ein, bis sein Gesicht nicht mehr zu erkennen war und mein Gesicht und meine Brust mit Blut und anderen Körperflüssigkeiten bespritzt waren.

Ich hob die heruntergefallene Pistole auf. Wenn es diese beiden gab, würde es wahrscheinlich noch mehr geben. Ich stand auf und am Strand, weiter entfernt, als mir lieb war, stand ein Mann, der eine Waffe auf Lyse gerichtet hatte. Ich hob die Waffe in meiner Hand, zielte und obwohl ich aus dieser Entfernung ein Ziel treffen konnte, konnte ich nicht riskieren, Lyse zu treffen.

Stattdessen brüllte ich und rannte los. Der Mann zuckte bei dem Geräusch zusammen und Lyse sprang sofort los, packte ihn in der Mitte und warf ihn zu Boden. *Mein Mädchen ist so verdammt schlau*, dachte ich. Meine Brust füllte sich mit Stolz.

Ich landete im Sand und wurde dadurch langsamer. Verdammt. Lyse rang mit dem Mann um seine Waffe, aber er rollte sie herum und gewann die Oberhand. Er versuchte, sie mit dem Gewehrkolben zu schlagen. Er hatte keine Chance, da war ich schon bei ihm.

„Du denkst, du kannst sie anfassen, Wichser?", fuhr ich ihn an, zog ihn nach hinten und warf ihn zu Boden. Er versuchte, die Waffe gegen mich zu richten, aber ich rammte ihm mein Knie in den Unterarm und ließ meine Fäuste auf ihn niederprasseln. „Hat Luis dich geschickt?", herrschte ich ihn an, aber alles, was ich als Antwort erhielt, war ein Gurgeln.

Er wurde schlaff, und bei dem Ausmaß der Verletzungen in seinem Gesicht ging ich davon aus, dass er tot war. Ich sah zu Lyse, die keuchend im Sand lag. Ich sah auf den Körper hinunter, auf dem ich kniete. Er rührte sich nicht; sein Gesicht sah eingesunken aus. Ich stieg von ihm herunter und ging zu ihr, half ihr auf die Beine. Sie hatte eine kleine Schnittwunde an der Wange. Das reichte aus, dass ich dem Bastard noch einen Tritt verpassen wollte. „Dein Cousin?", fragte ich.

Sie nickte und sah ihn an. „Jesus."

Ich seufzte. „Ich bringe ständig deine Cousins um, *conejita*." Ich fragte mich, ob ich mich entschuldigen sollte.

„Er wollte mich umbringen und es deinem Bruder in die Schuhe schieben", sagte sie. „Er hat verdient, was –"Lyse stieß einen Schrei aus und stieß mich so fest sie konnte, während ich gleichzeitig die dröhnende Explosion einer Waffe hörte. Ich schlug im Sand auf, mit Lyse auf mir.

Jesus war nicht ganz so tot, wie ich angenommen hatte … aber er war ein miserabler Schütze. Er versuchte erneut, mit der Waffe zu zielen, brach aber wieder im Sand zusammen. Lyse zitterte auf mir. „Ist schon gut, *conejita*."

Sie schüttelte den Kopf und zeigte auf etwas. Ich sah in die Richtung, in die sie zeigte, und erstarrte. Helena stand weiter oben am Strand und hielt sich die Schulter. Blut strömte in einem hellen Rot über ihren Arm und tropfte in den Sand. „*Mierda!*" Ich rappelte mich auf und zog Lyse mit mir. Ich musste mich um Jesus kümmern, aber ich konnte Helena nicht sich selbst überlassen.

Ich schaute auf den blutigen Haufen Mensch hinunter und nahm seine Waffe. Ich ließ das Magazin knallen und leerte es, bevor ich die Waffe in meine Tasche steckte. „Helena", rief ich der Frau zu und zog Lyse praktisch den Strand hinauf.

„Ist er tot, *jefe*?" Ihre Zähne klapperten. Sie stand unter Schock. *Scheiße.*

„Tot", sagte ich, „oder bis zur Unkenntlichkeit verstümmelt. Nicht einmal seine eigene Familie würde ihn wiedererkennen." Als wir

Helena erreichten, sah ich sofort, dass die Kugel ein Loch in ihre Schulter gerissen hatte, aber zumindest hatte sie sowohl eine Eintritts- als auch eine Austrittswunde. Diesmal würde es keine Suchoperation in der Küche geben.

„Komm schon", sagte ich. „Ich zeige dir, wie –"

„Omar!"

Lyse zeigte auf etwas. Jesus war irgendwie in sein Boot gestiegen und fuhr gerade damit aufs offene Meer hinaus. Mierda. „Folge ihm", keuchte Helena und hielt sich den Arm. „Mir geht es gut."

„Dir geht es nicht gut", sagte Lyse. Ihre Stimme überschlug sich fast. Wenn das so weiterging, würden beide Frauen einen Schock bekommen.

„Sie hat recht", sagte ich. „Wir müssen uns um dich kümmern. Um ihn kümmere ich mich später. In seinem Zustand wird er wahrscheinlich nicht weit kommen ... er könnte sogar sterben, bevor er zu dem Boot gelangt, von dem aus er das Beiboot zu Wasser gelassen hat." Es war ein Versprechen an sie beide.

„Glaubst du, es gibt noch mehr von ihnen?", klang Lyse entsetzt.

„Ich habe mich bereits um zwei weitere am Trockendock gekümmert." Ich wollte mir nicht vorstellen, was passieren würde, wenn die Rojas wüssten, dass wir all diese Waffen hier hatten. Ich hob Helena in einer Brauttrage hoch und wir machten uns auf den Weg zum Haus. „Wenn es noch mehr gibt, werden sie nicht hierher kommen, bis sie sich neu gruppiert und ihre Pläne geändert haben." Ich sah Lyse an. „Die Männer deines Vaters sind völlig ungeschult. Wer bildet sie aus?"

„Ich weiß es nicht", sagte sie. „Matteo hat einen Privatlehrer, der ihn zum Schießstand mitnimmt, aber ich bin mir nicht sicher, ob die anderen die gleichen Möglichkeiten haben."

„Ich bezweifle es." Typisch schlechte Führungskraft, dachte ich. Padre bestand zumindest darauf, dass die Männer ausgebildet wurden. Als ich eine bestimmte Anzahl von Morden erreicht hatte – obwohl ich mir nicht sicher war, wie hoch diese magische Zahl war – hatte Padre es zu meiner Aufgabe gemacht, dafür zu sorgen, dass die Männer in kampfbereitem Zustand waren.

Wenn Matteo selbst noch in der Ausbildung war, bedeutete das, dass er noch nicht in der Lage war, andere zu schulen. Also hoffte Luis einfach, dass seine Männer ohne Unterstützung genug trainierten?

„Der Erste-Hilfe-Kasten ist wieder in der Vorratskammer", sagte ich zu Lyse. „Hol ihn für uns."

Sie schien fast erleichtert zu sein, etwas tun zu können, und rannte los, um das Verbandszeug zu holen. Helena war blass, aber ihre Augen waren hell und klar. Sie lächelte mich an. „Das ist das erste Mal, dass wir das in umgekehrter Richtung machen", sagte sie.

Ich summte. „Es ist hoffentlich das letzte Mal."

Sie zog eine Augenbraue hoch. „Ich glaube, ich habe so etwas schon einmal zu dir gesagt, Mijo. Es scheint nie ganz so zu funktionieren."

„Ja", sagte ich, „aber das ist mein Job. Es ist dein Job, im Haus zu bleiben, wenn schlimme Dinge passieren. Sicher, außerhalb der Gefahrenzone."

„Ich habe gesehen, wie dieser Mann seine Waffe auf Lyse gerichtet hat. Ich konnte nicht zulassen, dass er ihr etwas antut."

„Und was, bitte schön, konntest du gegen einen Mann mit einer Waffe ausrichten?"

Sie holte ein Messer aus ihrer Tasche. Es war noch mit einem Schutz versehen. „Ich wollte versuchen, mich von hinten an ihn heranzuschleichen."

Ich wollte die Frau umarmen, traute mich aber nicht, aus Angst, ihre Schulter zu verletzen. „Du bist sehr mutig."

Sie rollte mit den Augen. „Ja, ja. Verbinde mich einfach und gib mir eine deiner guten Pillen. Ich möchte die nächsten zehn Jahre schlafen."

Lyse kam zurück und ich bat sie, mir zu helfen, den Ärmel von Helenas Bluse vorsichtig zur Seite zu schieben, damit wir einen Blick auf die Wunde werfen konnten. Wie ich es draußen vermutet hatte, war es ein Durchschuss, aber das Fleisch war rot und aufgerissen. „Wenn ich das nähe, wird es hässlich aussehen." Ich seufzte. „Ich hätte dich von Efrain ins Krankenhaus bringen lassen sollen."

Helena schüttelte den Kopf. „Mach es einfach zu", sagte sie. „Mir geht es gut."

„Es könnte sich entzünden", argumentierte Lyse.

Ausnahmsweise warf Helena ihr einen unfreundlichen Blick zu. „Ich will mich mit keinem von euch streiten. Macht es zu und lasst mich ins Bett gehen."

„Okay", gab ich nach.

Lyse öffnete den Verbandskasten. „Lass mich", sagte sie. „Ich kann gut mit traditionellen Stichen umgehen." Sie betrachtete die Wunde mit Abscheu. „Das ist zu viel für Flüssignähte oder Steri-Strips."

Ich hatte gehofft, das vermeiden zu können, aber sie hatte recht. Ich lenkte Helena ab, während Lyse den medizinischen Faden mit der Hakennadel durch ihre Haut zog. Helena ihrerseits ertrug den Schmerz wie ein Champion: Sie biss die meiste Zeit die Zähne zusammen.

„Fertig", sagte Lyse, und ihre Stimme klang weit weg, als würde sie sich kaum an der Realität festhalten.

Ich nahm ihr den Mull ab. „Ich übernehme den Rest", sagte ich und verband Helenas Schulter so schnell ich konnte, ohne sie zu berühren. Lyse würde hier bald einen Zusammenbruch erleiden und ich konnte nicht mit beiden gleichzeitig fertig werden.

Als Helena verbunden war, holte ich eine unbeschriftete, orangefarbene Arzneiflasche aus dem Schrank neben dem Waschbecken und holte zwei weiße Pillen heraus. „Was ist das?"

„Du wolltest das gute Zeug", sagte ich. „Das sind die besten, die ich habe."

Sie beäugte sie, als würden sie gleich aufspringen und sie beißen. „Werde ich schlafen?"

Ich musste lachen. Es war ein knarrendes und rostiges Lachen, aber es war trotzdem ein Lachen. „Wir wecken dich morgen zum Abendessen." Sie warf beide Pillen in ihren Mund und schluckte sie trocken.

„*Ay!*" Ich war beeindruckt. Ich hätte das nicht gekonnt.

„Ich möchte ins Bett", sagte sie. „Je schneller sie in meinem Körper wirken, desto schneller werde ich schlafen."

„Brauchst du Hilfe, um in dein Zimmer zu kommen?" Ich ließ sie sich an mir festhalten, während sie von der Theke kletterte, und hielt sie weiter fest, während sie ihre Füße unter sich stabilisierte.

„Nein." Sie wandte ihren Blick Lyse zu, die ins Leere starrte und deren Hände ganz leicht zitterten. Es würde noch schlimmer werden. „Hilf ihr. Ihr scheint es schlechter zu gehen als mir."

„Mir geht es gut", argumentierte Lyse, aber ihre Stimme war leise und abwesend.

„Ich werde mich gut um sie kümmern. Versprochen."

Helena schnaubte. „Wenn man bedenkt, wie viel Arbeit ich investiert habe, damit sie deinen dummen Arsch nicht verlässt, tust du das besser."

Ich küsste sie auf die Wange. Es war eine überraschend sanfte Geste zwischen uns, und sie blinzelte mich eulenhaft an. „Danke, dass du sie davon überzeugt hast, dass ich kein Totalausfall bin."

Lyse schnaubte empört. „Ich entscheide, ob ihre kleine Aufmunterung gewirkt hat, oder nicht?"

KAPITEL 27

Lyse

Ich konnte nicht aufhören zu zittern. Meine Haut fühlte sich eigenartig an, als sei sie gleichzeitig zu groß und zu straff. Der rote Fleck im Sand, wo mein Cousin gelegen hatte, den ich immer noch vom Fenster aus sehen konnte, war abscheulich. Es war unglaublich, dass der Mann mit so viel Blutverlust entkommen war. *Bis er wieder in Miami ist, ist er wahrscheinlich verblutet*, dachte ich. *Gut.*

Mein Gesicht klebte vor Blut, aber als ich eine zitternde Hand hob, um es zu berühren, hielt mich Omar sanft zurück. „Das willst du nicht tun", riet er.

„Richtig." Das Zittern wurde schlimmer. „Jesus hat versucht, mich umzubringen."

Omar nickte. Er hielt Abstand. Warum berührte er mich nicht? Ich *brauchte* es, dass er mich berührte. Nichts davon würde real sein, bis er es tat. Ich würde einfach in diesem schrecklichen Schwebezustand feststecken. „Er hat es versucht, aber es ist ihm nicht gelungen. Du lebst." Den letzten Teil sagte Omar genauso für sich selbst wie für mich.

. . .

„Ich lebe."

„Ja." Seine Stimme war kaum mehr als ein Flüstern.

Ich zitterte immer noch und meine Haut begann zu jucken. „Du berührst mich nicht."

Er ballte die Hände zu Fäusten. „Möchtest du, dass ich es tue?"

Ich nickte und verrenkte mir fast den Hals. „Ich brauche –"

Omar nahm mich in seine Arme, bevor ich den Satz beenden konnte. Sein Mund fand meinen und wir küssten uns, tief und leidenschaftlich. Es schmeckte nach Blut und Sand, aber das war mir egal. Ich schlang meine Arme um seinen Hals und machte einen Satz. Er fing mich mühelos auf und schlang einen Arm um meine Taille, sodass ich an ihn gepresst blieb.

Ohne eine Sekunde innezuhalten, während er meinen Mund verschlang, erklomm er die Treppe, und ich machte mir nicht ein einziges Mal Sorgen, dass er mich fallen lassen könnte. „Ich muss die Dusche anstellen, *conejita*", sagte er mit sanfter Stimme an meinem Mund.

„Nein."

Er lächelte, und es war ein hässliches Lächeln angesichts der Menge an Blut in seinem Gesicht, aber mein Körper brannte vor Verlangen. Es war makaber, aber das war mir egal. Es ging nicht mehr nur um ein einfaches Verlangen; ich brauchte ihn. „Wir müssen duschen, Lyse." Er fasste mein Gesicht, ohne Angst vor dem Schmutz, der daran klebte. „Ich werde dich keine Sekunde allein lassen", versprach er, „aber wir müssen uns waschen."

Ich funkelte ihn an, als er mich auf die Füße stellte. „Du gehst besser nicht weg."

Er schüttelte den Kopf. „Niemals."

Er hielt Wort und ließ mich nicht allein, während er im Badezimmer herumschlurfte. Er nahm seine Hand nicht von mir. In dem höhlenartigen Raum war ich nie weiter als ein paar Zentimeter von ihm entfernt. Seine Hand blieb auf meiner Schulter oder drückte gegen meinen unteren Rücken, oder seine Finger blieben in meinen.

Als die Dusche mit Dampf gefüllt war, zog Omar uns beide mit mechanischer Präzision aus. „Ich werde ... die hier verbrennen", murmelte er, hauptsächlich zu sich selbst, und warf unsere Kleidung auf einen Haufen auf dem Boden. Dann führte er uns in die Dusche. Ich stöhnte unter dem perfekt temperierten Wasser.

„Soll ich dir die Haare waschen?", fragte er, und es erinnerte mich so sehr an die Zeit, als er mich gebadet hatte, nachdem er mich vom Steg geworfen hatte, dass sich meine Brust verkrampfte. Sollte das unser Beziehungsmuster werden? Gewalt, gefolgt von Zärtlichkeit?

Ich war mir nicht sicher, ob ich damit umgehen konnte.

„Klar", sagte ich, trotz meiner rasenden Gedanken.

Sein Shampoo war mir etwas zu maskulin, aber als er es in mein Haar einmassierte, stöhnte ich leise. Es fühlte sich so gut an. „Leg deinen Kopf zurück", sagte er und half mir dann, meine Haare auszuspülen. „Ich habe hier drin keine Spülung. Ich benutze sie nicht wirklich. Soll ich dir welche holen?" Ich verfluchte die Knoten, in die sich meine Haare verheddern würden, schüttelte aber den Kopf.

„Du hast gesagt, du würdest nicht gehen."

„Das habe ich", stimmte er zu. Er fasste mein Kinn an und zwang mich, ihm ins Gesicht zu sehen. „Was brauchst du heute Abend, Lyse?"

Es dauerte eine ganze Weile, bis ich begriff, was er meinte. War ich nicht deutlich genug? „Ich will, dass du mich berührst –"

„Dich berühren, ja", sagte er, wobei er seinen Griff um mein Kinn nur ein wenig verstärkte und meinen Kopf spielerisch hin und her schob. „Aber wie? Wir könnten uns abtrocknen und in mein Bett klettern, und ich könnte dich halten, wenn es das ist, was du willst."

Das klang gut. Bisher war es selten vorgekommen; ich hatte den Eindruck gewonnen, dass Omar es nicht gewohnt war, jemanden zu halten. Aber das war nicht das, was ich brauchte. „Gib mir ein gutes Gefühl", bat ich ihn. „Lass mich vergessen." Omar lächelte nicht und machte auch keine Witze. Stattdessen küsste er mich erneut, dann ging er auf die Knie. „Was tust du –?"

Omars Augen wanderten meinen Körper hinauf; ich konnte es genauso deutlich spüren wie seine Hände, und ich zitterte erneut, aber diesmal vor Verlangen. „Du hast mich gebeten, dafür zu sorgen, dass du dich gut fühlst", sagte er. „Du hast nicht gesagt, *wie*."

Er legte einen meiner Schenkel über seine Schulter und vergrub sein Gesicht in meinem Schoß. Ich stöhnte auf, als er mich mit der breiten, flachen Seite seiner Zunge leckte und ich mich fast in der Reizüberflutung verlor, aber dann zog er sich ein wenig zurück und benutzte die Spitze seiner Zunge an meinem Kitzler. Ich zitterte und wimmerte.

Es gab nichts, woran ich mich festhalten konnte, und meine Knie waren schon vorher schwach geworden. „Omar, ich kann mich nicht mehr auf den Beinen halten."

Er zog sich zurück, blickte zu mir auf. „Mach deine Knie nicht steif, *conejita*, sonst wirst du ohnmächtig." Dann kehrte seine Zunge zurück, um mich leicht zu quälen, und sandte mir Schauer über den Rücken. Das Vergnügen breitete sich in meinem Unterbauch aus, und meine Hände tasteten über die Fliesen, um einen Halt zu finden.

Omar packte eine meiner Hände und legte sie in sein Haar. „Halt es so fest, wie du willst. Wir bewegen uns nicht, bis du auf meiner Zunge kommst."

Ich umklammerte ihn fester und keuchte, als er mit seiner Zunge um meine feuchte und bereite Stelle kreiste, bevor er sie hineintauchte und mich schmeckte. Sein Daumen glitt tiefer und berührte die unberührte Falte meines Hintereingangs. Er drang nicht in mich ein, sondern übte nur einen Druck aus, der ein verwirrendes Vergnügen in mir auslöste.

Ich raste auf einen Orgasmus zu, der sich irgendwie größer anfühlte als alle, die ich bisher hatte. Ich riss fast an seinen Haaren, schrie fast, und er keuchte gegen mich, als würde ich etwas anderes tun, als das anzunehmen, was er mir zu geben hatte.

„Ich ..." Ein Jammern entrang sich meiner Kehle, als mein Körper förmlich explodierte. Ich verlor fast das Gleichgewicht, aber Omar stieß sich ab und hielt mich fest. Ich starrte ihn mit weit aufgerissenen Augen an, während ich die Duscharmaturen zudrehte, ohne hinzusehen. „Bring mich ins Bett", verlangte ich und zog ihn für einen Kuss zu mir heran. Ich keuchte ein wenig, als mir klar wurde, dass ich mich auf seinem Mund und seiner Zunge schmecken konnte. Ich hätte schockiert sein sollen, aber das Gefühl war extrem berauschend. „Jetzt, Omar."

„Natürlich."

Wir machten uns nicht einmal die Mühe mit Handtüchern. Er zog mich aus der Dusche und küsste mich, während er mich direkt zu seinem Bett führte.

Ich lag auf dem Rücken und spreizte meine Beine für ihn, ich brauchte ihn in mir, aber er schien zufrieden zu sein, dort zu sitzen und seine Finger träge in mich zu stecken. Es fühlte sich gut an, sogar großartig, aber ich brauchte ihn, um mich bis an meine Grenzen zu dehnen, wie nur er es konnte.

„*Omar.*"

Er grinste. „Das klingt wie eine Beschwerde", sagte er und schob einen dritten Finger hinein, und ich unterdrückte ein Stöhnen. „Bist du immer noch so unersättlich, nachdem du in der Dusche so heftig gekommen bist?"

Ich war es, und ich schämte mich nicht dafür. „Ich muss dir nahe sein."

Ein Blick durchbrach seine Neckerei. Etwas unglaublich Weiches und Zärtliches ... und vielleicht ein wenig Angst. „Okay, *conejita*", sagte er, aber dann half er mir, mich auf die Seite zu drehen, mit dem Gesicht von ihm weg.

„Ich will dich sehen", protestierte ich, auch als er sich mit seiner Brust zu meinem Rücken hinlegte.

„Keine Sorge", sagte er. „Du wirst dich nicht weit weg fühlen, wenn wir so liegen." Er hob eines meiner Beine an und schmiegte sich eng an mich. Es gefiel mir: Wir waren wie mit einer Schnur umeinandergewickelt. Als er sich dann in mich drückte, wurde es noch besser.

Ich seufzte, als er in mich eindrang. Wie damals, als er mich auf die Knie zwang, fühlte er sich auf diese Weise noch größer an. „Das ist gut", stöhnte ich und warf meinen Arm nach oben, um ihn um seinen Hals zu legen. Als er sich zu bewegen begann, raubte es mir den Atem. „Omar, Himmel. „Das Geräusch, das wir machten, als wir uns gemeinsam bewegten, war schwer und urwüchsig, Fleisch traf auf Fleisch. „Ich bin so nass." Ich griff zwischen meine Schenkel und spielte mit meinem Finger über meine Klitoris.

„Verdammt, Lyse", stöhnte Omar. Er legte sein Kinn auf meine Schulter und starrte meinen Körper entlang. „Berühre dich für mich. Tu dir etwas Gutes."

Für einen Moment stieg Scham in meiner Brust auf, aber dann stöhnte er wieder, sanft und verlockend, in mein Ohr, und es war mir egal. Ich umkreiste dieses kleine Nervenbündel und zitterte bei der Mischung aus federleichter Berührung und der Wucht seiner Lenden, als er sich tief in mir einen Platz schuf.

Seine Lippen kitzelten meine Schulter und meinen Nacken, und es fühlte sich süß an ... aber es war nicht das, was ich brauchte. „Beiß mich", befahl ich ihm.

Omar schnaubte. „*Was?*"

Ich wand mich in seinem Griff, und er drückte mich fester an sich, bis ich aufstöhnte. Seine Bewegungen wurden, falls überhaupt möglich, noch schneller, als wollte er mich dafür bestrafen, dass ich seinen Rhythmus unterbrochen hatte. „Gib mir Zeichen", verlangte ich. „Gib mir etwas, das mich an dich erinnert."

Omar knurrte an mir. „Ich gehe nirgendwo hin."

„Du kannst nicht versprechen – oh *Scheiße*, mach *bitte* weiter – das nicht für immer zu tun."

Er griff zwischen meine Schenkel und übernahm für mich, indem er meinen Kitzler berührte. Er leckte jetzt mit seinem Mund an meinem Hals. Noch hatte er keine Zähne, aber es war nicht mehr lange hin. „Ich kann jedes Versprechen geben, das ich will", sagte er. „Ich habe *jahrelang* Versprechen gehalten."

„Beiß mich", flehte ich. „Ich will dir gehören."

Seine Bewegungen wurden langsamer und ich hätte fast losgeheult. Er beruhigte mich und streichelte meinen Oberschenkel. „Ich werde dich dahin bringen", sagte er. „Ich brauchte nur eine Sekunde." Das brachte mich zum Kichern, was ihn wiederum zum Fauchen brachte, als sich die Muskeln in mir um ihn herum zusammenzogen. „Das ist nicht hilfreich."

„Ich will nicht helfen", beschwerte ich mich und schaukelte mich gegen ihn. „Ich will kommen."

Er knurrte und biss endlich in meine Schulter, genau an der Stelle, an der er mich am Tag zuvor leicht gebissen hatte. Er hatte jetzt weniger Angst, mir wehzutun, und der plötzliche Schmerz wurde von dem Vergnügen überschattet, das mich überkam und sich durch meinen ganzen Körper zog. Ich zitterte und schrie auf, und irgendwo darin hörte ich ihn seinen eigenen Höhepunkt herausstöhnen.

Er legte seinen Kopf keuchend zwischen meine Schultern, und ich tat dasselbe, indem ich mein Gesicht in seine Kissen drückte. Als Omar mich herumdrehte, sodass ich an seiner Brust lag, konnte ich seinen Herzschlag an meinem Ohr hören, während ich dort lag.

So lagen wir lange Zeit da. Der Himmel färbte sich rosa-golden und es wurde immer schwieriger, wach zu bleiben. Als mir die Augen zufielen, drangen Omars leise geflüsterte Worte an mein Ohr.

„Schlaf jetzt, *conejita*. Ich werde hier sein, wenn du aufwachst." Er seufzte und strich mir mit der Hand über die Wange. „Und dann müssen wir über Miami reden ..."

KAPITEL 28

Omar

„Sie werden mich umbringen."

Ich griff nach Lyses Hand und schlang meine Finger um ihre, während ich mich auf dem Vordersitz des SUV versteifte. Ich hatte noch nie Angst vor dem Anwesen der Castillos, doch heute war es das erste Mal. „Das werden sie nicht."

Lyse hörte nicht zu. Sie hatte Angst und versuchte, sich in den Sitz zu sinken und darin zu verschwinden. „Das kannst du nicht versprechen." Es war eine Wiederholung der Worte, die sie gestern Abend gesagt hatte.

Ich führte ihre Hand zu meinem Mund und küsste ihre Knöchel. „Ich kann versprechen, was ich will, erinnerst du dich?"

„Sicher", sagte sie, ohne die finsteren Männer hinter der Windschutzscheibe aus den Augen zu lassen. „Aber das bedeutet nicht, dass sie darauf hören müssen."

Damit hatte Lyse nicht ganz unrecht. Wenn Angel ihnen befahl, sie auf der Stelle zu erschießen, würden sie das tun, egal was ich sagte, aber das würde ich ihr nicht verraten. „Es wird alles gut. Lass uns mit Angel reden."

Als ich ihr heute Morgen gesagt hatte, dass wir nach Miami zurückkehren würden, hatte sie zugestimmt, sich dann aber unter der Dusche an mich geklammert und die ganze Zeit gezittert. Sie war ins Boot geklettert und hatte sich krampfhaft festgehalten, als ich uns zum Festland raste: Ihre Angst, zurückgelassen zu werden, überwog ihre Angst vor dem Wasser *und* meinem Bruder. *Ich werde dich beschützen*, hatte ich ihr versprochen, und ich würde ihr zeigen, wie ernst es mir damit war.

Ich stieg aus dem SUV und ging um den Wagen herum, um ihr die Tür zu öffnen. Lyse stieg aus und ich zog sie sofort hinter mich. „Bleib einfach bei mir, *conejita*", sagte ich und lächelte die Wachen an.

„Hola, primo", begrüßte ich sie, aber beide Männer starrten mich an, als würden sie mich zum ersten Mal sehen. Das war nicht gut. Ich rechnete schon damit, dass sie uns daran hindern würden, hineinzugehen, aber sie blieben wie versteinert stehen, als wir vorbeigingen.

Als wir das Foyer betraten, sah sich Lyse um. „Sieht nicht viel anders aus als zu Hause", sagte sie. „Gleicher Innenarchitekt?"

Ich lächelte und legte meinen Arm um sie: Ich schätzte ihren Versuch, Humor zu bewahren. „Ich bin sicher, dass es nur wenige gibt, die auf Familien wie unsere zugeschnitten sind", stimmte ich zu. „Aber dieses Haus hat sich seit dem Tod meiner Madre nicht viel verändert."

„Meine Mutter ist nicht tot, aber unseres sieht immer noch so aus. Schick, aber irgendwie in den 90ern hängen geblieben." Sie deutete auf die weißen Marmorböden, die von einer sandfarbenen Ader durchzogen waren.

„Daran habe ich ... noch nie gedacht." Das Strandhaus war ganz in Weiß gehalten und hell, sehr zeitlos, aber das Grundstück war nach dem Geschmack meiner Mutter eingerichtet worden ... und der war in den 90er Jahren. Seitdem hatte niemand daran gedacht, etwas zu ändern.

„Vielleicht möchte die Frau deines Bruders etwas modernisieren."

Ich führte sie in die Küche, wo Emma mit den Ellbogen in einer Rührschüssel steckte. Sie sah erschöpft aus. „Da wir gerade von meiner Schwägerin sprechen", sagte ich, um ihre Aufmerksamkeit zu erregen. „Lyse, das ist Emma."

Emma sah mich an und dann Lyse. „Warst du wirklich die ganze Zeit mit einer Frau zusammen?", fragte sie. „Ich musste Angel nämlich ausreden, dass er dich eigenhändig nach Hause schleppt."

Ich räusperte mich ein wenig. „Ich sage es noch einmal. Emma, das ist Lyse Rojas."

Ihre Augen wurden groß. „Hast du völlig den Verstand verloren?"

Lyse lachte tatsächlich darüber, und Emma warf ihr einen eindringlichen Blick aus ihren stechend blauen Augen zu. „Entschuldigung", sagte Lyse ernüchtert.

„Nein, ich würde gerne wissen, was so lustig ist."

Lyse bekam wieder Angst. „Ich habe mich in den letzten Wochen wahrscheinlich ein paar Dutzend Mal gefragt, ob Omar völlig verrückt ist", sagte sie. „Ich bin froh, dass ich nicht die Einzige bin."

Emma starrte sie einen Moment lang an, dann verzog sich ihr Mundwinkel nach oben. Als sie mich ansah, war ihr Gesichtsausdruck wieder liebevoll. Ich grinste. „Du weißt, dass du mir nicht böse sein kannst."

„Vielleicht kann ich das nicht." Sie deutete mit dem Kopf in die ungefähre Richtung des Büros. „Aber du weißt, dass Angel nicht so nett zu dir ist. Sie kann bei mir bleiben; du gehst und redest mit deinem Bruder."

Lyse sah mich panisch an. „Ich glaube nicht, dass das eine gute Idee ist."

Ich legte meine Hand auf ihre Wange. „Hier bist du sicher", sagte ich. „Von uns allen ist Emma mit Abstand am wenigsten furchteinflößend."

Sie war wieder zu ihrer Rührschüssel zurückgekehrt. „Nur weil ich die Jüngste bin", sagte sie. „Du hast Glück, dass ich hier bin und nicht Lili. Sie würde euch beide in Stücke reißen, bevor ihr überhaupt bei Angel ankommt."

Ich drückte einen Kuss in den Raum zwischen Lyes Augenbrauen. „Ich werde nicht lange weg sein, *conejita*." Ich sah Emma an, die versuchte, uns nicht mit zu viel Interesse zu mustern. „Kannst du kurz auf mein Mädchen aufpassen?"

Emma atmete aus. „*El cielo te ayude.*" Sie winkte Lyse zu sich. „Weißt du, wie man Golfeados macht?"

Lyse schüttelte den Kopf. „Aber ich esse sie gerne."

Emma lächelte. „Komm, reibe den Käse für mich, und ich sorge dafür, dass du das erste Stück aus dem Ofen bekommst."

Ich beobachtete die beiden einen Moment lang und genoss das Bild, das sie zusammen abgaben, bevor ich mich auf den Weg ins Büro machte. Es hatte keinen Sinn mehr, das aufzuschieben ... und so sehr ich Emma auch vertraute, wollte ich Lyse nicht zu lange allein lassen.

Angel saß am Schreibtisch, als ich sein Büro betrat, und für den Bruchteil einer Sekunde war es, als wäre Padre noch da. Ihre Gesichtsausdrücke, wenn sie sauer waren, waren die gleichen. Er sah mich nicht an; was auch immer auf seinem Schreibtisch lag, war viel zu wichtig. Also stand ich da und wartete. Padre hat mich einmal vier Stunden warten lassen, und ich bin sicher, dass Angel sich jetzt daran erinnerte.

„Was glaubst du eigentlich, wer du bist?", fragte Angel schließlich, ohne mich anzusehen.

Dieser Mann ist nicht mein älterer Bruder, sagte ich mir. Wenn wir nur Angel und Omar wären, wäre ich vielleicht sarkastisch. Ich würde den Mund aufreißen ... aber das war Angel, das Oberhaupt der Familie Castillo, und ich konnte mich jetzt nicht auf Humor verlassen. „Ich bin dein Vollstrecker, *Hermano*".

Angel sah mich an und mir lief ein Schauer über den Rücken. Wenn mich jemand anderes so angesehen hätte, hätte ich ihm schon längst ein Loch in den Schädel geschossen. Aber es war Angel, und selbst wenn meine Hände zuckten, griff ich nicht nach der Waffe in meinem Kreuz. Er bemerkte die Bewegung natürlich und grinste hämisch. „Bist du das?", fragte er.

Ich biss die Zähne zusammen. „Ich war dir immer treu ergeben, Angel", sagte ich, und meine Wortwahl war bewusst gewählt. Gegen Ende der Herrschaft meines Vaters als Oberhaupt unserer Familie hatte ich mich auf Angels Seite gestellt, als unser Padre die Schläger der Rojas auf Emma gehetzt hatte. Ich hatte mich für meinen Bruder entschieden und stand an seiner Seite, als er die Macht übernahm.

„Warst du das?" Er warf mir eine Akte vor die Füße, und ich hob sie auf. Es handelte sich um Überwachungsaufnahmen aus der Nacht von Lyses Verlobungsfeier. Ich blätterte durch die Bilder: Farbbilder von mir, wie ich einige der tödlichsten Männer der Familie Rojas ausschaltete. Das letzte Bild zeigte Lyse, wie sie zwischen den Jungs der Rojas und mir stand.

„Du wusstest, dass ich dort war", sagte ich, während ich mir die Bilder ansah. „Das habe ich dir nicht verheimlicht."

„Mir wäre es egal gewesen, wenn du tausend von diesen Bastarden getötet hättest", sagte Angel. „Aber *warum* gibt es Bilder, Omar?"

Ich senkte den Kopf. „Ich habe die Kameras vergessen", gab ich zu. „Ich habe nicht einmal nach Kameras geschaut."

Angel warf mir einen weiteren Ordner zu. „Du hast die Kameras auch an einer anderen Stelle vergessen, *cabrón*. „Ich wollte den Ordner nicht aufheben; ich wusste, was darin sein würde. „Heb ihn auf", befahl Angel mit zusammengebissenen Zähnen. Meine Hände zitterten, als ich mich bückte, um den Ordner aufzuheben. „Schau ihn dir an", fügte er hinzu, als ich den Ordner einfach zu lange in der Hand hielt.

Ich öffnete den Ordner und sah mich selbst, wie ich meinem Vater ein Kissen aufs Gesicht drückte. Ich schloss den Ordner wieder. „Was soll ich sagen?", fragte ich, als Angel nicht sprach. „Er hat dich in eine Falle gelockt und ins Koma versetzt. Er hat Emma fast umgebracht."

Angel hob die Hand. „Ich bin nicht wütend, dass er tot ist", sagte er. „Ich wollte, dass er stirbt. Ich habe ihn an diesen Ort *geschickt*, damit er allein stirbt." Er schüttelte den Kopf, als könne er nicht glauben, wie dumm ich war. „Hast du eine Ahnung, was mit dir passieren würde, wenn diese Bilder an die Öffentlichkeit kämen? Es gäbe keinen Schutz für dich!"

„Meinst du, das weiß ich nicht?" Wut explodierte in meinem Bauch. „Ich habe unseren Vater getötet", zischte ich und senkte meine Stimme gerade so weit. „*Ich* war das. Es gibt kein Zurück mehr." Ich gab ihm ein Zeichen, weiterzusprechen, und vergaß dabei völlig meine eigene Motivationsrede, nicht sarkastisch zu sein. Es war zu schwer, höflich zu bleiben, wenn ich vor Wut zitterte. „Komm schon, *hermano*, lies mir den Rest meiner Sünden vor. Ich weiß, dass du das willst."

Angel war nicht amüsiert. „Deine Sünden vorlesen? Ist es das, was du willst? Okay, ich habe dir gesagt, dass du nach Hause kommen sollst; du hast mich tagelang ignoriert. Ich habe dir gesagt, dass du die Familie Rojas in Ruhe lassen sollst, und du hast versucht, mit Luis über das Territorium zu *verhandeln*. Luis Rojas' Tochter zu *entführen* und sie dann hierher zu bringen." Mein Magen zog sich zusammen, aber ich behielt ein neutrales Gesicht. „Ist das so in etwa alles, Omar?"

Ich nickte. „Ja", sagte ich. „Das trifft es."

„Wie konntest du sie hierherbringen? Nach allem, was ihre Familie getan hat?"

„Lyse ist nicht –"

„Nicht Teil ihrer Familie? Ist sie ein Opfer ihres Vaters?", spottete Angel. „Wann hat das *jemals* eine Rolle gespielt? Sie ist eine Rojas, und sie wird die Last ihrer Verbrechen genauso tragen wie jedes andere Mitglied ihrer Familie."

Es war dieselbe Einstellung, die ich vor nicht allzu langer Zeit hatte. „Lyse ist so viel mehr als das", beharrte ich. Ich schaute auf meine Hände hinunter, unfähig, den durchdringenden Blick meines Bruders zu ertragen. „Sie ist mir wichtig."

Angel lachte; es war ein grausames Lachen. „Sie ist dir *wichtig*? *¿Qué demonios significa eso?*"Als ich nicht antworten konnte, verlangte er: „*Liebst* du sie?"

„Es tut mir leid, Hermano. "Ich beantwortete seine Frage nicht. Ich war mir selbst nicht sicher, was die Antwort sein würde, aber es war das Beste, was ich tun konnte. „Ich habe dieses Chaos angerichtet, und ich werde alles tun, was du von mir verlangst, um es zu beheben. Meine Loyalität galt immer dir."

„Halt die Klappe, *pendejo*."Mein Kiefer klickte, als er sich schloss. „Geh und hol die Frau. "

„Was?"

„Die Rojas-Frau", sagte Angel. „Die, die du allein in der Küche mit meiner schwangeren Frau zurückgelassen hast." Die Worte kamen als Knurren heraus. „Geh. Hol sie."

„Angel."

Er blinzelte, und mir fiel wieder auf, wie sehr er Padre ähnelte. „Widersetzt du dich mir, Omar?"

Ich zitterte. Es war genau die Art von Frage, die Padre stellen würde und die mit einer Tracht Prügel enden würde. „Nein", sagte ich. „Nein, natürlich nicht."

Ich verließ das Büro mit möglichst geradem Rücken; ich wollte nicht, dass Angel dachte, ich würde vor ihm davonlaufen. Ich schlich mich durch das Haus in die Küche, und für einen Moment wurde mir wieder warm ums Herz. Emma zeigte Lyse, wie man die Golfeados rollt, damit die Person, die sie isst, die Schichten sehen kann. Ich hielt einen Moment inne und beobachtete sie.

„Weißt du, Omar hat noch nie eine Frau so mitgebracht", sagte Emma beiläufig, den Blick auf ihre Arbeit gerichtet, obwohl ich fast spüren konnte, wie ihre Neugier ein Loch in die Theke brannte.

Lyse schnaubte. „Das kann ich mir nur schwer vorstellen."

Emma kicherte. „Tun wir nicht so, als wäre er ein Heiliger. Aber uns ist sicherlich noch nie eine von ihnen vorgestellt worden."

Ein ironisches Lächeln huschte über Lyses Lippen. „Warum überrascht es mich nicht, dass Omar diesen Teil seines Lebens getrennt hält? Das klingt genau nach etwas, das er tun würde."

Emma summte. „Deshalb ist das hier so anders." Sie blickte Lyse an. „Du bist anders."

Lyse wurde rot, und ich hätte nichts lieber getan, als mit meinen Daumen über die Röte zu streichen und sie zu einem Kuss heranzuziehen. „Weil ich die einzige Tochter des feindlichen Kartells bin?", murmelte sie.

Emma hörte auf, an den Golfeados herumzuspielen. „Nun ja. Das ist sicherlich ein Grund. Aber Omar scheint zu glauben, dass du das Risiko wert bist."

„Du denkst, es ist idiotisch von ihm, mit mir zusammen zu sein?", sagte Lyse leise.

„Ich denke oft, dass Omar ein Idiot ist", sagte Emma. Die Tatsache, dass sie es mit solcher Wärme sagte, brachte mich zum Lächeln. „Aber ich denke, dass es ein anderes Maß an Toleranz gibt, wenn es um Herzensangelegenheiten geht. Wir suchen uns die Menschen, in die wir uns verlieben, nicht aus. Es passiert einfach irgendwie."

Ich wusste, dass sie genauso über Angel sprach wie über mich und Lyse.

„Die Tatsache, dass du hier bist, sagt viel aus", stellte Emma fest.

„Ich glaube nicht, dass Omar in dieser Angelegenheit wirklich eine Wahl hatte. Wir konnten uns nicht ewig verstecken."

„Wenn Omar nicht wollte, dass du hier bist und seine Familie kennenlernst, dann wärst du es nicht", sagte Emma und legte ihre Hand auf ihren Babybauch. „Zweifele nie daran, wie viel das bedeutet."

Mir gefror das Blut in den Adern. Emma hatte recht. Ich wollte, dass meine Familie Lyse kennenlernt. Ich wollte, dass sie sehen, was ich sehe. Dass sie genauso empfand wie ich. Aber Angel bewies, dass das vielleicht nicht möglich war. *„Conejita"*, rief ich leise.

Lyse sah auf und ein Lächeln erhellte ihr Gesicht, als könnte sie sich nichts Schöneres vorstellen, als mich zu sehen. „Das hat nicht annähernd so lange gedauert, wie ich dachte", sagte sie.

Emmas Lächeln verschwand jedoch. „Wie ist es gelaufen?" Ihr Tonfall war misstrauisch.

„Angel will dich sehen", sagte ich und schaute nur Lyse an.

Ihre dunklen Augen verdunkelten sich vor Angst, und meine waren wahrscheinlich nicht viel besser. Ich hatte keine Möglichkeit, sie zu trösten. Sie und ich wussten beide, dass das nicht gut ausgehen würde. Sie drehte sich um und sah Emma an, die ihr ein schwaches Lächeln schenkte. „Danke, dass du mir etwas über Golfeados beigebracht hast. Ich hätte wirklich gerne einen probiert."

Emma schüttelte den Kopf. „Ich werde dir einen auf einem Teller anbieten, wenn du fertig bist", versprach sie und zog sie impulsiv zu einer Umarmung heran.

„Komm schon", sagte ich und streckte meine Hand aus. „Wir können ihn nicht warten lassen."

KAPITEL 29

Lyse

„Werde ich sterben, Omar?" Ich wollte – nein, ich *verlangte* – dass er es mir sagte, bevor es geschah. Ich wollte nicht blind in etwas stolpern.

„Das werde ich nicht zulassen", sagte er, während wir durch die Gänge seines Hauses gingen.

Er war sich so sicher gewesen, dass er Angel dazu bringen könnte, es zu verstehen, aber es schien nicht so, als hätte es viel Verständnis gegeben. „Bleib hinter mir", sagte Omar leise und nur für mich hörbar.

Meine Kehle wurde eng und meine Augen begannen zu brennen, aber ich war fest entschlossen, nicht zu weinen. Stattdessen hielt ich mich an Omars T-Shirt fest und folgte ihm, in der Hoffnung, dass ich mein Vertrauen nicht zu Unrecht in ihn setzte.

Als Omar die Tür zum Büro seines Bruders öffnete, konnte ich den anderen Mann zunächst nicht sehen – das Einzige, was ich sehen konnte, war Omars Rücken –, aber ich spähte um seine massive

Schulter herum, um einen guten Blick auf das Oberhaupt der Familie Castillo zu werfen.

Angel war natürlich nicht so groß wie Omar, aber er war dennoch groß und breit und tödlich. Seine Verletzungen hätten ihn schwächer aussehen lassen sollen, aber wenn überhaupt, dann sah er umso bedrohlicher aus. In dem Moment, als seine dunklen Augen mich fixierten, stand er auf und richtete eine Waffe auf mich. Ich schrie auf und duckte mich hinter Omar.

„Was zum Teufel tust du da?", fragte Omar.

Ich konnte Angel nicht mehr sehen, aber ich konnte das Knurren in seiner Stimme hören. „Das hättest du schon vor *Tagen* tun sollen, wenn du sie nicht zu ihrem Vater zurückbringen wolltest." Ich hörte, wie die Sicherung der Waffe klickte. „Geh aus dem Weg, Omar."

Für eine schreckliche Sekunde stellte ich mir vor, wie Omar tat, was sein Bruder sagte, sich aus dem Weg ging und mich ungeschützt zurückließ. Aber dann ... „Nein."

„*Perdona?*"

„Nein, *hermano*. Ich bewege mich nicht."

„So viel also zu deiner Loyalität, die immer bei mir liegt", sagte er spöttisch.

Ich spürte, wie Omar tief Luft holte, und es tat mir in der Seele weh. Seine Geschwister waren sein Leben; er würde alles für sie tun ... Wie konnte es sein, dass er jetzt riskierte, sie zu verlieren? Wegen mir? „Ich würde für dich und unsere Familie sterben, Bruder", sagte er. „Ich würde dir bis ans Ende der Welt folgen."

„Aber du bewegst dich nicht."

„Ich kann nicht." Ich konnte nicht anders, als die Luft anzuhalten, während sie da standen und einander anstarrten. Keiner von beiden war bereit, nachzugeben. „Angel, hör mir zu", versuchte es Omar.

„Sie *muss* sterben", beharrte Angel. „Das solltest du besser als jeder andere wissen! Im Moment ist sie eine zu große Belastung. Man hält keine Geisel *wochenlang* fest. Man *fickt* sie nicht!"

Ich zuckte zusammen. „Du hast es ihm gesagt?"

Omar ließ seinen Bruder nicht aus den Augen. „Das musste ich nicht." Er ging nicht näher darauf ein, und ich wollte es auch gar nicht wissen. Nicht, solange Angel mit einer Waffe auf mich zielte. Auf uns.

„Luis Rojas hat mich kontaktiert", sagte Angel. „Er will deinen Kopf, weil du ihm seine geliebte Tochter genommen hast. Er hat versprochen, die Fehde zwischen unseren Familien zu beenden, aber nur, wenn ich ihm dich ausliefere." Ich riskierte erneut einen Blick um Omars kräftigen Körper herum. Angels grimmiger Gesichtsausdruck war jetzt von Traurigkeit getrübt. Als sein Blick auf mich fiel, zielte er erneut und nur Omar, der mich zurückstieß, hielt ihn davon ab, den Abzug zu betätigen. Er wäre bereit, das Risiko einzugehen, dass er dabei wahrscheinlich auch Omar treffen würde. Der Mann war furchteinflößend. „Ich dachte mir, wir könnten Lyse irgendwo in seinem Gebiet abladen. Eine Warnung, die Castillos für immer in Ruhe zu lassen."

Omar versteifte sich erneut. Ich drückte mein Gesicht zwischen seine Schulterblätter, wollte ihn so sehr trösten, aber dies war weder die Zeit noch der Ort dafür. „Sie wollen mich nicht zurück", rief ich hinter Omar hervor.

„Was?"

„Mein Vater hat Omar gesagt, er soll mit mir machen, was er will", sagte ich. "Warum sollte er den Kopf deines Bruders fordern, wenn er mich für tot hält?" Ich streckte meinen Kopf hinter Omar hervor und trat nach einem Moment einen Schritt aus meinem Versteck heraus. Die Waffe war sofort auf mich gerichtet, aber ich weigerte mich, mich wieder zu verstecken. Stattdessen legte ich meine Hand in Omars und verschränkte unsere Finger ineinander. „Er will, dass du mich tötest, damit er einen Grund hat, gegen dich in den Krieg zu ziehen." Ich blickte zu Omar auf. „Jesus hat mir das auf der Insel gesagt."

„Wer ist Jesus und warum war er auf meiner Insel?", verlangte Angel zu wissen. *Also weiß er doch nicht alles*, dachte ich.

„Jesus ist mein Cousin", sagte ich. „Er hat mich auf der Insel aufgespürt, und als ich mich weigerte, mit ihm zurückzukehren, ließ er durchblicken, dass er mich töten und irgendwo entsorgen sollte, wo sie dir die Schuld geben könnten. Wenn du mich jetzt tötest, tust du *genau* das, was mein Vater will."

Ich sah zu Omar auf, der sehr stolz aussah. Das ließ mich fast vergessen, dass eine Waffe auf meinen Kopf gerichtet war. „Mein Mädchen ist schlau, *hermano*", sagte er. „Sie wäre eine gute Castillo."

Angels Augen wurden groß. "Willst du mir sagen, dass du dieses Mädchen heiraten willst?"

Nun ... das war mir neu. Ich schaute wieder zu Omar auf und suchte nach Anzeichen dafür, dass er versuchte, Angel zu reizen, aber sein Gesichtsausdruck war ernst. Mein Herz schlug bis zum Hals.

„Lyse gehört mir", sagte Omar.

Die Augen des älteren Bruders wurden schmal. „Hast du vor, sie zu heiraten?"

Eine Heirat bedeutete Schutz. Wenn Omar mich heiratete, wäre Angel verpflichtet, mich zu beschützen ... es sei denn, Angel würde uns beide sofort umbringen. „Was, wenn ich ja sage?"

Angels Finger bewegte sich zum Abzug. „Das kann ich nicht zulassen, Omar. Ich will nicht für eine der Rojas verantwortlich sein, nicht nach allem, was war." Ich konnte sehen, dass er langsam die Geduld mit uns verlor, aber er zögerte immer noch. Ich konnte nicht herausfinden, warum. „Sie war überall auf unserer Insel. Ihre Familie hat sie dorthin *verfolgt*. Siehst du nicht, was für ein Risiko es ist, sie hier zu behalten?"

„Sie haben den Mann aufgespürt, den *ich* getötet habe, nachdem er sich als blinder Passagier auf dem Boot versteckt hatte. Ich habe nicht daran gedacht, dass er etwas am Körper trägt, als er versuchte, mich zu Tode zu prügeln."

Angel kniff sich in die Nase, als würden wir ihm Kopfschmerzen bereiten. „Denkst du jemals etwas zu Ende?"

„Es tut mir leid, *hermano*. Hätte ich ihn durchsuchen sollen, während ich versuchte, nicht zu sterben?"

Ich drückte Omars Hand. „Genug."

Angels Augen richteten sich auf mich. „Sagst du meinem Bruder, was er tun soll, *puta*?"

Omar schob mich wieder hinter sich. „So darfst du nicht mit ihr reden", sagte er. „Du kannst mich nennen, wie du willst, und ich verdiene es wahrscheinlich, aber nicht sie."

Für einen Moment sah Angel beeindruckt aus, als würde er seinen Bruder zum ersten Mal sehen, und dann zitterte die Waffe für eine Sekunde, bevor er sie direkt auf Omars Brust richtete. „Nein!", versuchte ich, mich vor ihn zu stellen, aber Omar hielt mich in seinem Rücken.

„Du ziehst sie uns vor." Angels Stimme klang verzweifelt, aber sein Ziel war genau. Wenn er abdrückte, würde ein Loch in Omars Brust schießen. Es wäre wahrscheinlich tödlich. Hätte ich vor zwei Wochen erfahren, dass *La Bestia* tot ist, hätte ich wahrscheinlich nicht mehr als *Erleichterung* empfunden. Jetzt würde es mir das Herz brechen.

„Tu das nicht", flüsterte ich und drückte mich gegen Omars Rücken. "Lass nicht zu, dass er das tut."

„Hör auf sie", sagte Angel. „Dein Lieblings-Rojas hat tatsächlich recht."

Aber Omar ließ sich nicht beirren: Er rührte sich nicht, auch als Angel ihm drohte, aber er zog auch keine Waffe. Er würde seinem Bruder nicht wehtun, auch jetzt nicht, um uns beide zu beschützen. „Wenn du sie töten willst, musst du uns beide töten, *Hermano*."

Die Sekunden zogen sich über Jahrhunderte hin, aber schließlich stieß Angel einen Schrei aus, und ich hörte, wie er die Waffe wieder entsicherte. „Du bist kein Castillo mehr", sagte er. „Verstehst du mich? Du bist *fertig* mit dieser Familie."

Omars Körper versteifte sich an mir. „Angel."

„Nimm sie und verschwinde", sprach Angel über ihn hinweg. „Verlasse Miami und fange irgendwo neu an, wo ich dich nie wieder sehen oder von dir hören muss. Wenn ich eure Gesichter jemals wiedersehe, wird es nicht einmal mehr genug von euch geben, um eure Überreste in den Everglades zu entsorgen." Er bedeutete uns zu gehen. „Vierundzwanzig Stunden, Omar. Ich meine es ernst."

Das lasse ich mir nicht zweimal sagen, dachte ich und packte Omar am Arm. „Lass uns gehen", drängte ich ihn. „Jetzt."

Omar widerstrebte es, Angel den Rücken zu kehren, aber mit schwerem Atem tat er es und drängte mich aus dem Büro. „Ich bin kein Castillo mehr", sagte er und klang wie erschüttert.

Ich streckte die Hand aus und legte sie auf sein Gesicht. „Du gehörst jetzt zu mir", sagte ich und wiederholte die Worte, die er zu mir gesagt hatte. „Von jetzt an sind wir einfach nur Omar und Lyse."

Einen Moment lang starrte er mich verloren an, bevor meine Worte bei ihm ankamen. „Omar und Lyse", stimmte er zu und beugte sich vor, um mich zu küssen. „Wir müssen gehen."

Auf dem Weg nach draußen kamen wir an der Küche vorbei, und Emma erschrak, als sie uns sah. „Ihr seid ... immer noch hier." *Immer noch am Leben*, korrigierte ich sie in Gedanken. Offensichtlich hatte sie nicht erwartet, dass das Treffen gut verlaufen würde.

Omars Blick fiel auf ihren Bauch und er runzelte die Stirn. „Es tut mir leid, dass ich nicht da sein werde, um Tío Omar zu werden."

„Was ist passiert? Wo willst du hin?"

Wir haben keine Zeit dafür. "Angel lässt uns am Leben", sagte ich ihr, "aber wir müssen Miami verlassen."

Emmas Augen füllten sich mit Tränen. "Das kann er nicht tun", sagte sie. "Das lasse ich nicht zu."

Omar schüttelte den Kopf. „Es ist in Ordnung", sagte er. „Ich habe meine Wahl getroffen." Er legte seine Hand auf meine Schulter, und Emmas Mund verzog sich zu einer Linie. „Pass für mich auf Angel auf, okay?"

Sie nickte. „Du gehst jetzt besser. Ich kann mir vorstellen, dass er bald nach mir suchen wird."

Omar umarmte sie fest. „*Adios, mija*."

Als er sie losließ, nahm er meine Hand und wir eilten aus dem Haus. Sein SUV stand noch dort, wo er ihn abgestellt hatte. Die Wachen waren weg. Jetzt, wo wir gingen, hatte Angel wohl nicht mehr das Bedürfnis, den Starken zu markieren.

Omar öffnete mir die Tür und ein leichtes Kribbeln breitete sich in meinem Bauch aus. Waren wir tatsächlich ... frei? „Nur Omar und Lyse, oder?", fragte er.

Ich nickte. „Nur wir."

Wir küssten uns erneut, ein wenig rau und sehr verzweifelt, und dann stieg ich auf der Beifahrerseite ein. Omar wartete, bis ich saß, um meine Tür zu schließen, aber bevor er zur Fahrerseite kam, flog die Haustür auf.

„Wo zum Teufel willst du hin?"

KAPITEL 30

Omar

Ich wusste, dass wir das Haus viel zu einfach verlassen hatten. Lili stand in der Tür; sie sah wütender aus, als ich sie je gesehen hatte. „Ich wusste nicht, dass du zu Hause bist", sagte ich.

Lili stieß ein bitteres Lachen aus und stürzte sich dann auf mich. Sie versetzte mir einen Schlag in den Bauch, der all meine anderen Prellungen aufflackern ließ, sodass mein ganzer Körper schmerzte. Vage hörte ich, wie sich die Autotür öffnete, und dann wurde Lili von mir weggerissen. „Lass los!", schrie Lyse und stellte sich zwischen mich und meine Schwester. Lili schien bereit zu sein, sie zu ohrfeigen, aber Lyse blieb standhaft. „Du schlägst ihn nicht", sagte sie bestimmt und ruhig, jetzt, da sie nicht mehr aktiv versuchte, eine wütende Lili abzuwehren.

„Du darfst nicht gehen", sagte Lili und ignorierte Lyse. „Angel erholt sich; er braucht dich jetzt mehr denn je!"

„Angel hat uns vierundzwanzig Stunden gegeben, um zu verschwinden."

Sie schüttelte den Kopf, sichtlich geschockt. „Nein, das kann nicht sein. Warum sollte er wollen, dass du gehst? Er braucht Schutz! Er braucht –" Sie sah Lyse erneut an. „Wer bist du? Warum bist du hier?"

„Lyse Rojas", stellte sie sich vor. „Ich glaube, du kennst meinen Bruder Matteo."

In ihrem Tonfall lag etwas Beiläufiges, das mir den Magen umdrehte. Ich starrte Lili an. „*Mija?*"

Lili blinzelte schnell und schüttelte fast heftig den Kopf. „Ich weiß nichts über Matteo."

Lyse zuckte mit den Schultern. „Ich schätze, da habe ich mich wohl geirrt."

Was zum Teufel war das? „Kann mir jemand sagen, was hier los ist?"

Lyse musterte meine Schwester einen langen Moment lang und schüttelte dann den Kopf. „Nichts." Sie schob mich zum Auto. „Wir müssen los."

Lili sah uns eine Sekunde lang nach, bevor sie sich daran zu erinnern schien, dass sie versucht hatte, mich aufzuhalten. „Warte! Das geht nicht!"

„Angel will uns hier nicht haben", sagte ich ihr. „Ich werde nicht herumstehen und es darauf ankommen lassen, ob er mich tatsächlich erschießt oder nicht."

„Wenn du gehst, lässt du ihn schutzlos zurück. Die Tíos haben bereits versucht, etwas zu unternehmen. Und was ist mit Luis Rojas? Wenn Angel schwach wirkt, werden sie alle über ihn herfallen." Tränen traten ihr in die Augen.

Sie hatte zwar nicht ganz Unrecht, aber Angel hatte eine ganze Flotte von Sicherheitsleuten, die ihm treu ergeben waren. Sie würden Himmel und Hölle in Bewegung setzen, wenn er ihnen den

Befehl dazu gab. „Er wird schon klarkommen", sagte ich. „Er ist aus einem zweiwöchigen Koma erwacht und hat wieder das Ruder in der Hand, als sei nichts geschehen."

„Aber es ist nicht so, als wäre nichts passiert", beharrte Lili. "Du warst nicht hier, du hast nicht gehört, wie die Wachen reden."

Es geht mich nichts mehr an, dachte ich, während ich eine Liste der Wachen zusammenstellte, die verhört und aussortiert werden mussten. Ich seufzte und legte meine Hand auf Lilis Schulter. „Werde die los, um die du dir Sorgen machst", sagte ich. „Kümmere dich um Angel, auch wenn er dir sagt, dass er dich nicht braucht."

Mit großen Augen fragte sie: „Du bittest mich, seine Vollstreckerin zu sein?"

Ich zuckte mit den Schultern. „Ich bitte dich, das zu tun, was ich nicht tun kann." Ich gab Lyse ein Zeichen, wieder in den SUV einzusteigen, und sie tat es, ohne Lili aus den Augen zu lassen. „Ich versuche, dich bald anzurufen, um dir zu sagen, wo wir sind."

Das Licht in ihren Augen schien zu erlöschen. „Das wirst du nicht", beharrte sie. „Wenn du gehst, werde ich nie wieder etwas von dir hören."

Ich umarmte sie. „Das wirst du", versicherte ich. „Ich verspreche es dir."

Dann ließ ich sie los und setzte mich ans Steuer des SUV. Diesmal hielt sie mich nicht auf, als ich den Motor startete und direkt auf das Sicherheitstor zusteuerte. Ich machte den Fehler, mich umzudrehen, als wir durch das Tor fuhren: Lili war auf die Knie gefallen und weinte offensichtlich. Dieses Bild würde sich für immer in mein Gehirn einbrennen.

Als wir auf der Straße waren, sah Lyse mich an. „Wohin fahren wir? Dein Bruder sagte, wir sollen Miami verlassen, aber was bedeutet das? Kehren wir auf die Insel zurück?"

„Nein, das geht nicht. Angel gehört die Insel, schon bevor er die Nachfolge meines Vaters angetreten hat." Ich trommelte mit den Händen auf dem Lenkrad und zermarterte mir den Kopf, um mir etwas einfallen zu lassen, wohin ich mit ihr fahren könnte. "Als du klein warst, wo wolltest du immer hin, bist aber aus dem einen oder anderen Grund nie hingekommen?"

Lyse dachte eine Minute lang darüber nach. "New York City", sagte sie schließlich.

New York. Wir hatten dort Bekannte, und sie standen Angel nicht so nahe, dass sie ihm gesagt hätten, wo ich war. „Warum dorthin?"

„Als ich jünger war, wollte ich mir die Freiheitsstatue ansehen, weißt du? Mit meiner Familie touristische Dinge unternehmen, aber Apá reiste nicht gern mit uns. Als ich älter wurde, wollte ich wegen der Museen und des Theaterviertels hin. Ich dachte, ich könnte etwas Künstlerisches studieren."

Das kann sie jetzt tun. Ich nahm ihre Hand. „Lass es uns tun", sagte ich.

Lyse lächelte mich an, strahlend und wunderschön. Es war die Art von Lächeln, für das ein Mann alles tun würde. „Schau mal nach Flügen nach New York", sagte ich und reichte ihr mein Handy. „Wenn es keinen gibt, der bald abfliegt und für den wir Tickets bekommen können, schau bei Amtrak nach."

Sie nickte und verbrachte die nächsten Minuten damit, auf meinem Handy zu suchen. „Es gibt erst morgen wieder Flüge", sagte sie, „aber wir könnten in einer Stunde mit dem Zug fahren."

Ich begann, unseren Weg zum Fernbahnhof zu planen, und bog in die nächste Straße ein: Wir waren in die falsche Richtung unterwegs. Es dauerte dreißig Minuten, bis wir den Bahnhof erreichten. Es wurde knapp.

„Ich kann nicht glauben, dass das gerade passiert", sagte Lyse, als wir uns durch die Menge drängten, um uns in der Schlange am Fahrkartenschalter anzustellen. "Tun wir das wirklich? Fangen wir wirklich von vorne an?"

Ich nickte, und ein Teil von mir war gleichermaßen fassungslos wie aufgeregt. Lyse war nicht die Einzige, die darüber nachdachte, wie es sein würde, den Kartellen den Rücken zu kehren. Ich hatte viele gute Erinnerungen an mein Leben, aber es gab viermal so viele Erinnerungen, die von Gewalt und Schmerz geprägt waren. Dafür hatte mein Vater gesorgt.

Aber was, wenn Lili recht hatte? Angel *war* im Moment besonders gefährdet. Es würde Monate dauern, bis er sich erholt hatte, und wer wusste, was in dieser Zeit passieren würde? Niemand würde sich ihm entgegenstellen, wenn ich ihm den Rücken stärken würde … aber an wen würde sich Angel ohne mich wenden? Wer war am loyalsten? Manny?

Der Gedanke, dass mein fünfzehnjähriger Cousin Angels Vollstrecker werden sollte, war ebenso abstoßend wie lächerlich. Lili wäre die bessere Wahl … nicht, dass Angel das jemals zulassen würde. Er wollte, genau wie Padre, dass Lili trainierte und sich in einem Notfall selbst verteidigen konnte, aber er würde ihr nie erlauben, sich selbst in Gefahr zu bringen.

Lyse schaukelte an meiner Seite auf ihren Fersen und versuchte, sich zu beruhigen, und ich legte meine Hand auf ihren Rücken, damit sie sich an mich lehnen konnte. Es fühlte sich gut an, so mit ihr zusammen zu sein, als wären wir ein ganz normales Paar im ganz normalen Urlaub. So hätte unser Leben sein sollen … so würde es sein, wenn wir erst einmal in New York wären.

Bei dem Gedanken zog sich mein Magen zusammen. *Ein Leben mit Lyse würde gut sein*, sagte ich mir. Wir würden einander richtig kennenlernen und müssten uns keine Sorgen machen, dass jemand versucht, uns umzubringen. Ich könnte mir einen normalen Job suchen: vielleicht als Türsteher. Damit hatte ich Erfahrung.

Je länger wir jedoch in der Schlange standen, desto mehr Zeit hatte ich, über Lilis Worte nachzudenken. Als die Leute vor uns endlich Platz machten, ging ich zum Schalter, bereit, nach zwei Tickets zu fragen ... aber ich konnte das Wort „zwei" nicht über die Lippen bringen. Stattdessen warf ich Lyse einen Blick zu und sagte: „Ein One-Way-Ticket nach New York City, bitte."

„Omar?", sagte Lyse und drückte meinen Unterarm.

Die Frau gab die Anfrage ein und ich bezahlte mit meiner Kreditkarte. Angel könnte die Karte verfolgen, wenn er wollte, aber ich glaube nicht, dass er das wollte.

Lyse blickte auf das Einzelticket und zog mich aus der Hörweite der anderen Passagiere. „Was ist los?"

Es fiel mir schwer, sie anzusehen. „Ich kann nicht mit dir gehen."

„Aber ... Angel hat dich rausgeworfen! Du kannst nicht hierbleiben. Er wird dich umbringen!"

Ich schüttelte den Kopf. "Ich glaube nicht, dass er das tun wird."

Lyse war sauer, was ich ihr nicht verübeln konnte. Sie stieß mich mit ihren Fingern, kleine Stöße, die tatsächlich wehtaten ... nicht, dass ich das jemals laut zugegeben hätten. „Du lässt mich hier in der Hoffnung zurück, dass dein Bruder deine Gliedmaßen nicht über die verdammten Everglades verteilt? ¿Estás hablando en serio?"

„Hör zu, Lili hatte recht. Wenn Angel ungeschützt bleibt, ist die Wahrscheinlichkeit groß, dass er ausgeschaltet wird. Wenn nicht von einem meiner Tíos, dann von einem anderen Kartell, das es auf unser Gebiet abgesehen hat. Das kann ich nicht zulassen. Nicht, nachdem er so verdammt hart gearbeitet und ein zweiwöchiges Koma überlebt hat."

Sie sah aus, als wollte sie mich erneut schlagen. „Er hat dich rausgeworfen; er sagte, du wärst kein Castillo mehr. Du hast *mich* gewählt. Warum solltest du es dir jetzt anders überlegen?"

Ich nahm ihr Gesicht in meine Hände, und so wütend sie auch war, Lyse wich nicht zurück. Sie packte meine Arme. „Wenn ich meinen Bruder allein lasse, bin ich nicht der Mann, für den ich mich gehalten habe", sagte ich. „Ich wäre nicht der Mann, der dich verdient."

Tränen liefen ihr über die Wangen und benetzten meine Finger. „Was bringt es mir, dich zu verdienen, wenn du nicht bei mir sein wirst?"

„Weil ich vorhabe, bei dir zu sein", sagte ich. 'Angel wird mich nicht für immer brauchen. Er wird sich erholen."

„Das wird Monate dauern. Vielleicht Jahre, bis er wieder bei voller Kraft ist." Es herrschte Stille zwischen uns, *falls er sich überhaupt jemals erholt*, stand zwischen uns. „Wenn ich in diesen Zug steige, werde ich dich nie wieder sehen."

Ich drückte meinen Mund auf ihren und versuchte, mich in der Weichheit ihrer Lippen zu vergraben, damit mich das Ziehen und Zerren, das mein Herz in meiner Brust verursachte, nicht überwältigte. „Ich werde dich eines Tages wiedersehen", sagte ich und drückte ihr das Ticket und die Kreditkarte in die Hand. „Bis dahin genieße deine Freiheit. Geh auf die Kunstschule. Besuche die Museen." Ich ließ sie los und rieb mir abwesend die Brust; sie schmerzte, aber ich wusste, dass es nicht die Art von Schmerz war, gegen die ich Medikamente nehmen konnte. „Ich habe Kontakte in New York.

Wenn du dort ankommst, wird jemand am Bahnsteig auf dich warten. Sie werden sich um dich kümmern und für mich ein Auge auf dich haben."

Lyse schlang ihre Arme um meinen Hals und hielt mich fest. „Wenn du dich umbringen lässt, mache ich dich fertig."

„Meine *conejita* hat Krallen", murmelte ich in ihr Haar. Ich warf einen Blick auf die Uhr und zog mich widerwillig zurück. „Du musst gehen, sonst verpasst du deinen Zug."

Lyse starrte mich ärgerlich an, aber sie tat, worum ich sie bat: Sie ging mit geradem Rücken und erhobenem Kopf zum Bahnsteig. *Gott, wie ich sie liebe*, dachte ich. Ich würde einen Weg finden, zu ihr zurückzukehren, wenn die Zeit reif war. Bis dahin würde ich alles tun, um Angels Vertrauen wiederzugewinnen. Ich würde alles tun, um meinen Bruder zu beschützen.

Es gab ein Sichtfenster im Bahnhof, und ich sah zu, wie Lyse den Bahnsteig überquerte und in den Zug stieg. Es tat weh, sie gehen zu sehen, aber so war sie in Sicherheit. Das war das Wichtigste. Ein paar Minuten später fuhr der Zug los, und Lyse war auf dem Weg nach New York City.

Ich holte mein Handy heraus und rief Lili an. „Was?" Sie klang absolut verzweifelt.

„Ich habe Lyse gerade in einen Zug gesetzt", sagte ich. „Ich bin auf dem Weg nach Hause."

„Wirklich? Du wirst nicht gehen?"

Ich seufzte und machte mich auf den Weg zum Parkplatz. „Wohin sollte ich sonst gehen, *mija*? Ich bin durch und durch eine Castillo, auch wenn unser älterer Bruder ein *cabezón* ist."

Sie lachte heiser. „Ich glaube, das ist ein Familienmerkmal."

„Da hast du wahrscheinlich recht." Ich holte tief Luft. „Willst du mir von Matteo Rojas erzählen?"

„Nicht für alles Geld der Welt, *idiota*."

KAPITEL 31

Lyse

Ich wischte mir die verirrten Tränen aus dem Gesicht, als ich mich in meinen Sitz im Zug fallen ließ, und verfluchte Omar Castillo. *Du bringst mich dazu, dich zu lieben, und schickst mich weg*, dachte ich. Ausgerechnet jetzt musste er seinen Edelmut beweisen?

„Wer auch immer er ist, er ist es nicht wert, Süße." Ich wandte meinen Blick zur anderen Seite des Ganges: Ein älterer Mann kramte einen Roman aus seiner Laptoptasche. Er lächelte mich sanft an. „Wer auch immer dich so zum Weinen gebracht hat", sagte er und zeigte auf mein Gesicht. „Er ist all diese Trübsal nicht wert."

Ich wischte mir verlegen über die Wangen. „Woher wissen Sie, dass das keine Freudentränen sind?", fragte ich. „Ich könnte über alle Maßen glücklich sein.

Er schüttelte den Kopf. „Ihre Augen sind sehr ausdrucksstark", sagte er. „Sie sagen alles, was Ihre Worte nicht sagen. Wen auch immer Sie zurückgelassen haben, er hat Ihnen das Herz gebrochen."

Ich schnaubte. „Es war nicht nur *ein* Typ", sagte ich, und als die Augenbrauen des alten Mannes überrascht hochgingen, winkte ich lachend ab. „Ich meine, es gibt schon einen Typen, ja, aber unsere Familien sind das größere Problem."

„Sie wollen nicht, dass ihr zusammen seid?"

Ich schüttelte den Kopf. „Es ist komplizierter als das."

Der Mann schüttelte den Kopf und schlug sein Buch wieder auf. „Liebe ist nie so kompliziert."

Wenn du wüsstest, in was für einer Welt wir leben, dachte ich. „Dann bin ich froh, dass es für Sie einfach war."

Er warf mir einen Blick zu, sein Gesicht war jedoch nicht zu deuten. „Ich würde es nicht einfach nennen", sagte er. „Der Teil mit der Liebe war einfach: Ich wusste nach einer Handvoll Dates, dass meine Frau die Richtige für mich war. Aber das Leben hat eine Art, Menschen zu zermürben, und selbst die stärksten Liebesbeziehungen werden mit dem Alter brüchig. Die Jahre, in denen man die Person, die man liebt, nicht besonders *mag*? Die sind nicht einfach. Das Jahr, in dem bei deinem Partner Krebs im Endstadium diagnostiziert wird? Das ist nicht einfach."

Ich senkte den Kopf. „Mein Beileid zu Ihrem Verlust."

„Das gehört leider zu den Unausweichlichkeiten des Lebens", sagte er. „Ich wünschte, ich wäre zuerst gegangen ... aber ich würde auch nicht wollen, dass sie diese Art von Schmerz erlebt. Sie." Er zeigte auf mich. „Sie sind zu jung, um einen Verlust wie meinen zu erleben ... besonders, wenn Ihr Liebster noch da ist."

Sein Rat war gut gemeint, wenn auch ein wenig rührselig, aber er schürte den Zorn, der in mir aufwallte. Omar hatte mich nicht nur verlassen und mich mit nichts als einer Kreditkarte in einen Zug in eine völlig fremde Stadt gesetzt, sondern er hatte auch die Entscheidung für mich getroffen. Er ließ mir nicht die Möglichkeit, zu bleiben und mit ihm zu kämpfen.

Zur Hölle damit. Ich musste nicht allein nach New York fahren, nur weil Omar es mir gesagt hatte. Ich konnte tun, was immer ich wollte. „Danke", sagte ich zu dem Mann.

„Wofür?"

Ich lächelte ihn an. „Für Klarheit.

Ich stand auf, schlängelte mich durch die Menschenmenge, die immer noch versuchte, in den Zug zu steigen, und ging auf den Bahnsteig, der am weitesten von meiner Einstiegsstelle entfernt war. Wenn Omar mich aus dem Zug steigen sah, würde er mich zwingen, wieder einzusteigen. Er könnte mich sogar selbst nach New York bringen, aber er würde nicht bleiben, daher war es keine Option, erwischt zu werden.

Ich musste mir einen Plan ausdenken, bevor ich ihn wiedersah. Er musste wissen, dass ich an seiner Seite stehen würde, ganz gleich, was unsere Familien uns in den Weg stellen würden ... Ich musste nur einen Weg finden, das zu tun.

Ich brauchte auch Antworten.

Ich wartete im Bahnhofskiosk und blätterte in Zeitschriften, bis der Zug abfuhr und ich wusste, dass Omar weg war. Ich nahm eine Telefonkarte von der Wand mit Geschenkkarten und Prepaid-Visa und bezahlte sie. Es war ein riskanter Schritt. Wenn Omar die Gebühren sah, bevor ich alles geklärt hatte, würde er mir nachstellen, aber ich hatte kein Handy mehr.

Ich fand eine Reihe von Telefonzellen und rief mit der Karte Matteo an, in der Hoffnung, dass er auf eine unbekannte Nummer antworten würde. Glücklicherweise wurde der Anruf nach dem dritten Klingeln beantwortet. „Hallo?"

„Matteo!"

Einen Moment lang herrschte Stille am anderen Ende der Leitung.

„Lyse?" Matteos Stimme versagte bei meinem Namen. „Lyse, bist du das wirklich?"

„Natürlich bin ich es", sagte ich und versuchte, freundlich zu bleiben. „Warum klingst du so überrascht?"

„Wo bist du?", fragte er, anstatt meine Frage zu beantworten. „Ich hole dich ab!"

Es lag mir auf der Zunge, zuzustimmen und ihm zu sagen, wo ich war, aber das Bild von Jesus mit einem so hasserfüllten Gesichtsausdruck kam mir in den Sinn. „Nein", sagte ich. „Ich will nicht abgeholt werden. Kannst du mich treffen? Ich habe Fragen."

„Was? Lyse, lass mich dich abholen. Ich bringe dich nach Hause."

„*Nein*", beharrte ich. „Ich gehe nie wieder dorthin zurück. Hörst du mich?" Allein der Gedanke ließ mein Blut in den Adern kochen. „Kannst du mich treffen oder nicht?"

Matteo schwieg einen Moment. "Du klingst, als würdest du mir nicht vertrauen."

Ich blinzelte wieder gegen das Brennen in meinen Augen. Du heulst doch nicht schon wieder, sagte ich mir. Das hatte ich für heute schon genug getan. „Ich vertraue dir nicht", sagte ich.

„Lyse."

„Wenn ich dir vertrauen kann, triff mich in einer halben Stunde am Amtrak-Bahnhof. Komm *allein*. Wenn ich jemanden bei dir sehe, steige ich in einen Zug und du siehst mich nie wieder."

„Okay, okay", sagte Matteo. „Ich werde da sein."

„Versprich mir, dass du allein kommst. Sag es nicht Apá."

„Ich sage es ihm nicht", sagte er, obwohl es sich so anhörte, als fiele es ihm schwer, diese Worte auszusprechen. „Warte auf mich."

KAPITEL 32

Omar

„Du solltest nicht hier sein, Omar. *Jefe* hat dir eine Deadline gesetzt, bis wann du verschwunden sein musst." Eine der Wachen, ein Cousin dritten oder vierten Grades, dessen Namen ich mir nicht merken mochte, versuchte, seine Hand auf meine Brust zu legen, um mich am Betreten des Gebäudes zu hindern.

Ich packte seine Hand und bog sie nach hinten, sodass ich ihm fast das Handgelenk brach. „Es sind noch keine vierundzwanzig Stunden vergangen, *primo*", knurrte ich ihn an und übte mehr Druck auf sein Handgelenk aus, bis der Mann wimmerte, dass er losgelassen werden wolle. „Wer hat dich ausgebildet?", fuhr ich ihn an. „Sag mir, dass nicht ich es war. Ich würde niemanden mit so wenig Rückgrat als Sicherheitskraft einsetzen."

Er antwortete nicht. Er sah ein wenig blass aus, und als ich ein Würgen hörte, ließ ich ihn los und trat zurück, damit er sich nicht auf meine Schuhe übergab. *Einfach erbärmlich.* Während er sich wegen ein bisschen Schmerz den Magen entleerte, ging ich an ihm vorbei und betrat das Haus. Ich war gerade erst gegangen, aber es fühlte sich jetzt anders an, als wäre es nicht mehr mein Zuhause. Ich verdrängte das Gefühl und ging zu Angels Büro.

Mein älterer Bruder saß immer noch über seinen Papieren gebeugt an seinem Schreibtisch, aber dieses Mal ließ er mich nicht warten, bis er etwas sagte. „Was zum Teufel machst du hier? Warum bist du zurückgekommen?"

„Ich war dein ganzes Leben lang deine rechte Hand."

Angel schnaubte. „Die Dinge ändern sich."

Ich schüttelte den Kopf. „Das nicht. Ich war dir gegenüber immer loyal."

Wut blitzte in seinem Gesicht auf. „Bis heute hätte ich dasselbe gesagt, aber du hast diese Frau deiner Familie vorgezogen."

„Wenn Emma an ihrer Stelle gewesen wäre?"

Angel stieß ein abscheuliches, fast animalisches Geräusch aus. „Zieh gefälligst meine Frau da nicht mit rein."

Der Drang, etwas zu zerschmettern, war groß; ich ballte meine Hände zu Fäusten und grub meine Nägel in meine Handflächen. „Padre hat Emma nachgestellt, und du hast einen verdammten Putsch inszeniert, *hermano*", erinnerte ich ihn. „Ich habe dir dabei zur Seite gestanden."

„Emma war nicht der Feind."

Ich schnaubte. „Nenne mir eine Sache, die *Lyse* dir angetan hat."

„Die Rojas."

„Ich spreche nicht von ihrer Familie", unterbrach ich ihn, angespornt von meiner aufsteigenden Wut.

„Ich spreche von *ihr*. Was hat sie dir oder jemand anderem aus unserer Familie angetan?"

„Du kannst sie nicht von ihrer Familie trennen."

Es war eine Wiederholung des Gesprächs, das wir bereits geführt hatten. „Dann kannst du uns auch nicht trennen, oder? Deine Verbrechen sind meine Verbrechen und umgekehrt." Angels Gesicht verzerrte sich vor einem Gefühl, das ich fast als Schuld bezeichnen könnte, wenn da nicht der Zorn in seinen Augen gewesen wäre. „Meine Verbrechen sind meine eigenen", sagte ich, nachdem ich ihn in dem Gedanken schwelgen ließ. „Ich habe Dutzende von Menschen abgeschlachtet. Ich habe meinen eigenen Vater getötet. Das habe ich getan, und es sollte nicht auf dich zurückfallen."

„Okay, du hast deinen Standpunkt klargemacht ... aber das ändert nichts. Du hast dich mir immer wieder widersetzt, und das kann ich nicht durchgehen lassen. Nicht jetzt."

„Ich weiß", sagte ich. "Deshalb bin ich zurückgekommen. Wenn die Tíos wüssten, dass du mich nach allem, was ich getan habe, einfach gehen lässt, würden sie sich gegen dich wenden."

Da war Angels Zorn gebrochen und er sah unsagbar müde aus. „Was soll ich deiner Meinung nach tun, Omar?", fragte er. „Ich kann dich nicht umbringen. Das wissen wir beide."

Es war das erste Mal, dass er das laut aussprach, und ich spürte, wie sich meine Schultern entspannten. Ich *hatte nicht* gewusst, dass er mich nicht umbringen würde. Ich hatte es gehofft.

„Bestrafe mich", sagte ich zu ihm. „Mach eine Show daraus, wie es *Padre* getan hätte."

„Du willst, dass ich dich schlage?" Er schüttelte den Kopf und ich starrte ihn ein wenig verwundert an, als er zum ersten Mal in meiner Gegenwart errötete. Es war ihm tatsächlich peinlich. „Ich bin zu schwach. Es wäre für mich demütigender als für dich."

„Dann hol jemanden dazu", sagte ich. „Jeder weiß, dass du dich erholst. Es wäre sinnvoll, wenn du jemand anderen hinzuziehen würdest, der das erledigt, was du im Moment nicht kannst." *Es gäbe außerdem keine Möglichkeit, es nicht richtig zu machen*, dachte ich. Niemand würde Angel vorwerfen können, dass er es mir leicht machte. „Du musst es tun. Wenn du es nicht tust, wirkst du schwach."

„Ich verstehe nicht, warum du dir die Mühe machst, zurückzukommen", wiederholte Angel seine Meinung von vorhin. „Du wusstest, dass das passieren würde."

Ich nickte. „Es muss sein."

„Das *löst* nicht alle Probleme", sagte Angel, nachdem er mich eine Weile angestarrt hatte.

Das wusste ich auch. Mein Bruder war nie der Einfachste, wenn es um Vergebung ging, und meine Verfehlungen hätten mich getötet, hätte ich ihm weniger bedeutet. „Es ist ein Anfang", sagte ich.

Er nickte einmal und rief dann mit ein paar Tasten auf seinem Handy eine der Wachen, einen großen Mann namens Mauricio, herbei. Er war nicht mit uns verwandt, aber wir waren zusammen aufgewachsen. Unsere Väter standen einander nahe, und Padre hatte Mauricio einen Platz in unserem Sicherheitsteam angeboten, als er achtzehn wurde. Ich hatte ihn ausgebildet.

Er sah mich jetzt mit einem so intensiven Hass an, dass es fast unerträglich war. „Mein Bruder ist gekommen, um mich um Verzeihung zu bitten, Mauricio", sagte Angel.

„Er verdient sie nicht, *jefe*." Die Worte kamen gepresst heraus, als hätte er Schwierigkeiten, sich zurückzuhalten.

„Das entscheide ich", fuhr Angel ihn an. Er war jetzt ganz und gar distanziert und kühl: Er war das Oberhaupt der Familie Castillo, nicht mein Bruder. Ich hatte das schon ein paar Mal erlebt, seit Padre vertrieben worden war, und es erschreckte mich immer wieder, wie leicht sich mein Bruder in einen Mann verwandeln konnte, der ihm so ähnlich war. Angel richtete seinen Blick auf mich, und mir lief ein Schauer über den Rücken. „Ich glaube, hier könnte es eine Art Wiedergutmachung geben ... aber dafür wird ein hoher Preis zu zahlen sein."

Mauricio grinste, sichtlich begeistert, und in diesem Moment fiel mir ein, dass ich mir kürzlich eine Kopfverletzung zugezogen hatte. Mein Körper schmerzte immer noch von dem hinterhältigen Angriff. Verdammt. „Soll ich sein Gesicht verschonen?", fragte er meinen Bruder. „Oder kann ich es zerschmettern?"

Angel summte leise, als würde er überlegen. „Du musst ihn nicht schonen", sagte er, „aber nichts Dauerhaftes. Mein Vollstrecker muss noch arbeitsfähig sein."

Mauricio sah gekränkt aus. „Er sollte nicht dein Vollstrecker sein dürfen, nachdem, was er getan hat, *jefe*."

Ich musste lachen, bevor ich mich zurückhalten konnte, und als Angel mich böse ansah, hielt ich flehend meine Hände hoch. „Entschuldigung", sagte ich. „Ich wollte nicht lachen. Ich finde es nur amüsant, dass er glaubt, mich ersetzen zu können." Ich sah Mauricio an. „Du solltest wissen, dass du mich nur deshalb schlagen kannst, weil ich es zulasse. Das ist meine Strafe, und ich akzeptiere sie."

Ich hatte keinen Spiegel, daher war ich mir nicht sicher, wie mein Gesichtsausdruck aussah, aber Mauricio wirkte plötzlich weniger selbstsicher als zuvor. „Halt die Klappe, Omar."

Ich sah meinen Bruder wieder ernst an. „*Si, jefe.*"

„Brauchst du jemanden, der deine Arme hält?", fragte Angel.

Ich schüttelte den Kopf. „Ich werde nicht kämpfen."

Angel überlegte einen Moment, dann nickte er. „Mauricio." Es war nur sein Name, aber es war das Startzeichen, das der Mann brauchte.

Ich hatte keine Zeit, mich auf den ersten Schlag vorzubereiten. Er traf meinen Kiefer mit einer Wucht, die mich auf den Füßen taumeln ließ, aber ich unterdrückte ein Stöhnen. Jedes Anzeichen von Schmerz würde ihn nur dazu bringen, mich noch fester zu schlagen. Der metallische Geschmack von Blut füllte meinen Mund und ich spuckte es aus, wobei ich leuchtendes Rot über den gefliesten Boden spie.

Mauricio holte aus und traf mich erneut, diesmal in den Bauch. Ich krümmte mich, die Luft entwich aus meinen Lungen. Bevor ich wieder zu Atem kommen konnte, ließ er Schläge auf mich niederprasseln. Nach dem ersten Schlag hielt er sich größtenteils von meinem Gesicht fern, aber nirgendwo sonst war ich sicher. Seine Fäuste landeten mit dumpfen Schlägen. Es klingt wie Trommeln. Meine Gedanken begannen, so abzuschweifen, wie es immer geschah, wenn Padre dies getan hatte; es war eine Möglichkeit, dem Schmerz zu entkommen und so lange wie nötig durchzuhalten.

Ein brutaler Schlag auf meine Seite brach eine Rippe, und ich ging in die Knie, unfähig, mich auf den Beinen zu halten. Ich spürte, wie Mauricio sich bewegte, als wollte er mich treten, und ich wappnete mich dafür. „Hör auf", sagte Angel. Ich konnte sehen, dass er es nicht wollte, aber Mauricio trat gehorsam zurück. „Steh auf."

Ich war mir nicht sicher, ob ich es konnte: Alles war verschwommen. Ich versuchte, tief Luft zu holen, um mich damit hochzudrücken, aber meine rechte Seite fühlte sich an, als würde sie in Flammen aufgehen. Mit zusammengebissenen Zähnen zwang ich mich auf die Beine und wäre fast umgekippt, da mir schwindlig war, aber ich schaffte es, das Gleichgewicht zu halten.

Angel starrte mich mit völligem Desinteresse an. *Vielleicht befand auch er sich irgendwo anders in seinem Kopf.* „Kehre zurück zur Insel", sagte er. „Bleibe dort, bis ich dich rufe. Falls du fortgehst, stelle sicher, dass du weit genug weggehst, damit ich dich nicht finden kann."

Es war ein Test: Ich sah viele davon in meiner Zukunft voraus. „*Sí.*"Ich wandte mich von ihm ab und zischte leicht.

„Lass dich von Lili etwas zusammenflicken, bevor du gehst", sagte Angel in meinen Rücken. „Dann wird dich jemand zum Jachthafen fahren. Und was auch immer du tust, lass nicht zu, dass diesen verdammten Waffen etwas passiert.

Es war eine Freundlichkeit, die mit Gleichgültigkeit getarnt war, aber sie gab mir genug Kraft, um aus dem Raum zu gehen, ohne umzukippen. Ich wusste nicht, ob ich unsere Schwester finden würde, aber Angel muss sie in Erwartung dessen angerufen haben, denn sie stand vor dem Büro. „Komm schon", sagte sie und legte einen Arm um meine Schultern.

Lili half mir, zum nächsten Badezimmer zu humpeln, wo sie mich mit viel gutem Zureden so zusammenflickte, dass ich sicher auf die Insel zurückkehren konnte. Während ich meinen Mund ausspülte – Mauricio hatte mir mit dem ersten Schlag die Wange auf der Innenseite aufgeschlagen – tippte sie auf ihrem Handy. „Jemand Wichtiges?", fragte ich und spuckte das mit Blut vermischte Wasser aus.

Sie sah mich an. „Ich habe Freunde, weißt du."

„Wie Matteo Rojas?"

Ihre Hand schoss vor, sie schlug mir instinktiv auf die Schulter, und als ich vor echtem Schmerz stöhnte, zuckte sie zusammen. „Entschuldigung."

„Mir geht es gut", log ich.

„Hör auf, über Matteo zu reden, okay? Ich kenne Matteo Rojas nicht."

Sie log, und das wussten wir beide. Lili war schon immer schlecht darin gewesen, Geheimnisse zu bewahren. Aber der echte Schmerz und die Panik in ihrem Gesicht ließen mich nicht weiterbohren. Was auch immer zwischen ihr und dem Erben der Rojas vorgefallen war, es war von Bedeutung ... aber sie würde es mir nie erzählen, selbst wenn ich versuchte, es aus ihr herauszubekommen. „Okay", sagte ich. „*Lo siento.*"

Sie winkte ab. „Lass es einfach gut sein, okay? Das reicht." Ihr Handy summte erneut und sie schnaubte, als sie die Nachricht las. „Unser Bruder fragt, ob du leben wirst oder nicht." Ich versuchte, ihr Handy zu greifen, bewegte mich zu schnell und krümmte mich fast, als meine Rippen sich anfühlten, als würden sie in meine Organe eindringen. „Würdest du damit aufhören?", schnauzte Lili und ließ mich auf dem geschlossenen Toilettendeckel Platz nehmen. „Mauricio hat dich übel zugerichtet."

„Das war nicht nur sein Werk."

Sie kniff sich in die Nase. „Wie viele Schlägereien hast du in letzter Zeit angefangen, *idiota*?"

„Fick dich."

Lili verschränkte die Arme vor der Brust. „Erinnere mich noch mal daran, warum ich nett zu dir sein sollte?"

„Ich habe nie gesagt, dass du das musst, *cabrona*". Seltsamerweise fühlte es sich gut an, wieder mit ihr zu streiten. Wenn sich meine Beziehung zu Angel für immer verändert hatte, war es gut zu wissen, dass es zwischen Lili und mir so bleiben würde wie immer. Eine weitere Textnachricht von Angel kam herein und sie runzelte die Stirn. „Zeit für mich zu gehen?"

Sie nickte. „Er wird das wirklich nicht auf sich beruhen lassen, oder?"

„Das kann er nicht", sagte ich und stand langsam auf. „Wie du schon sagtest, wenn er jetzt schwach wirkt, ist er eine leichte Beute."

„Aber er schickt dich trotzdem weg."

„Nur auf die Insel. Ich bin nah genug dran, um hier zu sein, wenn er mich braucht."

„Aber ..."

„Das ist das bestmögliche Szenario" sagte ich. „Ich kann das Exil überleben. Es wird nicht für immer sein."

Sie nickte und stopfte die Verbände und das Mullband schnell in den Erste-Hilfe-Kasten zurück, der unter dem Waschbecken stand. „Was ist mit Lyse?", fragte sie. „Was wirst du mit ihr machen?"

Mein Herz zog sich in meiner Brust zusammen. „Sie ist in Sicherheit", sagte ich. „Das ist das Einzige, was zählt."

„Wo ist sie? Warum ist sie nicht mit dir zurückgekommen?"

Ich legte meine Hand auf ihre Schulter. „Das werde ich dir nicht sagen", sagte ich. „Es ist für uns alle besser, wenn wir Lyse Rojas vergessen, okay?"

Nur ... wie konnte ich sie jemals vergessen? Der Schmerz in meinem Körper war nichts im Vergleich dazu, sie in diesen Zug zu setzen. Sie hatte mir etwas Elementares genommen.

Lili runzelte die Stirn und ich konnte sehen, dass sie fragen wollte, aber wir beide verstanden uns auf das Prinzip der gegenseitigen Abschreckung. Wenn sie nach Lyse fragte, würde ich auf Matteo drängen. „Komm schon, *idiota*". Sie hielt ihr Handy hoch. „Ich bin deine Fahrgelegenheit zum Jachthafen."

KAPITEL 33

Lyse

Matteo starrte mich an, als sei ich ein Gespenst, und ein Teil von mir empfand dasselbe ihm gegenüber. Mein Bruder war gutaussehend, fast schon hübsch, aber jetzt lag ein harter Ausdruck in seinen Augen. Die Aura um ihn herum hatte sich verändert.

Er sah wie ein Mann aus. Das war es: Er ähnelte nicht mehr dem kleinen Jungen, an den ich dachte, wenn ich mir meinen Bruder vorstellte. Wie konnte es sein, dass ich ihn erst vor zwei Wochen zum letzten Mal gesehen hatte? Was war zu Hause passiert, dass mein kleiner Bruder so schnell erwachsen geworden war?

„Apá hat gesagt, du wärst tot", sagte Matteo. Wir hatten uns im Starbucks direkt im Amtrak-Bahnhof getroffen, und er hatte mich in den letzten drei Minuten angestarrt, ohne zu blinzeln, als würde ich verschwinden, wenn er nicht hinsah. „Er sagte, Omar Castillo hätte dich vergewaltigt, getötet und weggeworfen."

Die Worte ließen mich zusammenzucken. Omar mochte vieles sein – groß und fast unverzeihlich gewalttätig, das war sicher – aber er würde einer Frau niemals so etwas antun. Davon war ich fest überzeugt. „Glaubst du alles, was Apá dir erzählt?"

„Warum sollte ich nicht?", konterte Matteo, und ich schnaubte.

„Weil ich genau hier vor dir sitze", sagte ich. Ich wollte die Hand ausstrecken und ihn berühren. In der Vergangenheit hätte ich nicht gezögert, aber ich hielt mich zurück. Ich wollte nicht glauben, dass Matteo gewusst hatte, dass Jesus mich töten kommen würde, dass Apá der Anstifter gewesen war, aber ich konnte mir nicht sicher sein. Möglicherweise war er einfach ein wirklich überzeugender Schauspieler.

Aber warum sollte er einwilligen, ohne Begleitung zu kommen?, dachte ich. Es war ja nicht so, dass Matteo mich selbst töten konnte. Wie Omar glaubte ich von ganzem Herzen, dass mein Bruder nicht in der Lage war, mir tatsächlich etwas anzutun. Vielleicht konnte ich ihm nicht mehr vollkommen vertrauen, aber das tat ich.

„Apá hat keinen Grund zu lügen", beharrte Matteo, aber er klang selbst nicht so, als glaubte er ihm. „Er hat nichts davon."

„Er hat Jesus auf mich angesetzt", sagte ich ihm. „Er hat mich bis zu der Insel verfolgt, auf der Omar mich gefangen hielt, und anstatt mich zu retten, hat er versucht, mich zu töten."

„Nein." Matteo schüttelte den Kopf so heftig, dass es aussah, als würde er sich gleich das Genick brechen. „Das würde er nicht tun. Er kam mit zerschlagenem Gesicht zurück ... er hat dich gefunden ..."

Er hielt inne und schluckte schwer, als würde er versuchen, sich das Würgen zu verkneifen. „Er sagte, er hätte dich gefunden." Seine Stimme klang leiser, fragender, und ich wollte ihn in den Arm nehmen. Das hätte ich normalerweise getan, als wir klein waren und er traurig war.

„Nun, offensichtlich lügt er diesbezüglich", sagte ich und deutete auf mich. „Als ich nicht sofort mit ihm ging, wurde er wütend, und du weißt ja, wie Jesus ist."

Matteo senkte den Kopf. „Er wird laut."

Ich nickte. „Er hat mir erzählt, dass er geschickt wurde, um mich zu töten und meinen Körper irgendwo zu entsorgen, wo ein Castillo dafür verantwortlich gemacht werden kann. Er will einen Krieg anzetteln, weil sie die geliebte Tochter der Familie Rojas getötet haben ... außer dass Apá derjenige ist, der Omar gesagt hat, er solle mit mir machen, was er will."

Mein Bruder schwieg. Seine Hände ballten sich über dem mit Graffiti beschmierten Tisch zu Fäusten. „Wovon redest du?"

„In der Nacht, in der Angel aufwachte, versuchte Omar, mit Apá und Felix zu verhandeln."

Matteo nickte. „Ich war dabei." Er wurde rot. „Apá schickte mich raus, nachdem ich *La Bestia* gesagt hatte, dass ich ihn abmurksen würde, wenn er dich anrührt."

Ich musste lachen. Ich konnte nicht anders. „*Mijo*", flüsterte ich. „Du musst mich nicht beschützen."

„Du bist meine Schwester. Natürlich muss ich dich beschützen."

„Ältere Schwester", gab ich zu bedenken. „Dich zu beschützen ist seit dem Tag deiner Geburt meine Aufgabe ... bitte bedrohe Omar nie wieder, okay? Der Mann könnte dich in zwei Hälften zerreißen, wenn er wollte." *Wenn ich ihn nicht um den Finger gewickelt hätte*, dachte ich selbstgefällig. Es hatte etwas absolut Bestärkendes, dass ein Mann wie Omar Castillo mir gehörte.

Er hat dich allein in einen Zug gesetzt, ich konnte nicht anders, als daran zu denken. *Wie genau gehört er also dir?*

„Omar Castillo ist ein Idiot, wenn er auch nur versucht, sich wie sein Bruder zu verhalten. Er hat nicht das Zeug zum Planen."

„Er wurde den größten Teil seines Lebens darauf trainiert, der Vollstrecker zu sein", sagte ich. „Sein Vater hat seine Söhne offensichtlich unterschiedlich erzogen. Das macht Omar nicht dumm."

Matteo sah geschockt aus. „Du *verteidigst* ihn tatsächlich vor mir! Er hat dich zwei Wochen lang gefangen gehalten!"

Er wollte mich gegen das Territorium im Nachtclubviertel eintauschen", sagte ich, gerührt von Matteos Leidenschaft, aber sicher, dass Omar meinen Bruder im Handumdrehen erledigen würde.

„Wir konnten es uns nicht leisten, diesen Standort zu verlieren, Lyse. Es ist eine ideale Fassade und wir würden mehr riskieren als einen gescheiterten Nachtclub."

„Apá war offensichtlich derselben Meinung", sagte ich. Meine Stimme wurde kalt. „Nachdem ihr fortgeschickt worden wart, sagte er zu Omar, er solle in Bezug auf mich tun, was er tun müsse. Felix hat anscheinend dasselbe gesagt."

„Das würden sie nicht tun."

„Sie haben mich aufgegeben", sagte ich energisch. „Wenn Omar und ich nicht schon ..."

Matteo verstand schnell. „Wenn ihr was nicht hättet?"

„Nichts. Vergiss es."

Er sah entsetzt aus. „Hast du tatsächlich zugelassen, dass dieser Mann dich *anfasst*? Nach allem, was er unserer Familie angetan hat?"

Du meinst, seine Reaktion auf das, was Apá *seiner* Familie angetan hat? Sollte es jemanden von uns überraschen, dass Omar meine Verlobungsfeier gewählt hat, um Rache zu üben?"

Matteo starrte mich an. „Du liebst ihn."

Es war eine Feststellung, keine Frage, aber ich antwortete trotzdem. „Ja." Matteo sah aus, als wollte er widersprechen. Mir sagen, dass es falsch war, diese Gefühle zu haben. „Auf einer winzigen, sehr abgelegenen Insel hat mir Omar in einer Woche mehr Freiheit gegeben, als ich sie je in meinem ganzen Leben unter Apás Herrschaft hatte", sagte ich. Trotz der Wut, die ich empfand, lächelte ich; es fiel mir leicht, wenn ich an Omar dachte. „Er gab mir ein Atelier zum Malen und Material ... und das nur, weil er mich mit einem Stock im Sand malen sah."

„Was ist mit Felix?", fragte Matteo.

„Was ist mit ihm? Als er herausfand, dass ich mit Omar zusammen gewesen war, verschwand seine *Besessenheit* von mir. Ich wünschte, ich hätte vor Jahren den Mut gehabt, jemanden zu ficken. Dann hätte ich nicht diese Farce von einer Verlobung durchmachen müssen."

„Lyse!" Matteo sah empört aus. „Wo ist meine geliebte Schwester hin?"

Ich sah ihn streng an. „Sie ist tot", erwiderte ich. „Da kannst du dir verdammt sicher sein." Er starrte mich eine ganze Weile an. „Omar erlaubt mir, ich selbst zu sein", sagte ich. „Bei ihm muss ich nicht ständig Angst haben, was ich sage; es ist ihm egal, ob ich vollkommen liebenswürdig bin. Verdammt, ich glaube, es *gefällt* ihm, wenn ich ein bisschen gemein zu ihm bin."

Matteo schüttelte den Kopf, und ich vermutete, dass er versuchte, die Bilder, die er jetzt dort hatte, zu vertreiben. Er überraschte mich, als er fragte: „Er ist also gut zu dir?"

Ich nickte. „Das ist er."

„Und er ... liebt dich auch?"

Ich zuckte mit den Schultern. Ich wollte unmissverständlich ja sagen, aber ... konnte ich das sagen, nachdem er mich hier zurückgelassen hatte? „Ich glaube, das tut er", sagte ich nach einer Weile.

„Also, warum hast du mich angerufen?", fragte Matteo.

„Ich möchte wissen, was zu Hause los ist. Warum ist Apá so besessen von diesem Krieg mit den Castillos?"

Matteos Gesicht verfinsterte sich. „Ich sollte dir nichts erzählen, wenn du einen Castillo liebst", sagte er vorsichtig, aber dann wurde er sanfter. „Die Sache ist total schiefgelaufen, aber Apá wird das schon wieder hinkriegen. Mach dir keine Sorgen um uns."

„Uns", dachte ich, aber ich gehörte nicht mehr zu uns. Das war an der Art, wie er sprach, deutlich zu erkennen. „Das tue ich nicht", versicherte ich ihm. 'Ich denke ... hier trennen sich unsere Wege, *mijo*. Ich muss herausfinden, was zum Teufel ich als Nächstes tun soll."

Er sah mich besorgt an. „Ich könnte dir vielleicht ... die richtige Richtung weisen." Er schluckte. „Apá hat Jesus wieder losgeschickt, um *La Bestias* Kopf zu holen. Er soll erst nach Hause kommen, wenn er Erfolg hat oder bei dem Versuch stirbt."

Ich bekam kaum noch Luft. Omar würde keinen weiteren Angriff erwarten. „Ich habe keine Möglichkeit, ihn zu warnen. Ich habe keine Möglichkeit, ihn zu kontaktieren." Meine Kehle fühlte sich eng an, als könnte ich nicht richtig atmen.

Hör auf zu hyperventilieren, befahl ich mir, aber jetzt, wo ich angefangen hatte, war das fast unmöglich. Matteo griff über den Tisch und nahm meine Hände. „Ich kann helfen", sagte er und hielt mich fest.

„Was?"

Er kramte in seiner Tasche, holte sein Handy heraus und tippte kurz darauf. Dann drehte er es um: Lili Castillo war in seinen Kontakten. „Du hast ihre Nummer noch?", fragte ich. „Nach all der Zeit?" Nicht, dass er ihre Nummer hätte speichern müssen, bei seinem Gedächtnis, aber die Tatsache, dass er es tat, sprach Bände, auch wenn er es nie zugegeben hätte.

Matteos Gesicht verfinsterte sich. „Wir reden nicht über sie", sagte er. „Nicht jetzt."

Wahrscheinlich nie, dachte ich. Lili wollte nicht einmal zugeben, dass sie meinen Bruder *kannte,* geschweige denn, dass sie ... was auch immer sie in der Highschool waren. Keiner von ihnen hätte je das gesamte Ausmaß zugegeben, da war ich mir sicher. „Ich habe mein Handy nicht dabei."

Matteo zog einen Stift aus der Tasche und schrieb die Nummer auf eine Serviette. „Hier." Er drückte sie mir in die Hand. „Weiter kann ich nicht gehen, ohne die Rojas zu verraten, verstanden?"

Ich nickte. Er meinte, dass wir hier fertig waren. „Danke."

„Werde ich dich wiedersehen?"

Ich wollte ihn nicht anlügen. Glaubst du, du könntest in der Nähe von Omar und Angel sein, ohne zu versuchen, sie zu töten?

Sein Gesichtsausdruck verfinsterte sich. Wahrscheinlich nicht.

Das ist also deine Antwort. Wir standen einander gegenüber und Matteo umarmte mich fest. „Du schaffst das schon, *mijo*. Sei einfach weiter der Augapfel von Apá."

„Te quiero."

„Te quiero mucho."

Dann war mein Bruder weg und meine Brust schmerzte, selbst als ich mich wieder auf die Suche nach einer Telefonzelle machte. Ich benutzte die Telefonkarte und wählte Lili Castillos Nummer, betete, dass sie sie nicht geändert hatte.

„Hola?"

„Lili."

„Wer ist da?"

„Hier ist Lyse." Am anderen Ende der Leitung gab es eine hektische Betriebsamkeit. „Warte! Omar ist in Gefahr! Bitte leg nicht auf!"

Lili seufzte mir ins Ohr. „Du hast zehn Sekunden."

„Mein Vater hat jemanden auf ihn angesetzt; er soll den Beweis dafür bringen, dass er tot ist. Ich habe keine Möglichkeit, ihn zu warnen. Bitte, ich brauche dich, um etwas zu tun."

„*Mierda!*"

Genau das dachte ich auch. „Du musst es Omar sagen. Ihn warnen."

Lili stieß einen tiefen, gequälten Klagelaut aus. „Ich kann es versuchen, aber Angel hat Omar auf die Insel zurückgeschickt, um seine Loyalität auf die Probe zu stellen. Er darf nicht versagen."

Ich hatte diesen ganzen dummen Familienscheiß wirklich satt. „Angel wird ihm also nicht helfen, wenn er in Gefahr ist? Inwiefern ist es ein Versagen, wenn meine Familie ihn verfolgt?"

„Er hat uns gesagt, dass wir dir vertrauen sollen", sagte Lili. „Und jetzt sind die Rojas hinter ihm her. Angel wird das als eine weitere Sache ansehen, die Omar nicht verhindern konnte."

Ich kniff mir in die Nase, um die Kopfschmerzen zu vertreiben, die sich hinter meinen Augen aufbauten. "Kannst du auf der Insel anrufen? Ihn warnen?"

„Ich rufe an", versprach sie, und für einen Moment entspannten sich meine Schultern. Omar war durchaus in der Lage, auf sich selbst aufzupassen. Mit einer kleinen Vorwarnung würde er schon klarkommen. „Ich wünschte nur –", unterbrach sich Lili.

„Was? Was wünschst du dir?"

Sie seufzte. Ich konnte mir fast vorstellen, wie sie auf ihrem Fingernagel kaute. „Bevor er ging, ließ Angel Omar zur Strafe verprügeln. Mauricio war ... gründlich."

Mir wurde flau im Magen. Omars Körper hatte viel durchgemacht. Wie viel mehr konnte er noch aushalten? Selbst mit einer Vorwarnung? Das Bedürfnis, ihn zu sehen, schrie durch mich hindurch: Ich musste ihn unversehrt und in Sicherheit sehen. „Ich muss da hin."

„Auf die Insel? Bist du verrückt?"

„Kannst du das arrangieren? Bitte?"

Sie schwieg einen langen Moment, und ich befürchtete, dass sie aufgelegt hatte. Schließlich fragte sie: „Kannst du zum Jachthafen kommen?"

Ich bräuchte eine Mitfahrgelegenheit, aber Omar hatte seine Kreditkarte dagelassen. „Ja, das müsste klappen."

„Fahr in diese Richtung", sagte Lili. „Ich werde ein Boot auf dich warten lassen."

Ich verzog das Gesicht und stellte mir kurz vor, wie ich versuchte, herauszufinden, wie man ein Schnellboot fährt, ohne mich umzubringen. „Das ist großartig ... aber ich kann keins fahren."

„Ich kann dir eine Mitfahrgelegenheit besorgen", sagte sie schnippisch. „Er ist einer von Omars Lieblingscousins, also wird er so ziemlich alles für ihn tun ... aber er hasst deine Familie mehr als alles andere auf der Welt."

Fantastisch. „Das wird schon", sagte ich. „Danke."

„Du musst nur ... Angel das Gegenteil beweisen, okay? Uns allen beweisen, dass du all das hier wert bist."

„Das werde ich", versprach ich. Und ich meinte es ernst. Ich würde alles tun, um mit Omar zusammen zu sein, komme, was da wolle, und wenn es die Hölle wäre oder unsere beiden Kartelle untergehen würden.

KAPITEL 34

Omar

Ich saß an der Kücheninsel, als mein Telefon zum zwölften Mal klingelte. Es war Lili: Ich wusste, dass ich rangehen sollte, sie versuchte es schon seit über einer Stunde, aber ich hatte gerade keine Lust dazu. Ehrlich gesagt, klang im Moment *nichts* verlockend. „*Jefe*, wenn du schon deine Schwester ignorierst, dann iss wenigstens etwas." Ich schnaubte und schüttelte den Kopf, woraufhin Helena ein Brummen von sich gab. „Wenn du nicht bald etwas isst, sage ich den Jungs, dass sie dir einen Schlauch in den Hals stecken sollen. Ich kann alle deine Mahlzeiten durch den Mixer jagen."

Ich sah Helena an, als wollte ich sagen, dass sie es ruhig versuchen sollte, und schob den Teller mit dem Tres-Leches-Kuchen, den sie mir hingestellt hatte, beiseite. „Ich habe keinen Hunger", grunzte ich zum tausendsten Mal. Sie hatte mir stundenlang Essen gemacht und versucht, mich zum Essen zu bewegen, aber nichts würde die gewaltige Leere in meinem Inneren füllen können.

Sie schob mir den Teller mit dem Kuchen wieder zu. „Das ist dein Lieblingskuchen", sagte sie. Als ich nicht reagierte, schmollte sie. „Es würde mich sehr verletzen, wenn du nicht wenigstens einen Bissen nehmen würdest."

Ich seufzte und drückte mir auf den Nasenrücken. „Hast du wirklich geglaubt, dass das funktionieren würde?" Aber noch während ich das sagte, stieß ich meine Gabel in den weichen, weißen Kuchen und nahm einen Bissen. Er war köstlich, genau wie sie gesagt hatte. *Verdammt.* Ich funkelte sie an, während ich das ganze Stück in etwa vier Bissen aß. Ich schnaubte. „Ich schätze, ich war hungriger, als ich dachte."

Helena summte. „Das überrascht mich nicht, *jefe*. Du hast viel durchgemacht, seit du gegangen bist, und ich bin sicher, dass du nichts gegessen hast."

Sie hatte nicht *Unrecht*, aber das wollte ich nicht zugeben. „Das ist keine große Sache." Ich hatte Helena erzählt, dass ich Lyse in einen Zug gesetzt hatte, während sie die Erste Hilfe, die Lili mir im Haus hatte zukommen lassen, überprüfte. Sie war nicht sonderlich begeistert von mir gewesen, aber sie konnte die Logik darin erkennen, sie gehen zu lassen. Sie hatte mir vielleicht ein Dutzend Mal auf den Arm geschlagen, aber sie nannte mich auch „süß".

Ich war noch nie gleichzeitig gescholten und gelobt worden. Es war eine merkwürdige Situation.

Helena schnitt mir noch ein Stück Kuchen ab. Ich warf ihr einen Blick zu, und sie winkte ab. „Du kannst so viel essen, wie du willst, *jefe*. Ich kann immer mehr machen."

BUMM!

Das Haus bebte regelrecht und ich sprang vom Hocker, alle Gedanken an den Tres-Leches-Kuchen lösten sich in Luft auf. Ich riss die Jalousien hoch. „*Carajo*", fluchte ich. Das Trockendock stand in Flammen und das Feuer breitete sich bereits über das Dach aus. Efrain und Pascal mussten es gehört haben. Sie waren sicher schon losgerannt, um das Feuer zu löschen.

Verdammt, die Waffen sind immer noch da drin!

Es war eine Falle. Ich fasste mir an den Rücken und fluchte erneut: Ich hatte keine Waffe. Im Büro stand ein Waffenschrank, aber ich konnte Helena nicht schutzlos zurücklassen. „Geh und hilf ihnen", sagte ich zu ihr.

Sie starrte mich ungläubig an. „Du willst, dass ich ... beim Löschen helfe?"

„Ja. Die Waffen des Syndikats sind da draußen, und wenn sie noch zu retten sind, muss das geschehen. Geh jetzt. Ich komme so schnell wie möglich nach."

Helenas Augen wurden schmal. „Du willst, dass ich rausgehe", sagte sie. „Warum? Was ist los?"

Sei nicht so streng mit ihr; sie versucht nur zu verstehen. „Helena, geh, *por favor*", sagte ich. „Die Waffen sind Angel wichtig." Als sie immer noch nicht überzeugt war, fügte ich hinzu: „Es ist sicherer für dich."

„Draußen am Feuer zu sein?"

Die Eingangstür schwang mit einem Knall nach innen auf. Helenas Körper zuckte zusammen und sie starrte mich mit weit aufgerissenen, verängstigten Augen an. „Geh", sagte ich und deutete auf den Hinterausgang. „Geh zu Efrain und Pascal. Sie werden dich beschützen."

„*Jefe* ..."

Ich schüttelte den Kopf. "Ich komme hier allein zurecht. Ich bin bald bei euch."

Schließlich nickte Helena und machte sich auf den Weg zum Hinterausgang des Hauses. Ich wandte mich dem Eindringling zu. Jetzt war keine Zeit, nach einer Waffe zu suchen, nicht ohne dass der Eindringling mir folgte, und wenn wir kämpfen würden, wollte ich nicht in einem kleinen Raum wie dem Büro festsitzen. Ich wollte Bewegungsfreiheit haben.

Zum Glück kannte ich mich in diesem Haus besser aus als jeder andere. Es war einfach, den anderen Flur zu benutzen, um zur Vorderseite des Hauses zu gelangen, und das tat ich jetzt, während ich auf Geräusche des Unbekannten lauschte. Ich kam durch den Seitenflur und sah den Schaden an der Eingangstür. *Angel flippt aus, wenn er hört, wie viel ich ersetzen muss*, dachte ich. *So eine Scheiße.*

Ich folgte dem Eindringling lautlos, wie ein Raubtier, das sich an seine Beute anschleicht. Ich fand ihn im Wohnzimmer, wo er auf die Fotos an der Wand starrte, als seien unsere Familienporträts etwas Unanständiges. „Du siehst ein wenig mitgenommen aus, Jesus."

Er bewegte sich kaum, gab kaum zu verstehen, dass er mich gehört hatte; seine Augen wandten sich nicht von der Wand mit den Bildern ab. „Meine Nase muss operiert werden", sagte er, „und du hast meine Augenhöhle zertrümmert."

Ich pfiff leise. „Das muss wehtun."

Er zuckte mit den Schultern. „Das ist nicht das Schlimmste, was mir je passiert ist." Endlich sah er mich an. Der Verlust des Großteils meiner Familie bei dieser Farce von Verlobungsfeier war viel schlimmer."

„Ich würde mich entschuldigen, aber es ist mir ehrlich gesagt egal", sagte ich. „Eure Familie hat meinen Bruder ins Koma versetzt und meine Schwägerin fast bis zu einer Fehlgeburt getrieben. Ihr könntet allesamt vom Erdboden verschwinden, und die Welt wäre um einiges besser dran."

Jesus grinste mich hämisch an, und es war noch hässlicher, jetzt, wo sein Gesicht ein einziges Chaos war. „Würdest du das auch zu meiner Cousine sagen, *La Bestia*?"

Ich musste lachen. „Ich habe ihr Luis Rojas' Kopf auf einem Silbertablett angeboten, falls sie ihn wollte ... Ich habe danach mit ihr geschlafen, also kannst du das so oder so auffassen."

„Aber wo ist sie jetzt?", wollte er wissen.

„Warum sollte ich *dir* das sagen?"

Sein Grinsen wurde zu einem grausamen Schmunzeln, das durch die scharfe Biegung seiner Nase noch monströser wirkte. „Sie ist weg, oder? Sie hat gemerkt, dass sie mit einem Monster zusammen war, und hat dich verlassen."

Ich musste zu Angel zurückkehren; das war meine Pflicht gegenüber meiner Familie und meinem Bruder. Aber das bedeutete nicht, dass es mir nicht wie Feuer in der Brust brannte. Ich hatte sie zu ihrem eigenen Wohl weggeschickt, damit sie ihre Freiheit haben konnte, aber jeder Teil von mir wollte einfach nur sagen, scheiß drauf, und mit ihr gehen.

Jesus schien meine Schwäche zu riechen. „Ich bin hier, um den Kopf von *La Bestia* zurückzubringen", erklärte er wie eine Art Bösewicht in einem Schauspiel. "Das Oberhaupt der Familie Rojas will ihn für seine Wand."

„Luis kann ihn selbst abholen kommen."

Jesus schüttelte den Kopf. „Unser Boss muss sich nicht auf *dein* Niveau herablassen. Dafür hat er treue Männer."

Ich lachte höhnisch. „Bist du stolz darauf? Ein Lakai zu sein, der auf eine Selbstmordmission geschickt wird."

„Das ist keine Selbstmordmission, *pendejo*. Zuerst werde ich es mit dir aufnehmen und dann mit deiner Schlampe. Wir haben noch eine Rechnung mit ihr offen."

Ich war mir nicht sicher, wen er mit „wir" meinte. Luis hatte Jesus geschickt, um sie zu töten und die Schuld meinem Bruder zuzuschieben, aber selbst er wäre nicht so dumm, das noch einmal zu versuchen. Oder etwa doch? Es hatte keinen Sinn: Ich hatte Angel alles erzählt. Die Castillos waren jetzt gewarnt; sie würden sich nicht mehr überraschen lassen.

Wahrscheinlicher war es, dass Jesus eine Rechnung mit Lyse offen hatte, weil er bei seiner Mission gescheitert war. Wenn Luis auch nur annähernd so war wie Gustavo – und ich hatte Grund zu der Annahme, dass er es war –, bezweifelte ich, dass der Mann Misserfolge gut vertrug. Wenn ich ihm nicht das Gesicht zertrümmert hätte, hätte Luis Jesus vielleicht deswegen getötet.

„Du willst meinen Kopf für deinen geliebten Boss?", fragte ich, der ganzen Sache überdrüssig. „Komm und hol ihn dir."

Jesus zog eine 9-mm-Waffe aus dem Schulterhalfter und ich hatte gerade genug Zeit, mich hinter die Mauer zu ducken, bevor er auf mich schoss. *Du hast keine Waffe*, erinnerte ich mich. Ich musste ihm die Waffe abnehmen, wenn ich eine Chance haben wollte. Jesus war nicht so gut mit den Fäusten wie ich, das war verdammt sicher, aber es würde nichts bringen, wenn er mir aus sechs Metern Entfernung eine Kugel in die Stirn jagte.

„Hab jetzt keine Angst, *La Bestia*", spottete Jesus, aber er tat genau das, was ich wollte, und folgte mir. *Idiota*. Er hätte aus der Ferne auf mich schießen können, aber ich dachte mir, dass er sich an seiner Beute ergötzen wollen würde.

Er achtete nicht wirklich aufs Geschehen, als er den Flur entlangging, und er war nicht darauf vorbereitet, dass ich aus einer Nische heraus zuschlagen würde. Ich konnte nicht so schnell aufspringen, wie ich wollte, aber ich *konnte* ihm die Waffe aus der Hand schlagen und sie zur Tür kicken.

Jesus brüllte vor Wut und anstatt nach seiner Waffe zu hechten, was die klügere Wahl gewesen wäre, wandte er sich mir zu. Er warf sich mit seinem ganzen Gewicht auf mich und wir wälzten uns den Flur entlang, während wir uns gegenseitig Schläge verpassten. Er versuchte, mir an die Gurgel zu greifen, aber ich konnte meinen Arm zwischen uns bringen.

Ich wehrte einen Schlag nach dem anderen ab, entzog mich seinem Griff, aber ich kam auch nicht weiter. Ich konnte ihm nicht den Schaden zufügen, von dem ich wusste, dass ich es konnte. Es sollte mir leichtfallen, ihn zu packen, ihm die Knochen zu brechen oder ihm das Genick zu brechen, aber er konnte sich genauso oft aus meinem Griff befreien wie ich.

Jesus schlug meinen Kopf gegen die Wand, und benommen hätte ich fast das Messer nicht gesehen, das er aus seiner Gesäßtasche zog. Er stach auf mich ein und erwischte meinen Arm statt meines Gesichts. Der Schmerz war unmittelbar und stark, aber ich ignorierte ihn.

Ich war im Überlebensmodus; ich kämpfte nicht aus Blutrausch oder Rache, und das machte mich langsam. *Reiß dich zusammen*, ermahnte ich mich, aber es war, als würde ich mich durch Sirup kämpfen. Jesus wollte erneut zustechen, und ich packte seinen Arm und stieß ihn weg.

Wir kämpften uns den Flur hinunter und stürzten ins Wohnzimmer. Ich war in der Defensive und warf ihm Möbel in den Weg, aber ich schlug nicht zurück. „Komm schon!", drängte Jesus. „Wo ist der Mann, der mich am Strand fast zu Tode geprügelt hat, hm? Wo ist der Mann, der meine Familie abgeschlachtet hat?" Mein Rücken stieß gegen die Wand, als er nach mir schlug, und ich fing die Klinge auf, bevor er sie in meinen Bauch stechen konnte. „Ich will gegen *La Bestia* kämpfen", spie er mir ins Gesicht. „Ich will das Monster."

Die Spitze der Klinge zog sich an meinem Oberkörper entlang, als er nach oben riss. Sie zerschnitt mein Hemd und schnitt in meine Haut, und ich konnte fühlen, wie mein Hemd sich mit Blut vollsog. Jesus schaute darauf hinunter, und sein Gesicht wurde aschfahl, als sei er von sich selbst schockiert.

„Dein Training ist *scheiße*. Du hast mich kaum gestreift. Ich dachte, du wolltest meinen Kopf! Wirst du dich übergeben, wenn du es tatsächlich schaffst?"

„Fick dich!"

Ich konnte mir ein Lachen nicht verkneifen. „Du bist nichts weiter als ein verängstigter kleiner Junge, der alles tut, was sein Onkel sagt."

„Das Oberhaupt der Familie Rojas wird uns zu größerer Macht verhelfen, als selbst die Castillos es sich vorstellen können."

Ich schnaubte. „Luis Rojas könnte es allein nicht einmal schaffen, eine verängstigte, untrainierte Frau zu töten. Er hat eine erbärmliche Witzfigur von Auftragskiller geschickt und seine einzige Chance vertan, sich bei meinem Vater einzuschmeicheln, solange er noch an der Macht war, weil er den Auftrag so gründlich vermasselt hat. Er führt niemanden irgendwohin."

Jesus zuckte zusammen und ich spürte die Klinge an meiner Kehle. Meine Muskeln erstarrten und ich verharrte vollkommen still. Wenn ich mich jetzt bewegte, würde ich mir die Halsschlagader aufschlitzen.

KAPITEL 35

Lyse

Übergib *dich nicht. Was auch immer du tust, übergib dich nicht,* sagte ich mir zum millionsten Mal, seit ich den Jachthafen von Miami verlassen hatte. Meine Knöchel waren schon ganz weiß und blutleer, weil ich mich mit aller Kraft an einem der metallenen Spannseile festklammerte: Ich würde dieses Ding um nichts in der Welt loslassen.

„Wir sind in fünfzehn Minuten da", rief eine Stimme aus dem Steuerhaus, und ich nickte, ohne mich umzusehen.

Jedes Mal, wenn ich es tat, funkelte mich Omars Cousin an, als wollte er mich am liebsten in die Karibik werfen und mit dem Boot überfahren, um sicherzugehen, dass ich auch wirklich ertrinke. Der Hass umgab ihn wie ein Dunstschleier.

Als ich in Richtung der Insel sah, bemerkte ich in der Ferne Rauch. „Was ist das?", fragte ich und zeigte mit der Hand, die nicht das Seil umklammerte.

„Wahrscheinlich ein Feuer," lautete seine knappe Antwort.

„Das sehe ich auch", sagte ich und warf einen Blick über meine Schulter. „Was brennt da? Gibt es hier noch etwas anderes außer der Insel?"

Der mörderisch genervte Ausdruck verschwand aus seinem Gesicht. „*Mierda*", murmelte er, und ich spürte, wie das Boot ruckelte, als er es zwang, noch schneller zu fahren. Ich wimmerte, bat ihn aber nicht, langsamer zu fahren.

Kurz darauf kam die Insel in Sicht und wir fluchten beide abermals. Das Trockendock stand in Flammen und das Ganze war wie ein Streichholz in Flammen aufgegangen. „Hat einer dieser *pendejos* etwas angezündet ..." Der Mann hinter dem Steuer unterbrach, was er sagen wollte, als interessierte es mich tatsächlich, was die Castillos im Lagergebäude aufbewahrten. Ich wollte nur Omar sehen und sichergehen, dass es ihm gut ging.

Das Boot legte längsseits des Docks an und ich kletterte von Bord. Meine Füße hallten auf dem frisch fertiggestellten Dock wider. Ich konnte hören, wie das Wasser gegen die Pfähle schlug, aber während mich das früher vielleicht hätte erstarren lassen, hielt ich jetzt nicht an. Nichts anderes zählte, als zu Omar zu gelangen. Ich warf einen Blick auf das Trockendock – Pascal, Efrain und Helena taten, was sie konnten, um das Feuer unter Kontrolle zu bringen –, aber ich wandte mich in Richtung des Hauses.

Etwas stimmte nicht. Wenn Omar nicht versuchte, das Feuer zu löschen, war er im Haus, und das wäre er nicht, wenn es nicht etwas gäbe, das ihn im Haus festhielt. Es war eine klare Ablenkung. „Geh und hilf ihnen", rief ich Omars Cousin über die Schulter zu.

Er erwiderte etwas, aber seine Worte verhallten im Wind. Nicht, dass mich das, was er sagte, aufgehalten oder meinen Kurs geändert hätte. Ich wusste, dass ich recht hatte: Omar war in Schwierigkeiten. Schon wieder. Wenn wir das überstanden hatten, würde ich ihn in eine verdammte Blase stecken und ihn nicht mehr rauslassen.

Die Haustür stand offen, aber das konnte auch daran liegen, dass Helena nach draußen gerannt war. Keine Panik, sagte ich mir. Panik macht alles nur noch schlimmer. Mein Fuß blieb an etwas hängen, sodass ich fast auf den Fliesenboden fiel.

Als ich nach unten schaute, sah ich eine 9-mm-Pistole auf dem Boden liegen. Verdammt. Ich bückte mich und hob sie auf. Apá und Matteo hatten mich nicht zum Schießstand mitgenommen, aber ich kannte einige der grundlegenden Sicherheitsregeln und wusste, wie man die Sicherung ausklinkt.

Ich ließ den Finger vom Abzug und schlich weiter ins Haus: Wenn ich Glück hatte, konnte ich denjenigen, der es war, überraschen, sodass ich mich nützlich machen konnte. Ich schlich um eine Ecke und hörte Kampfgeräusche, bevor ich die beiden Männer sah.

„Ich kann nicht glauben, dass das *La Bestia* ist!" Es war Jesus. Ich wusste, dass Omar ihm hätte folgen sollen ... aber wenn man Matteo glauben konnte, würde mein Vater vor nichts zurückschrecken, um die Castillos auszulöschen, selbst wenn das bedeutete, ihnen offen den Krieg zu erklären. „Komm schon! Du machst es mir zu einfach."

Ich spähte um die Ecke und mir stockte das Herz. Die Möbel waren zerstört: Kein einziges Stück hatte überlebt. Am anderen Ende des Raumes hatte Jesus Omar an die Wand gedrückt; sie kämpften um ein Messer, das aussah, als wäre sein einziger Zweck, Kehlen aufzuschlitzen. Jesus war ein Wrack; sein Gesicht war fast nicht wiederzuerkennen, aber ein Großteil dieses Schadens war entstanden, als er das letzte Mal auf die Insel gekommen war. Omar war fast genauso stark verletzt, aber sein Gesicht sah zum Glück nicht so zerschlagen aus.

Was mich an dieser Szene am meisten erschreckte, war nicht das Messer oder die offensichtlichen Verletzungen an ihren Körpern, sondern Omars Gesichtsausdruck. Seine Augen waren ... leer. Er kämpfte, ja, und er konnte Jesus abwehren, aber er sollte nicht so sehr zu kämpfen haben. Entweder war er schwerer verletzt, als ich sehen konnte, was möglich war, oder er wehrte sich nicht mit seiner gewohnten Kraft.

Warum ließ er meinen Cousin gewinnen? Warum gab er so einfach auf?

„Warst du in meine *prima* verliebt?" Jesus verspottete ihn und drückte das Messer nach innen, bis es Omars Hals nur streifte. Ein Blutstropfen stieg auf und mir stockte der Atem. „Dachtest du, sie würde bei dir bleiben wollen, nach allem, was du getan hast?" Jesus versuchte, weiter nach innen zu drücken, aber Omar hielt ihn zurück. Er hatte genug Selbsterhaltungstrieb, um nicht zuzulassen, dass ihm die Kehle durchgeschnitten wurde. „Du verdienst sie nicht."

Omars Lippen verzogen sich zu einem spöttischen Lächeln. „Glaubst du, das weiß ich nicht, *pendejo*?", fragte er und stieß Jesus zurück. „Glaubst du, ich bin es nicht gewohnt, als Monster bezeichnet zu werden?"

Sein Lächeln wurde grausam und ließ mir einen Schauer aus Entsetzen und Begierde über den Rücken laufen. Das war *La Bestia*, nicht mein Omar, und obwohl ein Teil von mir immer angewidert sein würde, wie leicht er zu dem Killer wurde, zu dem sein Vater ihn geformt hatte, gab es einen noch größeren Teil von mir, der ihn für alles liebte, was er war. Das schloss dies ein.

Jesus plusterte sich auf. „Du hältst dich für einen großen Mann? Du zwingst dich einer Frau auf? Zwingst sie zu glauben, dass es ihr gefällt?"

Das war genug. Ich trat um die Ecke, zielte mit der Waffe auf Jesus und drückte ab. Ein Loch explodierte im Flur direkt über ihren Köpfen, und die Waffe schoss zurück und traf mich fast im Gesicht. Meine Ohren schienen mit Watte ausgestopft zu sein. *Du hast keinen Gehörschutz getragen*, erinnerte ich mich. *Behalte Jesus im Auge.*

Er drehte sich um, offensichtlich in Erwartung eines der Männer, und seine Augen wurden groß, als er mich sah. „Lyse? Was machst du da?"

Ich zielte erneut. „Geh weg von ihm", sagte ich. „Sofort."

Jesus rührte sich nicht, und Omar sah zu schockiert aus, um sich zu bewegen. „*Prima*, du bist verwirrt. Dieses Tier hat dich gegen deine eigene Familie aufgebracht."

„Meine Familie hat sich gegen mich gewandt", sagte ich. 'In dem Moment, in dem ich nicht mehr nützlich war, beschloss Apá, dass ich es nicht wert war, in seiner Nähe zu bleiben. Er hat eine neue Aufgabe für mich gefunden, ja? Ihm dabei zu helfen, einen Krieg zu beginnen?' Ich drückte den Abzug, und die Dielen vor ihren Füßen explodierten in Splittern. Mein Blick begegnete dem von Omar, und da war ein Funke von etwas, als würde er aufwachen. „Omar will mich nur um meiner selbst willen", sagte ich, obwohl ich nicht sicher war, ob einer von ihnen mich hörte. „Er hat mich beschützt und ermutigt. Er war in den letzten zwei Wochen mehr eine Familie für mich, als ihr alle es mein ganzes Leben lang wart."

„Du hast den Verstand verloren", höhnte Jesus mich an. „Seine Familie wird dich niemals akzeptieren. Niemals."

Ich zuckte mit den Schultern. „Ich werde daran arbeiten."

Jesus spuckte mich an, aber er war gerade so abgelenkt, dass er nicht bemerkte, dass Omar ihm entschlüpft war. Erst als er ihm das Messer aus der Hand riss und ihn in den Schwitzkasten nahm. „Ich werde mich gut um sie kümmern", sagte er zu Jesus, aber seine Augen waren auf mich gerichtet.

Jesus wehrte sich vergeblich, aber Omar drehte das Messer in seinem Griff, um anzugeben, bevor er es in die Kehle meines Cousins stieß. Blut spritzte aus der Wunde und färbte alles hellrot, während Jesus' rasendes Herz es durch seine offene Halsschlagader herauspumpte.

Ich sah, wie das Leben in seinen Augen erlosch. Er war innerhalb von Sekunden tot. Ich erwartete, Verlust oder Angst zu empfinden ... irgendetwas, das mich daran erinnerte, dass ein Mitglied meiner Familie vor meinen Augen gestorben war. Aber das Einzige, was ich verspürte, war eine tiefe Erleichterung.

Omar ließ den Leichnam in seinen Armen fallen. Er schlug mit einem dumpfen Schlag auf dem Boden auf. Ich starrte ihn eine Weile an und hob dann langsam den Blick, um Omar in die Augen zu sehen.

KAPITEL 36

Omar

„Was zur *Hölle* machst du hier?", fragte ich sie.

Lyse schob die Sicherung der Waffe wieder in Position und ließ sie auf den Boden fallen. Dann rannte sie durch den Raum und warf sich mir in die Arme. Ich drückte sie so fest, dass ich Angst hatte, sie würde zerbrechen.

Dann setzte ich sie auf die Füße, fassungslos, während ich sie an den Schultern packte, um sie durchzuschütteln, weil sie es gewagt hatte, hierher zurückzukommen. Aber je mehr ich sie berührte, desto mehr musste ich sie festhalten. Ich zog sie wieder an meine Brust und stöhnte leise, als ihre Arme sich sofort um mich schlangen und mich genauso fest hielten. Ich vergrub mein Gesicht in ihrem süß duftenden Haar. „Was machst du hier, *conejita*?"

„Offensichtlich, um deinen Arsch zu retten", schimpfte Lyse, aber ihre Worte waren an meinem Hals gedämpft. Ich konnte spüren, wie die Feuchtigkeit ihrer Tränen in mein Hemd sickerte. „Du wolltest ihn gewinnen lassen."

Es war keine Frage, und ich zuckte zusammen. „Das habe ich aber nicht", sagte ich, ohne mich zu verteidigen. „Er ist jetzt weg, und wir sind hier, zusammen."

Sie weinte noch heftiger. „Verlass mich nie wieder, okay? Das war echt beschissen."

„Wenn du mit mir zusammen bist, bist du in Gefahr", sagte ich und hob ihr Kinn an, damit sie mich ansah. „Ich liebe dich zu sehr, als dass du ständig in der Nähe von Gewalt sein könntest."

„Du ... du liebst mich?", fragte sie.

„Stand das jemals in Frage?"

Lyse stieß einen zitternden Seufzer aus und noch mehr Tränen flossen aus ihren Augen. „Du hast mich verlassen", sagte sie leise. „Du hast mich in einen Zug gesetzt."

„*Weil* ich dich liebe. Weil ich dir Freiheit geben und dich beschützen wollte, *conejita*", sagte ich. „Du verdienst es, das Leben zu leben, das du dir immer gewünscht hast."

Sie schüttelte den Kopf, und als ich ihre Wange berührte, lehnte sie sich dagegen. „Ich kann das nicht ohne dich", sagte sie. „Ich hatte die Möglichkeit, wegzulaufen und alles zu tun, was ich immer tun wollte ... aber deinetwegen bin ich nach weniger als zehn Minuten aus dem Zug gestiegen."

Ich versuchte, die Stirn zu runzeln, aber in meiner Brust breitete sich eine warme Zuneigung aus. „Masochistin", warf ich ihr vor.

„Nein", sagte sie. „Ich bin nur eine Frau, die liebt."

Mein Atem stockte. „Liebt?"

Lyse nickte. „Ich liebe dich auch, Omar. Schick mich nicht wieder weg."

„Das werde ich nicht", versprach ich. Ich küsste sie und stöhnte ein wenig, als sie ihre Arme um meinen Oberkörper legte.

Lyse zog sich stirnrunzelnd zurück. „Könntest du vielleicht aufhören, dich windelweich schlagen zu lassen? Ich glaube nicht, dass ich dich jemals ohne blaue Flecken im ganzen Gesicht gesehen habe." Ihre Finger berührten eine schmerzende Stelle auf meiner Wange, und ich tat mein Bestes, nicht zurückzuweichen.

„Ich arbeite daran", sagte ich, aber die Schmerzen rückten bereits in den Hintergrund meines Denkens. Ich wollte ... nein, ich *brauchte* sie. Ich wollte sie immer; es war eine Selbstverständlichkeit, dass in meinem Inneren immer ein leises Verlangen brodelte, wenn ich sie ansah. Aber dieses Bedürfnis, sie zu besitzen, war trotz meiner Verletzungen zu stark, um ihm zu widerstehen. Es war mir egal, ob ich danach Schmerzen hatte, solange ich sie unter mir hatte und sie diese zarten, wimmernden Laute von sich gab. „Komm mit mir."

Ihr Blick schweifte zu Jesus' Körper. „Im Ernst? Wir lassen ihn einfach ... hier?"

„Efrain wird ihn holen. Helena kümmert sich um die Reinigung."

„Was ist mit dem Feuer?"

Ich ließ sie lange genug los, um aus dem Fenster zu spähen. Alles war zerstört: Es bestand eine sehr gute Chance, dass die Familie Rojas doch noch bekam, was sie wollte. Sobald das Syndikat erfuhr, dass wir ihr Eigentum zerstört hatten, ob es nun unsere Schuld war oder nicht, würden sie sich gegen Angel wenden. Das würde nicht gut ausgehen. *Verdammte Scheiße.* Ich sollte Angel anrufen und es ihm sagen ... aber das *Verlangen* brodelte immer noch in meinem Inneren. Es war schwer, auch nur darüber nachzudenken, in was für einer Scheiße wir stecken würden, wenn ich doch nur in Lyses Armen liegen wollte. „Sie haben es fast geschafft", sagte ich ihr. Ich würde Angel später anrufen und es ihm sagen, wenn ich einen klareren Kopf hatte.

„Im Moment geht es nur ums Überleben. Sie brauchen uns im Moment nicht."

„Das klingt nicht sehr fair."

„Das ist ihr Job, *conejita*." Ich nahm ihre Hand und führte sie von dem blutigen Chaos weg. „Ich muss mich sowieso waschen."

Sie grinste mich an. „Brauchst du dabei Hilfe?"

Ich schüttelte den Kopf. „Sei einfach bereit, wenn ich fertig bin."

„Wofür?"

Ich zog sie an mich. „Ich denke, das kannst du dir denken, *conejita*." Ich küsste sie. „Sei bereit für mich, ja?"

Lyse atmete ein wenig aus und nickte. „Ja."

Ich ließ sie in meinem – *unserem* – Zimmer stehen, während ich schnell duschte. Normalerweise war ich kein Fan davon, mich zu verbrühen, aber heute drehte ich das Wasser so heiß wie möglich auf und ließ es über meinen Körper laufen. Die Anspannung zwischen meinen Schultern ließ nach und die Schmerzen, die mit den Prellungen einhergingen, ließen nach.

Lyse hatte nicht unrecht, dass ich zumindest für eine Weile aufhören musste, mich schlagen zu lassen; ich brauchte definitiv Zeit, um zu heilen. Es war lange her, dass ich in so kurzer Zeit so viel abbekommen hatte. Ich schrubbte mich sauber.

Als das Wasser endlich klar statt rosa war, drehte ich die Dusche ab und griff nach einem Handtuch. Alle meine Bewegungen waren mechanisch; meine Gedanken waren bei der Frau, die hoffentlich in meinem Bett auf mich wartete. Als ich trocken genug war, schlang ich mir das Handtuch um die Hüften und betrat wieder das Schlafzimmer.

Lyse hatte sich auf dem Bett zusammengerollt, aber statt des sexy Anblicks, den ich mir erhofft hatte, war sie unter der Bettdecke zusammengerollt und um eines meiner Kissen gewickelt. Sie war fest eingeschlafen. Wäre Lyse irgendeine andere Frau gewesen, wäre es enttäuschend gewesen, sie so zu sehen, aber alles, was ich fühlte, war Wärme.

Als ich mich neben sie ins Bett legte, regte sie sich kaum, als ich sie so verlagerte, dass sie in meinen Armen lag. Ich drückte ihr einen Kuss auf die Schläfe und genoss das Gefühl ihres Körpers an meinem. Es war ein Leichtes, so einzuschlafen.

∼

Lyse

Mir war warm, fast zu warm, und ich konnte mich nicht bewegen. Ich wand mich einen Moment lang, ein wenig beunruhigt von dem, was mich festhielt, aber dann spürte ich Lippen an meiner Schulter. „Schlaf, *conejita*", flüsterte Omar und küsste meine Schulter erneut.

Diese kleine Berührung setzte meine Nerven in Brand. Ich schaute über meine Schulter zu ihm. „Ich glaube, ich habe genug geschlafen."

Der Schleier in seinen Augen verflog, als er ganz wach wurde. „Meinst du?", fragte er. „Hast du Hunger? Helena kam nach oben, um nach uns zu sehen, also ist sie wahrscheinlich wach, um ..." Ich drückte meinen Mund auf seinen und stahl mir einen Kuss. Ich spürte, wie Omar an meinen Lippen lächelte.

„Geht es dir gut?", fragte ich und löste mich kaum von ihm. „Hast du keine allzu starken Schmerzen?"

Omars Lippen folgten einer Bahn von meinen Lippen über meinen Kiefer bis hinunter zu meinem Hals. „Dafür habe ich nie zu starke Schmerzen, *conejita*."

Ich summte leise und neigte meinen Kopf, damit er mit diesem sanften Streifzug fortfahren konnte.

„Das ist nicht wirklich eine Antwort darauf, ob du Schmerzen hast oder nicht."

Er knabberte an der Stelle zwischen meinem Nacken und meiner Schulter, und ich stieß einen kleinen Schrei aus. Ich krümmte mich und presste meinen Hintern gegen ihn. Es war keine Überraschung, dass ich spürte, dass er bereits hart war. „Du kannst genau fühlen, wo es mir wehtut, *conejita.*", kicherte ich und rieb mich an ihm, erfreut über sein Stöhnen. Mit einer Hand fuhr er meinen Körper hinauf und umfasste eine meiner Brüste. Ich erschauerte bei dem Gefühl meiner nackten Haut auf seiner rauen Handfläche.

Bisher war es jedes Mal, wenn wir so waren, überwältigend und leidenschaftlich gewesen, aber für diese Art der sanften Erkundung war nicht viel Zeit gewesen. Es fühlte sich an, als könnte ich nicht richtig atmen, als er meine Brustwarze sanft zwischen seinen Fingern rollte. Ich warf meinen Kopf gegen seine Schulter zurück und stöhnte leise. „Omar."

Er beruhigte mich. „Wenn du anfängst, Forderungen zu stellen, dass ich schneller machen soll, gehorche, aber jetzt will ich das nicht. Ich will es so." Es hätte mir nicht unbedingt etwas *ausgemacht*, wenn er die Dinge beschleunigt hätte: Ich war nicht immer die Geduldigste in solchen Momenten ... aber wenn Omar mit dem Tempo zufrieden war, wer war ich dann, dass ich ihn drängte? Omars Zähne knabberten wieder an meiner Schulter: Mein Kopf war benebelt vor Lust. Zwischen meinen Schenkeln spürte ich ein leichtes Ziehen, das sich nur zu verstärken schien, wenn ich meine Beine zusammenpresste.

Seine Hand glitt nach unten, und meine Beine spreizten sich für ihn, ohne dass ich viel dazu sagen musste. Omar stöhnte, als seine Finger mich bereits feucht für ihn vorfanden. „Ich habe dich kaum berührt", murmelte er, umkreiste meine Klitoris und brachte mich zum Stöhnen.

„Das liegt nur an dir", sagte ich keuchend. Meine Hüften wiegten sich in seiner Berührung und verlangten nach mehr davon.

Omar stöhnte erneut. „Du sagst, du wirst so nass, obwohl ich kaum etwas tue?"

Ich nickte und schloss die Augen. „Ich will dich. Ich will dich *immer*."

Er drehte uns so, dass ich auf dem Rücken lag und zu ihm aufblickte, während er zwischen meinen Schenkeln lag. „Ich will dich immer, Lyse."

Ich schüttelte den Kopf. „Nicht Lyse", sagte ich und umfasste sein Gesicht. „Nicht jetzt."

Omar lächelte und küsste mich. „*Conejita*."

Ich summte leise. „Das ist besser." Ich griff zwischen uns und umschloss ihn mit meiner Hand. Omar stieß ein *„Oh fuck"* aus, als ich ihn so positionierte, dass er gegen meinen feuchten Eingang gepresst wurde. Fast instinktiv schaukelte Omar nach vorne und drang in mich ein. Ich stöhnte. „Das ist so gut."

Er schmunzelte und bewegte seine Hüften erneut. „Ich bekomme nie genug davon, wie du dich anfühlst", murmelte er. Er hielt seine Bewegungen ruhig, aber viel sanfter, als wir es gewohnt waren. Das schürte die Lust in meinem Unterleib, nach und nach, und ich zitterte, als ich mich mit der Bitte zurückhielt, er solle schneller machen.

Ich wand mich gegen ihn und stöhnte. „Nimm mich."

Omar kuschelte sich in meinen Nacken. „Das tue ich", sagte er und hakte seinen Arm unter mein Knie, um mich für ihn weiter zu spreizen. Sein Körper schmiegte sich an meinen, und ich hielt ihn fest, während ich mich immer näher meinem Orgasmus näherte. „Lass es einfach geschehen, *conejita*. Wir müssen nichts übereilen."

Omar drehte uns um, sodass ich rittlings auf ihm saß: Ich schrie auf, als sich die Position änderte und er mich streckte. Ich starrte einen Moment lang geschockt auf ihn herab, dann schienen mein Gehirn und mein Körper gleichzeitig wieder in Gang zu kommen. „Sorge dafür, dass wir uns gut fühlen, *conejita*." Seine Hände fanden meine Hüften und er führte meine Bewegungen, während ich mich auf ihm bewegte.

Mit seiner Hilfe fand ich den gleichmäßigen, wenn auch etwas langsamen Rhythmus, den er vorgegeben hatte. Aus dieser Perspektive war es sogar noch berauschender, und ich wimmerte, als er mir mit seinen Händen half, auf seinem Schoß hoch und runter zu wippen. Die Spannung in meinem Bauch und das Brennen in meinen Schenkeln verstärkten sich wieder, aber jedes Mal, wenn ich versuchte, schneller zu werden, verstärkte Omar seinen Griff und bremste mich wieder.

„Warum?", wimmerte ich und spürte, wie mir Tränen in die Augen schossen.

Omar lächelte mich an und versuchte ausnahmsweise nicht, mich zu necken. „Genieße es einfach", sagte er, hielt mich fest und zwang mich, dieses langsamere Tempo beizubehalten. „Genieße mich."

Gott, wie ich ihn liebe. Ich beugte mich vor und küsste ihn, während ich wieder zu schaukeln begann. Seine Hände waren überall gleichzeitig, federleicht, und ich zitterte unter seiner Berührung. „Ich bin so nah dran." Mein Kopf fiel nach hinten, als ich auf ihm ritt, und ich verlor mich in dem Vergnügen, das sich in meinem ganzen Körper ausbreitete.

Omars Daumen fand meinen Kitzler, und ich schrie auf, als er ihn umkreiste. „Komm, *conejita*", murmelte er. „Ich will die Leidenschaft in deinem Gesicht sehen und spüren, wie deine Muskeln meinen Schwanz umschließen."

Es waren mehr seine Worte als seine Berührungen, die mich zum Höhepunkt trieben. Ich sank an seiner Brust zusammen, während Omar sich gegen mich stemmte und seine eigene Erlösung suchte. Diesmal behielt ich seinen Gesichtsausdruck im Auge, als er kam:

Seine Augenbrauen zogen sich zusammen und sein Mund öffnete sich zu einem leisen Stöhnen.

Ich küsste seine Brust und seine Schlüsselbeine, überall dort, wo ich hinkam, ohne mich zu weit bewegen zu müssen. „So gut", murmelte ich an seiner Brust. „Bei dir fühle ich mich immer so gut."

Ich spürte mehr als hörte, wie Omar vor Zufriedenheit grummelte. „Ich auch, *conejita*", sagte er, und es klang, als würde er jeden Moment wieder einschlafen.

„Ich auch?", wiederholte ich und klopfte ihm leicht auf die Brust. „Wie romantisch."

Er legte meinen Kopf in den Nacken, damit ich ihn ansehen konnte. „Das hat sich für mich ziemlich romantisch angefühlt", sagte er, und ich konnte mir das Lächeln nicht verkneifen, das sich auf meinem Gesicht ausbreitete.

„Das war es", sagte ich. Ich stützte mein Kinn auf seine Brust, damit ich ihn ansehen konnte. „Ich hätte nie gedacht, dass du auf langsamen Sex stehst."

Omars Gesichtsausdruck änderte sich nicht, aber er war plötzlich viel ernster als noch vor wenigen Augenblicken. „Bis ich dich traf, tat ich es auch nicht", sagte er. „Ich habe noch nie … so etwas gemacht. Ich hatte Frauen, die ich gelegentlich traf, aber nie jemanden, dessen Verlust schmerzhaft für mich ist." Sein Daumen streifte meine Wange. „Niemanden wie dich."

Ich wandte meinen Kopf und knabberte an seinem Finger. „Nun, du musst dir keine Sorgen machen, mich zu verlieren", sagte ich. „Ich gehe nirgendwo hin. Du kannst mich nicht zwingen."

Omars Gesichtsausdruck war liebevoll und stolz. „Gut. Bleib bei mir."

„Für immer."

KAPITEL 37

Felix

Heulende Frauen waren mir schon immer auf die Nerven gegangen. Und jetzt auch noch wegen diesem *pendejo*. Jesus war ein Idiot, wenn er dachte, er könne es mit Omar Castillo allein aufnehmen, nachdem der Mann ihn derart entstellt hatte. Als die Castillos den Leichnam von Jesus zurückschickten, war die Familie Rojas in ein Meer aus Tränen und Rachegelübden ausgebrochen. Es war, als hätte sich keiner von ihnen vorstellen können, dass dies das Ergebnis davon sein würde, ihn überhaupt erst auf diese verdammte Insel geschickt zu haben.

„Dafür werden sie bezahlen", sagte Luis zu seiner Frau und rieb ihr den Rücken. „Sie werden für Lyse bezahlen und sie werden für Jesus bezahlen. Sie werden für jeden bezahlen, den sie uns genommen haben."

Er halluziniert, dachte ich und warf einen Blick auf meine Uhr. Ich war zu dieser Farce einer Beerdigung erschienen und spielte die Rolle des treuen, trauernden ehemaligen Verlobten, aber meine Geduld neigte sich dem Ende zu.

„Apá, jetzt ist nicht der richtige Zeitpunkt", sagte Matteo. Seine Stimme war leise und angespannt.

„Wie bitte, *mijo*?"

Matteo sah seinen Vater an. „Diese Art von Rede kann bis nach der Beerdigung warten, Apá", sagte er, „wenn diese ganzen Frauen nicht in der Nähe sind."

Die Augen des älteren Mannes wurden schmal, als er seinen Sohn ansah. „Sagst du mir, was ich tun soll, Matteo?"

„*Cariño*, bitte."

Luis schob seine Frau praktisch zur Seite; Matteo fing seine Mutter auf, bevor aus ihrem Stolpern ein echter Sturz werden konnte. „Geh und setz dich zu Tía Claudia", sagte er zu ihr.

Seine Mutter dackelte davon, und ich beobachtete, wie Vater und Sohn sich Auge in Auge gegenüberstanden. *Definitiv interessant*, dachte ich. „Du hast etwas zu sagen, *mijo*, also sag es", schnauzte Luis.

Für einen Moment dachte ich, Matteo würde mich enttäuschen und einen Wutanfall bekommen, wie er es immer tat, seit ich den kleinen Wicht kennengelernt hatte. Doch er holte tief Luft und sagte ganz ruhig: „Du hast wegen Lyse gelogen."

„Dieser *bastardo* hat sie umgebracht."

„Ich habe sie vor zwei Wochen am Bahnhof gesehen. Sie hat mich angerufen."

Luis' Augen weiteten sich vor Wut. „Du hast mit deiner Schwester gesprochen ... persönlich?"

„Du hast mir gesagt, sie sei *tot*", spuckte Matteo aus und war genauso wütend wie sein Vater. „Madre glaubt *immer noch*, dass sie tot ist, aber sie kann keine Beerdigung abhalten, weil du ihr gesagt hast, dass die Castillos ihren Körper noch nicht genug entweiht haben. Was zum Teufel ist los mit dir?"

Das wurde langsam brenzlig; sie würden anfangen, Aufmerksamkeit auf sich zu ziehen, und ich konnte es mir nicht leisten, ein Teil davon zu sein. Die Zusammenarbeit mit Luis, die es ihm ermöglichte, mich davon zu überzeugen, dass seine süße, jungfräuliche Tochter meiner Loyalität wert war, war einmal nützlich gewesen, aber jetzt, da sie von jemand anderem als mir befleckt worden war, waren wir beim Notfallplan angelangt.

„Sei vorsichtig, Matteo."

„Nein." Das Wort war ein Knurren. Es war ein wenig so, als sähe man einem Welpen beim Erwachsenwerden zu; es war leicht zu erkennen, zu welchem Mann Matteo sich entwickeln würde, wenn er weiter ... geformt würde. „Warum hast du *gelogen*? Warum solltest du Jesus schicken, um Lyse zu *töten*?"

Luis grinste hämisch, und ich musste mich aktiv davon abhalten, dasselbe zu tun. Lyse war eine *Verräterin*. Sie ließ zu, dass diese Bestie sie berührte. „Deine Schwester hat ihre Wahl getroffen", sagte Luis.

„Erst *nachdem* du ihr keine andere Wahl gelassen hast!"

„Matteo." Ich musste einschreiten, bevor das Ganze in einem lauten Streit ausartete. „Deine Schwester hat uns schon lange vor Jesus' Ankunft auf der Insel verraten. Sie hat *La Bestia* mir und euch allen vorgezogen."

Matteo warf mir einen unfreundlichen Blick zu. „Halt dich da raus."

Ich ballte die Fäuste, aber ich unterdrückte die Zurechtweisung, die mir auf der Zunge lag. „Du bist nicht objektiv", sagte ich. „Ich weiß, dass es schmerzt, dass deine Schwester deine Familie verraten hat, aber Tatsache ist, dass sie es getan hat, und jetzt müssen wir alle mit den Folgen fertig werden."

„Wer ist wir, Señor Suarez?", fuhr Matteo mich an. „Sie sind kein

Rojas, und Sie heiraten offensichtlich nicht meine Schwester, was interessiert Sie also weiterhin an *mi familia*?"

Er hatte nicht ganz ... Unrecht. Das Ganze glich mehr und mehr einem sinkenden Schiff, auf dem ich nicht ertrinken wollte, aber Luis Rojas und ich wussten inzwischen viel zu viel voneinander, um den anderen einfach gehen zu lassen. Ich würde ihm eine Kugel zwischen die Augen jagen müssen, ehe das geschah.

Aber ... vielleicht brauchte der Junge eine Demonstration, wer hier das Sagen hatte.

„Luis, du hast deinen Sohn viel zu lange beschützt. Es ist Zeit, dass er erwachsen wird, meinst du nicht auch?"

Der ältere Mann sah aus, als hätte ich ihm einen Schlag in den Magen versetzt. Das hätte ich genauso gut tun können. „Wir sind auf der Beerdigung meines Neffen."

Seine Versuche, an meine freundlichere Seite zu appellieren, ließen mich kalt. „Umso besser. Lass ihn sehen, was passiert, wenn er sich weiterhin wie ein trotziger Welpe verhält."

„Apá."

Luis schlug seinem Sohn mit dem Handrücken ins Gesicht, sodass das Familienwappen an seinem Ringfinger dessen Lippe aufriss. Matteo spuckte Blut auf den Boden. „Halt den Mund, wenn du weißt, was gut für dich ist", sagte Luis mit erhobener Stimme.

„Siehst du, Matteo", sagte ich und legte ihm einen Arm um die Schultern. Er spannte sich an und sah zutiefst verwirrt aus. „Dein Vater hat schon vor langer Zeit erkannt, dass er ein kleiner Fisch ist. Nicht wahr, Luis? Vor allem im Vergleich zu den Castillos."

Luis knirschte mit den Zähnen. „Die Castillos sind nur an der Macht, weil Gustavo ein eiskalter Hurensohn war, der seine eigenen Kinder verkaufen würde, um zu bekommen, was er wollte."

„Also versuchst du jetzt, Gustavo Castillo zu sein, Apá?"

Ich drückte ihn fester an mich und schnürte ihm mit meinem Unterarm die Luft ab. Matteo war stärker als ich und mit sehr wenig Kraftaufwand gelang es ihm, mich zur Seite zu schieben, aber nachdem ich ihn wochenlang auf Trab gehalten hatte, wusste er, dass ich zu viel mehr fähig war, als ich zugeben wollte. Ich konnte mir vorstellen, dass er diese Narben jahrelang tragen würde.

„Respektiere deinen Vater, Junge."

Matteo knurrte, aber er verlor nicht die Beherrschung. „Er hat unsere Familie nicht respektiert, als er meine Schwester für tot erklärte. Wenn sie *zugelassen* hat, dass Omar Castillo sie anfasst, dann nur, weil du zu lange gebraucht hast, um sie zu holen. Das werde ich dir nicht verzeihen."

„Drohst du mir?", fragte ich.

Er schüttelte den Kopf. „Nein, ich drohe dir nicht." Er warf seinem Vater einen Blick zu. „Ich versuche zu verstehen, warum mein Vater, der immer ein aufrecht gehender Mann war, plötzlich wie ein Schoßhündchen zu deinen Füßen kauert."

„Ich war gerade dabei, bevor ich unterbrochen wurde." Ich sah Luis an, dem es schwerfiel, seinen Gesichtsausdruck zu kontrollieren. „Dein Vater und ich haben seit langer Zeit eine geschäftliche Vereinbarung."

„Ich weiß: meine Schwester für deine Loyalität."

Ich stimmte summend zu. „Aber hast du das Kleingedruckte gelesen?"

Matteo runzelte verwirrt die Stirn und starrte seinen Vater an. „Was hast du getan?"

„Luis hat sich damit einverstanden erklärt, dass die Geschäftstätigkeiten der Rojas an mich übergehen, falls Lyse ihren Teil der Abmachung nicht einhält."

Hätte ich Matteo mit einem Vorschlaghammer auf den Kopf geschlagen, er hätte nicht überraschter sein können. „Warum hast du diesen Bedingungen zugestimmt?"

Ich konnte mir ein Lachen nicht verkneifen. „Ich habe deinem Vater nicht wirklich eine Wahl gelassen", sagte ich. „Dein Vater wollte meine Verbindungen, und jetzt hat er sie. Und er weiß genau, dass ich euch alle mit ein paar Telefonanrufen wie die Ratten, die ihr seid, zusammentreiben und ins Bundesgefängnis stecken lassen könnte."

Luis bleckte die Zähne, die Wut stand ihm ins Gesicht geschrieben. „Deine Schwester wird dafür bezahlen, dass sie mich verraten hat. Die Castillos werden für das bezahlen, was sie getan haben."

Ich ließ meine Zunge gegen meine Zähne schnalzen. „Du denkst immer noch wie ein kleiner Fisch, Luis", stichelte ich. „Wir haben jahrelang alles auf deine Art gemacht, und du hast es nicht aus dem kleinen Teich herausgeschafft." Die Augen des älteren Mannes waren voller Glut und Hass, aber sie senkten sich langsam und starrten unterwürfig auf den Boden. „Ich denke, es ist an der Zeit, dass wir die Dinge auf meine Art machen", sagte ich. „Ich werde dir helfen, die Castillos endgültig aus dem Weg zu räumen und den ganzen Schlamassel, den du angerichtet hast, zu beseitigen. Ich werde dich nicht einmal dazu zwingen, deiner erbärmlichen Familie zu eröffnen, dass ein anderer die Fäden in der Hand hält. Aber alle Entscheidungen, die von nun an getroffen werden, sind meine. *„¿Entiendes?"*

Luis nickte, und ich hörte, wie Matteo ein ersticktes Geräusch ausstieß. *„Entiendo, jefe."*

KAPITEL 38

Lyse

Vier Monate später

Zwei rosa Striche: Es waren zwei *rosa* Striche. Ich überprüfte die Schachtel zum hundertsten Mal und die Bedeutung dieser beiden rosa Striche änderte sich nicht. „Ich bin schwanger." Die Worte laut auszusprechen machte es real. „Ich bin schwanger mit Omars Baby."

Ein Glücksgefühl breitete sich in meinem Bauch aus, während sich gleichzeitig eine Schwere auf meinen Schultern niederließ. „Geht es dir gut, *mi amor?*"

Helena stand in der Tür zum Badezimmer. Sie war ans Festland gefahren, um unsere zweiwöchentliche Lebensmittelbestellung aufzugeben, und ich hatte sie gebeten, den Test für mich zu besorgen. Es war nur richtig, dass sie die Ergebnisse erfuhr. Ich gab ihr den Teststreifen. Helenas Augen strahlten, und ihr Mund verzog sich zu dem breitesten Lächeln, das ich je gesehen hatte.

„Bist du bereit, eine *abuela* zu sein?", fragte ich. "Denn ich kann mir niemand anderen vorstellen, den ich mir für diese Rolle wünschen würde."

Sie lachte und umarmte mich. „Mein liebes Mädchen!"

„Glaubst du, dass Omar sich freuen wird?", fragte ich. "Wir haben vorher noch nicht wirklich über Kinder gesprochen, weißt du, und es war nicht so, als hätten wir es versucht."

Helena beschwichtigte mich sanft. „Ich glaube, Omar wird dich überraschen, *mi amor.*"

Sie hatte recht, aber in meinem Bauch war immer noch diese kleine Angstblase. „Können wir heute Abend sein Lieblingsessen kochen?", fragte ich. „Das würde es mir erleichtern, ihm die Nachricht zu überbringen."

Helena hielt das nicht für nötig, aber sie erklärte sich bereit, beim Zubereiten der Mahlzeit zu helfen. Wir standen Seite an Seite, während wir das Gemüse schnitten. Ich versenkte die Klinge meines Messers in einer weißen Zwiebel, und in dem Moment, als der Geruch meine Nase erreichte, drehte sich mein Magen um. Galle stieg mir in die Kehle, und ich trat von der Arbeitsplatte zurück.

Mi amor? Geht es dir gut?"

Ich wollte etwas sagen, aber es war eine wirklich schlechte Idee, den Mund zu öffnen. „Ich glaube, ich muss ..."Mir drehte sich der Magen um und ich musste zur Gästetoilette im Erdgeschoss laufen. Sich zu übergeben war noch nie angenehm, aber jetzt drehte sich mir der Kopf, was die Übelkeit noch schlimmer machte.

Jemand klopfte an die Tür, während ich würgte. „*Conejita?* Geht es dir gut?"

„Mir geht es gut", rief ich, aber ich klang erbärmlich.

Omar öffnete die Tür. Sein Gesicht wurde weich, als er mich ansah. „Ist dir schlecht?"

Ich schüttelte kaum merklich den Kopf und achtete darauf, mich nicht zu schnell zu bewegen, damit ich nicht Gefahr lief, mir wieder den Magen zu verderben. „Nicht ... ganz."

„Brauchst du Hilfe?"

„Es geht schon." Ich rappelte mich auf und drehte mich um, um mir den Mund im Waschbecken auszuspülen. Omar rührte sich nicht von der Stelle.

„Hast du etwas gegessen, das dir nicht bekommen ist?"

„Nein. Es war eher ein Geruch, der mir zu schaffen machte."

Omar schnaubte. „Ein Geruch?"

„Na ja, starke Gerüche können ziemlich leicht morgendliche Übelkeit auslösen, und ich habe Zwiebeln geschnitten für ..." Omar nahm mich in den Arm, und ich klammerte mich mit meinen Beinen an seiner Taille fest, um mich abzustützen. „Was machst du da?"

„Wiederhole, was du gerade gesagt hast", sagte er.

„Was? Ich habe Zwiebeln geschnitten, und der Geruch hat mir ... Oh."

„Du hattest morgendliche Übelkeit", sagte er. „Heißt das, du bist schwanger?"

So hatte ich mir das nicht vorgestellt ... aber es gab jetzt kein Zurück mehr. „Ja."

Omars Mund verzog sich zu einem breiten, freudigen Grinsen. „Wirklich?"

Ich kicherte. „Möchtest du den Test sehen, den ich heute gemacht habe?", fragte ich. „Die Ergebnisse waren ziemlich eindeutig." Omar legte seine Hand in meinen Nacken und zog mich zu einem Kuss heran.

„Du bist unglaublich", murmelte er an meinen Lippen. „Danke." Ein Lachen stieg auf, begleitet von einem Schluchzen, und beide Laute kamen gleichzeitig heraus. Liebevoll wischte Omar mit den Fingerspitzen über meine Wangen. „Das sind Freudentränen, oder, *conejita*?", fragte er.

Ich nickte und küsste ihn erneut. „Natürlich", sagte ich. „Es war nicht ganz so, wie ich es mir vorgestellt hatte, aber natürlich bin ich glücklich."

Omars Lächeln verdunkelte sich für einen Moment, und ich verfluchte mich dafür, dass ich meinen großen Mund nicht halten konnte. Wir hatten darüber gesprochen zu heiraten, meistens flüsterten wir uns nur etwas zu, bevor wir schlafen gingen, aber unser Leben stand still und wartete darauf, dass Angel Omar nach Hause holte. Die Brüder hatten seit Monaten nicht mehr miteinander gesprochen, nicht seit Omar Angel angerufen hatte, um ihr von dem Feuer zu erzählen, das die Waffen, die sie lagerten, zerstört hatte: Stattdessen überließen sie es Lili, Nachrichten zwischen ihnen hin und her zu schicken.

Ich berührte sein Gesicht. „Ich bin glücklich", sagte ich. „Ich möchte nirgendwo anders sein als dort, wo du bist." Sein Gesichtsausdruck war nicht zu deuten, aber dann drehte er mich herum und ging in Richtung Treppe. „Warte! Helena und ich haben an Chupe Andino gearbeitet."

Omar grunzte. „Das hat Zeit, bis ich mit dir fertig bin."

Ein Schauer lief mir über den Rücken und meine Finger krallten sich in sein Haar. Es wurde langsam lang und obwohl Helena angeboten hatte, es zu schneiden, gefiel es mir, dass ich es ein wenig greifen konnte. „Hast du Pläne für mich?"

Er summte. „Mehrere. Bei den meisten bist du viel nackter als jetzt."

Meine Finger waren gerade richtig schrumpelig geworden, als ich hörte, wie die Badezimmertür aufschwang. „Hast du dich doch entschieden, zu mir zu kommen?" Ich schaute durch die Glasduschwand zu ihm und mein Körper schien zu erstarren. „Omar, was ist los?"

Er starrte mich lange Zeit ausdruckslos an und riss sich dann grob die Kleidung vom Leib, die er übergeworfen hatte, um den Anruf entgegenzunehmen, der uns unterbrochen hatte. Omar schob die Tür zurück und trat in die Dusche, wobei er zischte, als das Wasser auf ihn traf. „Versuchst du, dich zu kochen, *conejita?*", fragte er. Er griff um mich herum nach den Duschknöpfen und drehte die Hitze herunter.

Ich schlang meine Arme um seinen Hals und zitterte leicht, als sein Körper sich an meinen presste.

„Wer war am Telefon?"

Ich kannte die Antwort und nickte, als er sagte: „Angel."

„Er will, dass du zurückkommst."

„Wir", korrigierte Omar und vergrub sein Gesicht in meinem Nacken. „Er will, dass wir zum Anwesen kommen. Emma hat gestern Abend Wehen bekommen."

„Ich weiß."

Er wich einen Augenblick zurück. „Woher weißt du das, wenn ich es gerade erst erfahren habe?"

„Lili hat mir eine Nachricht geschickt."

Omars Gesichtsausdruck war verwirrt. „Seit wann simst du mit meiner Schwester?"

Ich zuckte mit den Schultern, nicht wirklich sicher, wann es passiert war, nur dass es passiert war.

Vielleicht hatte uns die Zusammenarbeit, um Omars Leben zu retten, mehr verbunden, als ich dachte. Vielleicht hatte die Tatsache, dass ich sein Leben gerettet hatte, als sie es nicht konnte, die Tatsache in den Schatten gestellt, dass ich in ihren Augen eine Rojas war.

„Euch beiden ohne Aufsicht Textnachricht-Privilegien zu gewähren, ist gefährlich"

Ich lachte und drückte ihm einen Kuss auf die Brust. „Das Baby sollte jetzt jeden Moment kommen."

„Sie werden wahrscheinlich morgen aus dem Krankenhaus nach Hause geschickt, und Angel möchte, dass wir bei ihrer Ankunft da sind."

Ich wusste, dass ich irgendwann zum Castillo-Anwesen zurückkehren musste, aber es war trotzdem überraschend, dass Angel mich eingeladen hatte ... oder eher einen Befehl erteilt hatte. "Bist du nervös?"

Omar war lange Zeit still. Er beschäftigte sich damit, meinen Nacken und meine Schultern zu küssen.

„Ich bin nervös", sagte er schließlich. „Wenn es nur um mich ginge, wäre ich es wohl nicht."

Ich fuhr mit meinen Fingern durch sein Haar. „Wenn es nur um dich ginge, wärst du wahrscheinlich gar nicht erst in dieser Situation."

Er zog sich zurück, damit ich seine Augen sehen konnte. „Du weißt, dass ich nichts davon ändern würde, oder? Ich würde für den Rest unseres Lebens hier auf dieser Insel bei dir bleiben, wenn ich müsste."

Ich beruhigte ihn sanft. „Ich weiß", sagte ich und zog ihn für einen Kuss zu mir herunter. „Es war nicht der konventionellste Weg, hierher zu kommen, aber ich bin auch froh."

Das Wasser würde bald kalt werden. Omar griff nach dem Shampoo und rieb etwas davon in mein Haar: Wenn wir zusammen unter der Dusche standen, war das eine seiner Lieblingsbeschäftigungen. Er sagte mir einmal, dass es ihm half, sich zu entspannen, aber es erinnerte ihn auch daran, dass er die Fähigkeit hatte, behutsam und sanft zu sein, wenn er wollte.

„Heirate mich", sagte er, als er das Shampoo ausgespült hatte. Er griff nach der Spülung und sah mich kaum an, aber ich hätte nicht überraschter sein können. Sicher, wir hatten über die Ehe gesprochen ... aber er hatte die Frage nie wirklich gestellt.

„Was?"

Er begann, die Spülung in mein Haar zu massieren. „Wenn wir aufs Festland zurückkehren", sagte er, „gehen wir zum Standesamt und heiraten."

„Okay", stimmte ich zu. „Lass es uns tun. Lass uns heiraten."

Den Rest des Nachmittags verbrachten wir mit Packen. Helena war völlig außer sich, dass wir tatsächlich abreisen würden, aber Omar sagte, dass sie jederzeit auf dem Anwesen willkommen sei. Sie konnte dort Vollzeit arbeiten, wenn sie wollte, oder einfach zu Besuch kommen. Wir mussten nicht warten, bis wir auf die Insel zurückkehrten, um einander zu sehen.

Helena umarmte mich, während die Männer das Boot mit unserem Gepäck beluden. „Sag mir Bescheid, wann dein erster Ultraschall ist", sagte sie. „Ich will alles wissen."

„Natürlich", sagte ich.

Eine innige Umarmung später glitten Omar und ich über die Wellen. Es war immer noch keine angenehme Erfahrung für mich, aber zumindest gewöhnte ich mich daran. Außerdem hatte ich jetzt eine maßgeschneiderte Schwimmweste, die um mich herum festgeschnallt war. „Alles in Ordnung, *conejita*?", rief Omar mir über die Wellen zu.

„Mir geht es gut. Bring uns nur heil ans Ziel."

Er lachte, aber das Lachen wurde vom peitschenden Wind davongetragen. Die Fahrt war bei Weitem die angenehmste, die wir bisher erlebt hatten, und es war fast überraschend, als wir uns dem Jachthafen näherten. Omar steuerte das Schnellboot zum Bootsanleger.

Er stieg zuerst aus und hielt mir dann seine Hand hin, um mir beim Betreten des Stegs zu helfen. Auf dem gesamten Weg vom Steg zum Parkplatz, wo ein Auto auf uns wartete, blieb seine Hand auf meinem Kreuz. „Wirst du mich während meiner gesamten Schwangerschaft so verhätscheln?

„Wahrscheinlich", sagte er. „Stört es dich?" Er sah mich nicht an. Stattdessen schweiften seine Augen über die Gegend um uns herum, als erwarte er, dass jemand uns angriff. Das war wahrscheinlich nicht weit von der Wahrheit entfernt: Omar war nicht unnötig paranoid. Er war im letzten Jahr oft genug überfallen worden, um ein Leben lang davon zu zehren.

„Ich glaube, ich werde es überleben", sagte ich und lehnte mich zu ihm. Wenn es ihm half, mich ein wenig zu verwöhnen, wer war ich, ihm zu sagen, dass er es nicht konnte?

Seine Schultern entspannten sich. „*Gracias, conejita.*"

Omar öffnete meine Autotür und wartete, bis ich saß und angeschnallt war, ehe er sie schloss und zu seiner Fahrzeugseite ging. Als er sich ans Steuer gesetzt hatte, streckte er seine Hand aus, und ich schob meine hinein und verschränkte unsere Finger. „Bist du bereit, meine Ehefrau zu werden?", fragte er.

Das Wort „Ehefrau" ließ mich innerlich erbeben. „Ich wünsche mir nichts sehnlicher, als dass du mein Ehemann wirst."

Omar sah aus, als hätte ihn jemand mit einem Faustschlag getroffen, und dann sah er wie ein Raubtier aus. Er fasste mich an den Nacken und zog mich fast über die Mittelkonsole, sodass unsere Gesichter nur einen Hauch voneinander entfernt waren. „Nenn mich noch einmal so", forderte er.

„Ehemann." Seine Augen verfolgten, wie mein Mund das Wort formte. „Du wirst mein Ehemann sein."

Seine Augen waren dunkel vor Verlangen. „Wenn wir nicht direkt vom Standesamt zum Anwesen müssten, hättest du jetzt so richtig Schwierigkeiten."

Ich musste lächeln. „Ist es immer noch problematisch, wenn ich darum bitte?"

Seine Lippen lagen auf meinen, begierig und fordernd, und ich keuchte gegen ihn. Ich wollte auf seinen Schoß klettern. Seit wir uns an unser Leben im Exil gewöhnt hatten, war es, als könnten wir nicht länger als ein paar Stunden ohne einander sein. Ich hatte darauf gewartet, dass dieses brennende Verlangen nachlässt, aber wenn überhaupt, wurde es nur noch schlimmer. Die Flitterwochen mussten doch irgendwann vorbei sein, oder? „Benimm dich, *conejita*", warnte Omar und zog sich von mir zurück, als hätte ich zuerst seinen Mund angegriffen. „Wir müssen diesen Nachmittag überstehen, bevor ich dich wieder ganz für mich allein haben kann."

Ich lehnte mich in meinem Sitz zurück. „Ich werde mich benehmen, wenn du es auch tust."

Er stöhnte auf. „Kannst du nicht einfach ‚Ja' sagen und wir fahren mit unserem Tag fort? Warum bist du so frech und gibst mir das Gefühl, ich müsste dich zähmen?"

„So nennen wir das also?", schnippte ich ihn an. „Zähmen?"

Er lachte, und es war ein warmes, zufriedenes Geräusch. „Ich kann es kaum erwarten, das für immer mit dir zu tun, *conejita*."

Ich nahm wieder seine Hand. „Dann lass uns loslegen."

KAPITEL 39

Omar

„Lass meine Hand nicht los, okay?", bat Lyse und umklammerte meine Finger mit ihren.

Ich hob ihre Hand an meinen Mund und küsste ihre Knöchel, wobei ich einen zusätzlichen Kuss auf den neuen goldenen Ring an ihrem Ringfinger gab. „Das werde ich nicht", versprach ich. Ich wollte ihr sagen, dass das nichts mit uns zu tun hatte – wir waren nur hier, um das neue Baby in der Familie willkommen zu heißen –, aber ich tat es nicht. Angel und ich hatten seit Monaten nicht mehr als ein paar Worte miteinander gewechselt. Lili und Emma waren diejenigen, die Nachrichten hin und her schickten. Ich wusste, dass Angel sich damit abfinden würde, Lyse in der Familie willkommen zu heißen, aber es war ein langsamer Prozess.

Wir fanden unsere Familie im Esszimmer versammelt vor, wo sie auf die Ankunft von Angel und Emma wartete. Lili legte ihre Arme um mich. „Ich habe dich vermisst."

Ich brummte, erwiderte aber ihre Umarmung. „Du kannst jederzeit ein Boot nehmen", wies ich sie darauf hin. Einen Wochenendurlaub machen." Ich deutete auf Lyse. „Ihr zwei könntet schwimmen gehen."

Lili sah Lyse an. „Lernst du es?"

Sie zuckte mit den Schultern. „Ich dachte, es wäre an der Zeit."

Lyse hatte mir nie erzählt, was genau passiert war, um ihre und Lilis Beziehung zu verändern, aber anscheinend waren die beiden jetzt WhatsApp-Freundinnen. Der Gedanke erfüllte mich mit Freude. Es war immer noch nicht perfekt, aber es war ein Anfang, die Frau zu akzeptieren, ohne die ich nicht leben konnte. Und bei einer Familie wie meiner war das so ziemlich alles, was ich mir wünschen konnte. Lilis Blick fiel auf den Ring an Lyses Hand und sie grinste. „Habt ihr es offiziell gemacht?"

Ich zuckte mit den Schultern. „Das war das erste Mal, dass wir wieder auf dem Festland waren; ich wollte, dass es sich lohnt."

Sie sah Lyse an. „Sag mir, dass es aus romantischeren Gründen war, ich flehe dich an."

Ich legte einen Arm um meine Frau. „Es war absolut romantisch, *danke*."

Lili ergriff Lyses Hand. „Blinzle einmal, falls du Hilfe brauchst."

„Ha ha", sagte ich und hörte auf zu lächeln. „Lass sie jetzt los."

Lili rollte mit den Augen. „Du bist so ein Freak."

Bevor ich antworten konnte, hörten wir, wie sich die Haustür öffnete, und alle schienen sich in Erwartung zu verkrampfen. Angel kam herein, den Arm um Emma geschlungen, die ein winziges Bündel in den Armen hielt.

Babys waren für unsere Familie schon immer ein Teil des Lebens, aber ich hatte nie wirklich darauf geachtet, bis meine zahlreichen Cousins und Cousinen ein Alter erreichten, in dem sie vielleicht in die Sicherheitsabteilung aufgenommen werden würden, und ich mich persönlich um sie kümmern musste. Aber als ich sah, wie Emma meine Nichte im Arm hielt und *wusste*, dass Lyse und ich in ein paar Monaten im selben Boot sitzen würden, traf es mich mitten ins Herz.

Emma sah sich in der versammelten Familie um und lächelte. „Das ist Miri", sagte sie und drehte das Baby ein wenig, damit wir alle einen Blick auf sie werfen konnten. Sie war weich und rot und auf eine Art und Weise ein bisschen hässlich, wie es bei brandneuen Babys normalerweise der Fall ist, und sie war absolut perfekt.

„Du hast sie nach Madre benannt?" Die Frage war mir herausgerutscht, bevor ich es verhindern konnte, und Angel sah mich zum ersten Mal seit fünf Monaten an. Sein Ausdruck, der zuvor vor Liebe ganz weich gewesen war, kühlte sich merklich ab.

„Ist das ein Problem?", fragte er.

Ich schüttelte den Kopf. „Nein, natürlich nicht."

„Hör auf, ein A-R-S-C-H zu sein", giftete Lili ihn an und schob ihren Arm unter meinen.

Ich schaute zu ihr hinunter. „Du weißt schon, dass das Baby nicht buchstabieren kann, oder? Und sie kann nicht verstehen, was du sagst."

Lyse schlug mir auf den Arm. „Nur weil du keinen Buchstabierwettbewerb gewinnen würdest ..."

Im Zimmer wurde es still und die Stimmung wurde deutlich gereizter. Ich legte meinen Arm um Lyses Taille und zog sie an meine Seite. „Meine *conejita* hat Krallen", sagte ich stolz und beugte mich vor, um meine Lippen an ihre Stirn zu pressen.

Die Spannung im Raum ließ nicht nach, aber alle Aufmerksamkeit richtete sich wieder auf den Ehrengast, als Emma das Baby in Mannys Arme legte. Der Teenager starrte mit einer Art Ehrfurcht auf die kleine Miri. „Sie ist so winzig", sagte er. „Wie viel wiegt sie?"

Angel schnaubte. „Satte neun Pfund. Fast zehn."

Tía Angela, die schon halb betrunken war, jubelte. „Dicke Babys sind gesunde Babys! Ich will sie als Nächstes halten!"

Emma sah Angel an, und das sehr deutliche *„Auf gar keinen Fall!"* zwischen ihnen brachte mich fast zum Lachen. „Sind wir so?", fragte ich und sah zu Lyse hinunter.

Sie beobachtete meinen Bruder und seine Frau ebenfalls nachdenklich. „Ich glaube nicht, dass ich so leicht zu durchschauen bin", sagte sie und klang fast traurig.

Lili summte neben ihr. „Emma ist nicht so aufgewachsen wie wir", sagte sie. „Sie musste nicht lernen, ihre Gedanken und Gefühle zu verbergen." Sie stieß uns an. „Das bedeutet nicht, dass wir nicht ebenso tief empfinden."

Lili war mir sehr ähnlich: Sie benutzte Humor und Scharfsinn, um jeden abzuwehren, der ihr zu nahe kam, aber ab und zu erlaubte sie auch jemandem, ihre weiche Seite zu sehen. Ich war froh, dass sie Lyse für vertrauenswürdig hielt. Es half zu wissen, dass eines meiner Geschwister sah, was ich sah.

Nachdem Manny ein paar Minuten lang Miri bewundert hatte, gab er das Baby vorsichtig an Emma zurück. „Mehr traue ich mir bei so etwas Kleinem nicht zu", sagte er und brachte alle zum Lachen.

Emma kam zu uns herüber, und obwohl ich fest damit rechnete, dass sie das Baby Lili geben würde, hielt sie es Lyse hin. „Sag Hallo zu deiner Tía Lyse."

Lyse blinzelte überrascht, aber sie nahm das Baby mit einem leisen, zufriedenen Geräusch in die Arme. „Bist du nicht eine Hübsche?", gurrte sie. Ihr Körper begann sich in einem sanften Rhythmus zu wiegen, und die Augen des Babys fielen zu.

„Wo hast du das gelernt?", fragte Emma beeindruckt.

Lyse lächelte und ließ das schlafende Mädchen nicht aus den Augen.

„Ich bin das älteste Kind in meiner Familie", sagte sie. „Ich beruhige Babys, seit ich alt genug bin, um sie alleine zu halten."

Angel beugte sich nach vorne und nahm ihr das Bündel vorsichtig aus den Armen. Sie behielt eine neutrale Miene, aber ich konnte sehen, dass sie enttäuscht war. Aber bevor ich etwas sagen oder tun konnte, reichte Angel Miri an mich weiter. Trotz des Trubels, dass sie ein großes Neugeborenes sei, wog sie fast nichts; sie war unglaublich winzig in meinen Armen. Meine Muskeln verkrampften sich und die Frauen um mich herum lachten.

„Der große, böse Omar hat Angst vor einem Baby", neckte Emma mich.

„Hey", sagte ich, ohne sie auch nur anzusehen, „ich will dein Kind nicht fallen lassen, bevor es groß genug ist, um zu hüpfen, okay?"

Lili nahm sie mir dann ab. „Das reicht jetzt", sagte sie und tänzelte praktisch von uns weg. „Du kommst einfach mit Tía Lili", sagte sie und ignorierte Emmas Panik.

„Geh mit ihnen", sagte Angel und sah Lyse an.

Sie lehnte sich an mich. „Ähm."

Ich tätschelte ihre Hüfte. „Geh", sagte ich. Genieße die vielen Babykuscheleinheiten." Ich sah Angel an. „Ich muss mit meinem Bruder reden."

Als Lyse Emma und Lili gefolgt war – und sie wurde mit einem lässig über ihre Schulter gelegten Arm in ihrer Gruppe willkommen geheißen – konnte ich endlich aufatmen.

„Du hast sie geheiratet."

Ich nickte und machte mir nicht die Mühe, es zu leugnen. „Wir haben schon seit ein paar Monaten darüber gesprochen", sagte ich. „Ich wollte die Gelegenheit nicht verstreichen lassen."

Ich hasste die Spannung zwischen uns. Selbst als wir uns in unserer Jugend gestritten hatten, war Angel immer die Person gewesen, zu der ich gehen konnte, wenn alles zu laut oder zu überwältigend wurde. Er war der erste Mensch, der wusste, wie er mir diese roten Stimmungen ausreden konnte, die in so viel Unheil enden konnten. Jetzt kam er mir vor wie ein Fremder: Ich fühlte mich nicht ganz wohl dabei, neben ihm zu stehen.

„Ich werde dich nicht wieder wegschicken", sagte er und räusperte sich. „Emma möchte, dass du nach Hause kommst, jetzt, wo das Baby da ist. Sie würde sich sicherer fühlen, wenn du hier bei uns wärst."

Die Zuneigung für meine Schwägerin stieg mir in die Brust. „Lyse wäre auch willkommen?"

Er verzog das Gesicht, nickte aber. „Sie ist keine Rojas mehr", sagte er. Ich erwartete, dass er danach weggehen würde. „Aber wir haben ein größeres Problem."

Ich zuckte zusammen, weil ich wusste, was er sagen würde. „Das Corazón-Syndikat. Ich bin überrascht, dass das nicht schon früher zur Sprache gekommen ist." Verdammter Jesus. Ich wünschte, ich hätte ihn noch einmal umbringen können.

Angel sah mich mit einem harten Gesichtsausdruck an. „Das ist es. Ich habe angeboten, ihnen den Verlust der *Ware* zu erstatten."

Ich pfiff leise vor mich hin. Das war meine Schuld. Hätte ich Lyse nicht entführt und auf die Insel zurückgebracht, wären die Waffen vielleicht noch da und wir wären nicht Venezuelas Version von *El Coco* oder dem Ungeheuer verpflichtet.

„Was hat Ademir gesagt?" Da wir dieses Gespräch führten, wusste ich, dass er Angels Angebot nicht angenommen hatte. „Soll ich mich dem Syndikat stellen?"

In diesem Moment bemerkte ich Lyse, die neben Emma stand. Sie strahlte über das ganze Gesicht und mein Herz schmerzte bei dem

Gedanken, was es ihr antun würde, wenn ich mich dem Syndikat ausliefern würde, um meine Familie zu retten.

„Nein. Ich kümmere mich um das Syndikat und Ademir. Du hältst dich da raus."

Ich wusste, was er von mir hören wollte. *„Sí, jefe."* Dann wandte er mir den Rücken zu, und ich versuchte nicht, weiter mit ihm zu reden.

Ich stand am Rand und beobachtete, wie alle redeten und lachten, die Stimmen verschmolzen zu einem weißen Rauschen. Ich sah Lili nicht, aber wie ich sie kannte, sorgte sie dafür, dass das Essen perfekt war. Lara schob sich mit einem Tablett, von dem Dampf aufstieg, durch die Tür, und ich glaubte, meine Schwester in der Küche stehen zu sehen.

Als Lyse zu mir kam, schloss ich sie in meine Arme und zog sie an mich. "Hast du Spaß?"

Ihr Lächeln war zaghaft, aber echt. „Alle hier sind so laut, aber liebenswert. Ganz anders als die Partys, die meine Mutter veranstaltet hätte."

Ich hob ihr Kinn an und drückte ihr einen Kuss auf die Lippen. „Angel will uns zurück auf dem Anwesen haben", sagte ich ihr. „Für immer."

Ihr Kinn zitterte leicht. – „Mich auch?"

„Natürlich, *conejita*." Ich hob ihre linke Hand, sodass der goldene Ring im Licht glitzerte. „Wir sind jetzt ein Gesamtpaket, und das weiß er."

Sie schüttelte den Kopf. „Ich hätte nie gedacht, dass ich den Tag erleben würde, an dem eine Rojas auf das Anwesen der Castillos eingeladen wird."

Ich zog sie an mich und wünschte mir, wir wären allein. „Du bist keine Rojas mehr", erinnerte ich sie.

„Nein, das bin ich wohl nicht mehr."

„Lyse Castillo", sagte ich. „Sag es."

„Ich bin jetzt Lyse Castillo", erwiderte sie. Der Unterton in ihrer Stimme, tief und sinnlich, ließ mich erschauern. Ich wollte sie in meine Arme nehmen und in mein Schlafzimmer tragen. Ich war mir sicher, dass es perfekt für uns vorbereitet sein würde ... aber ich hielt mich zurück. Es wäre unhöflich, Miris Willkommensparty zu verlassen, und ich wollte Angel nicht noch mehr verärgern, als ich es bereits getan hatte.

„Nach der Party zeige ich dir das Haus", versprach ich. „Unsere Suite befindet sich auf der anderen Seite des Gebäudes."

Sie grinste. „Ach ja? Wie praktisch für ein frisch verheiratetes Paar. Was könnte ein zuvor alleinstehender Mann mit so viel Platz schon anfangen?"

Ich lachte und berührte ihr Gesicht. „Du bist doch nicht etwa eifersüchtig, oder, *conejita*?"

Lyse schüttelte meine Berührung ab. „Ganz und gar nicht." Sie nahm meine Hand und legte sie auf ihren noch flachen Bauch. "Niemand sonst wird dir das geben können, was ich dir geben werde."

„Niemand hat mir jemals den Frieden gegeben, den du mir gibst", sagte ich. „Niemand hat mir jemals die Liebe gegeben, die du mir gibst, ... und niemand hat mich jemals dazu gebracht, diese Liebe zu etwas noch Besserem machen zu wollen." Ich breitete meine Hand besitzergreifend über ihrem Bauch aus. Mein Herz raste bei dem Gedanken, dass Lyse unser Kind alleine großziehen müsste, falls mir etwas zustoßen würde. Ich fragte mich, ob Angel sie vor die Tür setzen würde. Sie zu ihrem Vater zurückschicken würde, wo dieser

... Ich konnte diesen Gedanken nicht zu Ende führen und musste mich ablenken.

„Sollen wir es ihnen sagen?" Ich sah mich im Raum um und blickte in all die glücklichen Gesichter. In diesem Haus gab es ein neues Leben und alle feierten.

Lyse schüttelte sofort den Kopf. „Ich würde Miri um nichts in der Welt die Schau stehlen." Sie legte ihre Hand auf meine. „Außerdem bringt es Unglück, vor dem Ende des ersten Trimesters etwas zu erwähnen. Man weiß nie ..."Sie holte tief Luft, um sich zu beruhigen. "So früh weiß man nie, was passieren wird."

„Wir machen einen Termin für dich", versicherte ich ihr. "Wir lassen uns von einem Arzt sagen, wie perfekt unser Sohn ist."

Sie schlug mir auf den Arm. "Es ist noch nichts zu sehen. Du hast keinen Grund zu glauben, dass es ein Junge wird."

Ich schüttelte den Kopf. "Wir bekommen einen Sohn", sagte ich. „Ich weiß es."

„Wirst du enttäuscht sein, wenn du dich irrst?"

„Niemals", schwor ich. "Aber ich irre mich nicht. Du wirst schon sehen." Ich beugte mich zu ihr hinunter und küsste sie erneut. "Ich liebe dich."

Ihre Lippen berührten meinen Mundwinkel. *„Te amo"*, sagte sie. *„Te amo* tausendmal."

Lara begann, Kuchen an alle zu verteilen, und ich lächelte, als ich sah, dass Manny bereits versuchte, sich ein zweites Stück zu schnappen. Angel und Emma saßen in der Mitte des Geschehens, Miri schmiegte sich an Emmas Brust, und ich konnte es kaum erwarten, bis Lyse und ich dasselbe taten. Meine und Angels Blick begegneten sich kurz, und obwohl er zuerst wegschaute, wusste ich, dass sich die Dinge zwischen uns irgendwann beruhigen würden. Vielleicht würde es nie wieder so sein wie früher, aber er und ich hatten jetzt beide wichtigere Prioritäten. Anders, aber ähnlich. Wir würden zu einer Einigung kommen.

„*Idiota*, komm her", rief Lili und hielt einen Teller hoch. „Bring deine Ehefrau mit!"

Ich lächelte Lyse an. *Ehefrau*. Das klang wirklich gut.

Ende von Brutaler Vollstrecker

CASTILLO-KARTEL: BUCH 2

Teuflischer Erbe, 10 Oktober 2024

Brutaler Vollstrecker, 7 November 2024

Vielen Dank!

Wenn du Lust auf noch mehr intensive Gefühle und nervenaufreibende Spannung aus meiner Feder hast, dann hilf mir bitte, indem du eine ehrliche Rezension hinterlässt.

Möchtest du dunkle Liebesromane per E-Mail erhalten, die dir das Wasser im Mund zusammenlaufen lassen?

Dann trage dich in meinen E-Mail-Verteiler ein: www.relaypub.com/bella-ash-deutsch

About Bella

Bella Ash ist Autorin dunkler Mafia-Liebesromane. In ihren Geschichten dreht sich alles um düstere, dominante Helden, die von starken, klugen Heldinnen besessen sind. Ihre Romane sind voller Action, Spannung und Leidenschaft – und ihre sexy Anti-Helden sind für Frauen unwiderstehlich.

Bella verspricht intensive Emotionen, packende Handlungen und natürlich Happy Ends, die dir ein Lächeln aufs Gesicht zaubern.

Bella lebt mit ihrer Familie in Chicago und liebt es, auf Mafia-Touren zu gehen, um immer wieder neue Details für ihre Bücher zu entdecken. Wenn sie nicht schreibt, verbringt sie ihre Zeit mit ihrem attraktiven Ehemann, besucht Broadway-Shows und trinkt viel zu viel Kaffee.

Bella ist auf Facebook, Instagram und auf ihrer Webseite zu finden.

Webseite
https://relaypub.com/bella-ash-deutsch/

Milton Keynes UK
Ingram Content Group UK Ltd.
UKHW020100271124
451585UK00012B/1329